SWORD ART ONLINE
Kadokawa
Fantastic Novels
REKI KAWAHARA abec
SWORD ART ONLINE
Progressive
008
川原 礫
插畫／abec

「請問……這是什麼？」
桐人
以到達「艾恩葛朗特」最上層為目標的劍士。原本是「獨行」玩家，但暫時和亞絲娜組成搭檔。

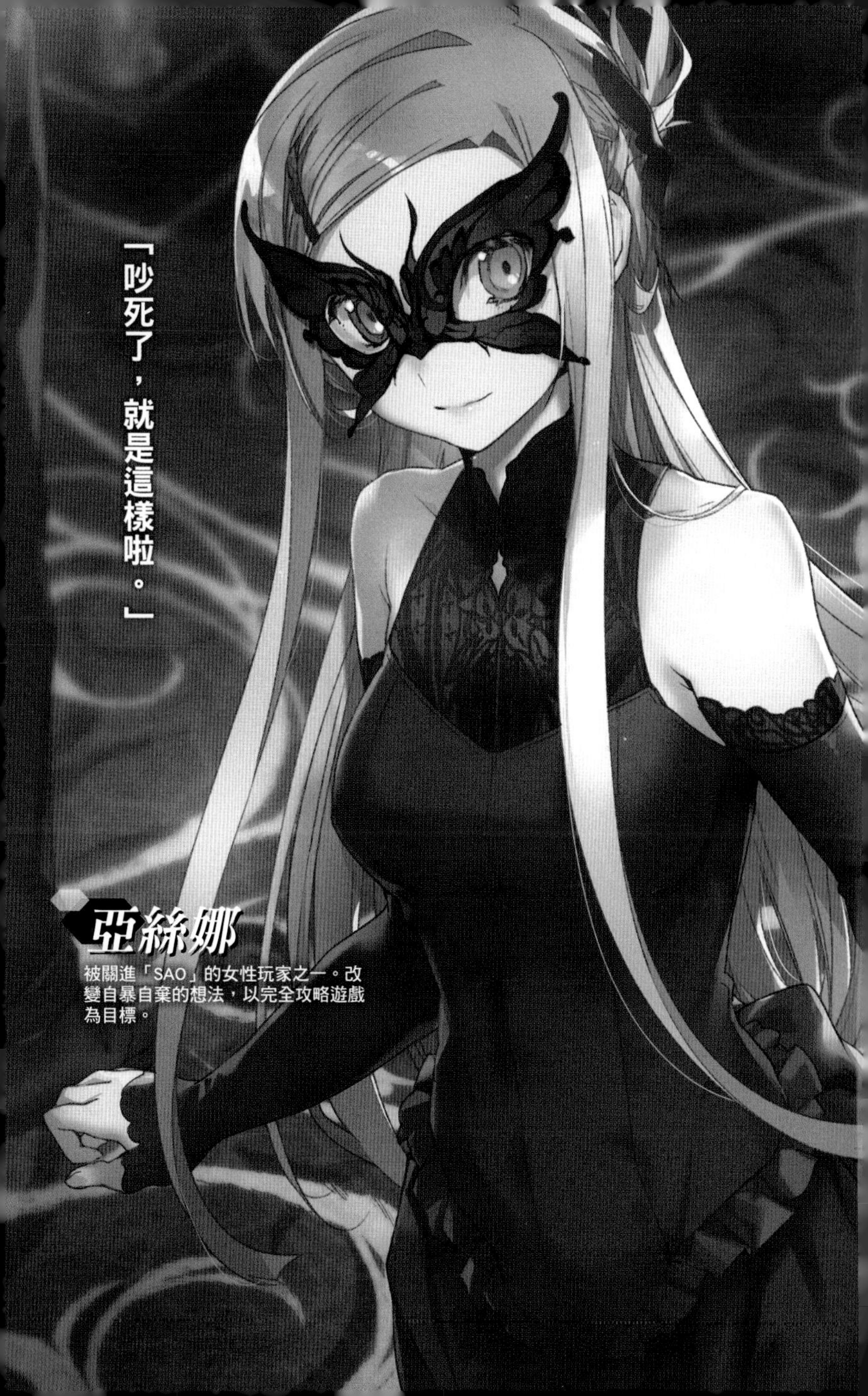
「吵死了，就是這樣啦。」
亞絲娜
被關進「SAO」的女性玩家之一。改變自暴自棄的想法，以完全攻略遊戲為目標。

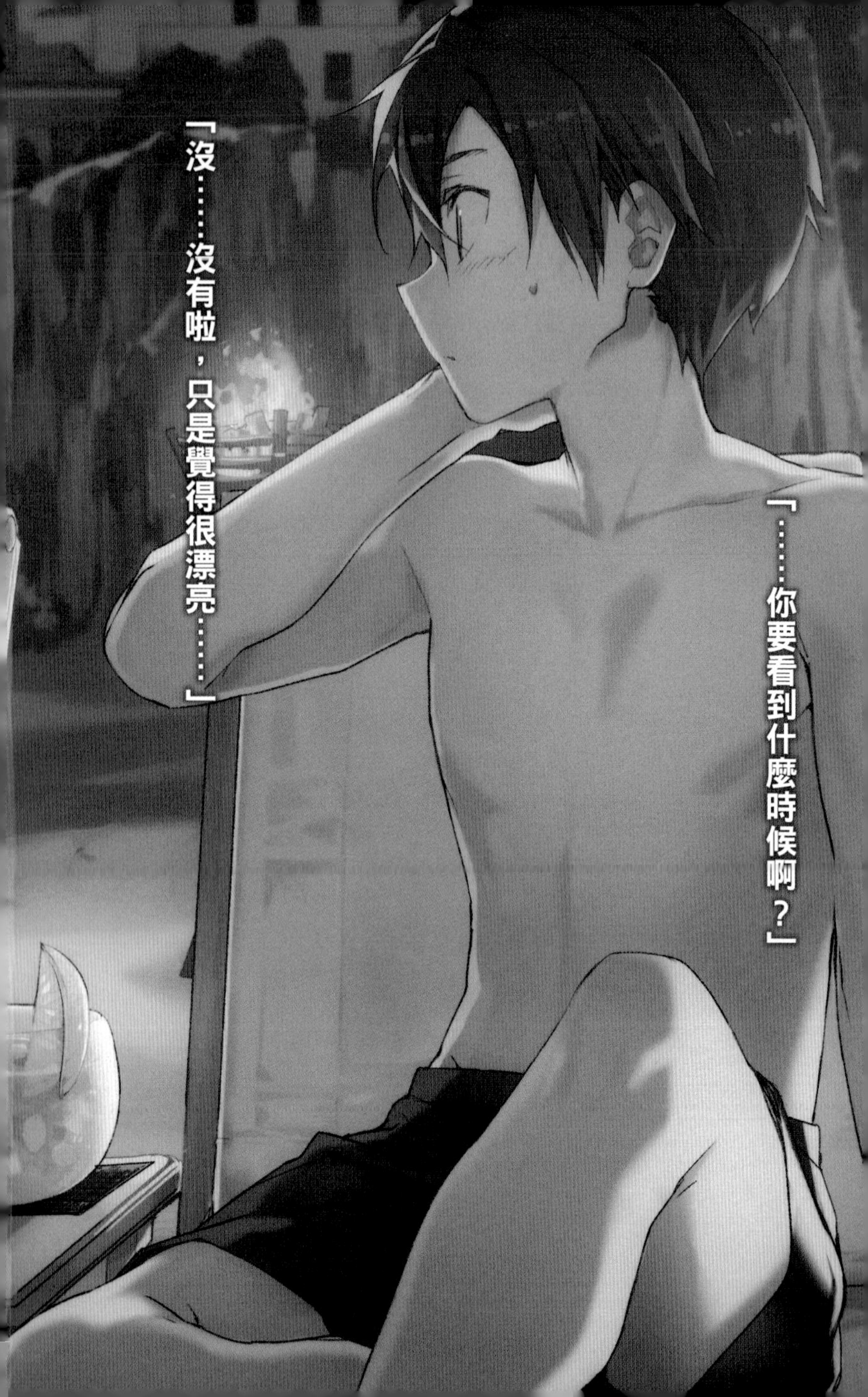
「……你要看到什麼時候啊？」
「沒……沒有啦，只是覺得很漂亮……」

「你……你是笨蛋嗎！」

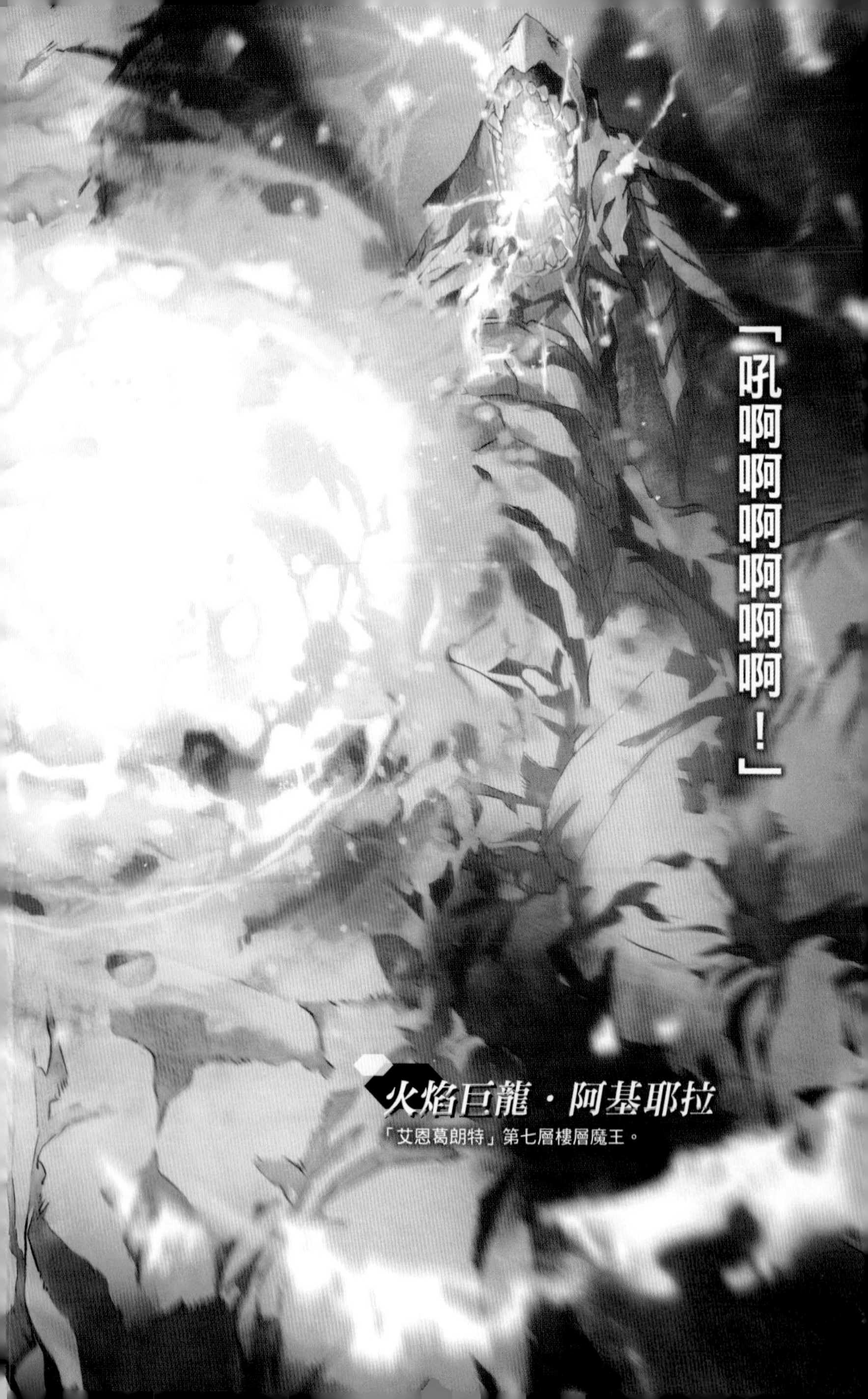
「吼啊啊啊啊啊啊！」
火焰巨龍·阿基耶拉
「艾恩葛朗特」第七層樓層魔王。

「——大家要撐住啊！」
「嗚啊啊！」
「喂……喂，該怎麼辦啊！」
「咿咿咿！」

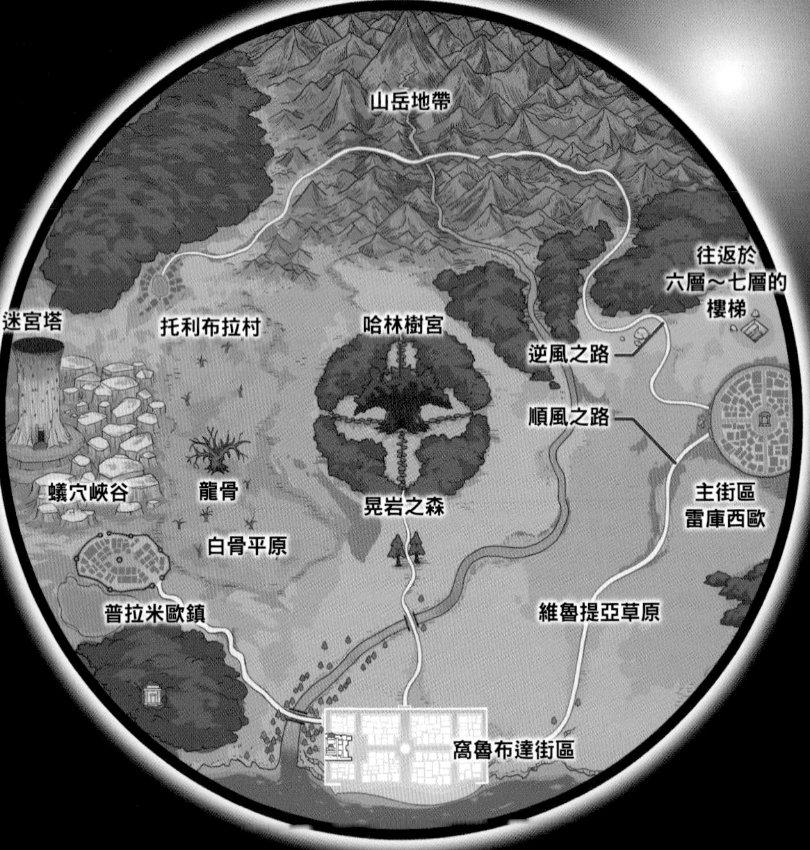


# 浮遊城艾恩葛朗特 各樓層檔案 AINCRAD

## ■第七層

第七層有兩個特徵。第一個特徵是「常夏」。桐人他們來到第七層時是一月，現實世界正值寒冬時節。但就算是這樣，整個樓層還是被盛夏的日照與悶熱所支配。
另一個特徵則是「賭場」。
第七層的起始地點——主街區雷庫西歐在東邊邊緣，終點的迷宮塔則是在西邊邊緣。前往迷宮塔的道路有兩條，其中一條是地形險峻且有許多怪物等待著玩家的「逆風之路」；另一條則是地形平坦，怪物湧出也相當少的「順風之路」。沿著順風之路前進，就會抵達特徵是巨大賭場的城市「窩魯布達」。
窩魯布達的賭場裡，可以享受撲克牌、骰子、輪盤等各式各樣的賭博，其中最大的賣點是「戰鬥競技場」，也就是所謂的怪物鬥技場。
出場的怪物全部棲息於第七層，戰鬥是以一對一的形式來進行。比賽場次分為白天與夜晚兩個梯次，每個梯次各五場比賽，一天總共舉行十場比賽。據說封測時期有許多玩家在此失去財產。

插畫／來栖達也

SAO SWORD ART ONLINE

# Progressive 008

「這雖然是遊戲，但可不是鬧著玩的。」

「SAO刀劍神域」設計者
茅場晶彥

SWORD ART ONLINE

REKI KAWAHARA

ABEC

川原 礫
插畫／abec
Kadokawa Fantastic Novels

# 赤色焦熱的狂想曲（下）

艾恩葛朗特第七層 二〇二三年一月

## 14

當我在現實世界時，曾經看過日本對於複合型溫泉設施所使用的「Ｓｐａ」這個單字，其語源是來自於比利時某個同名的溫泉地。

所以聽見窩魯布達大賭場的總經理妮露妮爾提出「要不要去Ｓｐａ？」的邀約時，亞絲娜有點嚇一跳。但真要說的話，身為異世界居民的妮露妮爾等人以日文說話本來就是遊戲的設定。這個世界只是在虛擬空間營運的ＶＲＭＭＯＲＰＧ，所有居民都是由程式來控制的ＮＰＣ……應該是這樣才對。

「亞絲娜，我幫妳搓背吧。」

聽見在左邊洗頭髮的黑暗精靈騎士基滋梅爾這麼說，亞絲娜先眨了一下眼睛才笑著點頭。

「真的嗎？那就拜託妳了。」

「沒問題。」

基滋梅爾把瓶裝的沐浴乳般液體滴到像是加工某種植物製成的細網海綿上並搓出泡沫後，就連同白木椅子一起移動到亞絲娜背後。亞絲娜縮起背部，等待著海綿的觸碰，但突然間被用手指從上到下撫摸過背脊附近，讓她嚇了一跳而忍不住整個人跳起來。

「呀……噯，做什麼啦！」

「哈哈哈，抱歉抱歉。回想跟蒂爾妮爾一起洗澡的時候，經常被這樣的惡作劇捉弄……結果就忍不住想要報復。」

「報復在我身上也太不講理了吧……唉，算了。」

「呵呵……是我不好。」

再次道歉之後，基滋梅爾這次真的開始用海綿搓起亞絲娜的背部。用的是不會太強也不會太弱的適中力道。自從小學低學年跟家人一起入浴之後，可能就沒讓人幫忙搓背過了吧。

實在不認為身為ＮＰＣ的基滋梅爾被灌輸了「跟玩家一起入浴時要幫忙搓背」的程式，就連活生生的人都不太會想到「把受到妹妹的惡作劇報復在玩家身上」了，而且就算想到也不會實際做出這樣的行動吧。基滋梅爾果然不是一般的程式，是跟亞絲娜在現實世界所熟悉的ＡＩ有相當大差異的存在。

現在亞絲娜認為基滋梅爾……以及其他許多的ＮＰＣ是生活在異世界艾恩葛朗特的真正居

民。暫定搭檔桐人一定也有同樣的看法吧。

一邊這麼想一邊把身體交給基滋梅爾的手後，身為「其他ＮＰＣ」代表人物的妮露妮爾就從亞絲娜的右側發出感到羨慕般的聲音。

「那看起來很舒服。基滋梅爾，也可以幫我搓背嗎？」

「當然可以了。請您稍候。」

基滋梅爾在搓完亞絲娜的背之後，以提桶的熱水仔細幫忙把泡泡沖掉。

「謝謝妳，基滋梅爾。」

「不客氣。」

對道謝的亞絲娜露出微笑後，就連同椅子往右邊移動。

同樣坐在白木椅子上的妮露妮爾以雙手將華麗的金髮分成兩半，然後將其垂到身體前方。基滋梅爾隨即以海綿溫柔地搓著顯露出來的娃娃般纖細背部。

少女像是感覺很舒服般閉起雙眼，亞絲娜則是以欣慰的心情凝視著她的側臉一陣子後，才以視線環視整座浴場。

這座位於窩魯布達大賭場三樓的超高級飯店當中的浴場，確實具備足以稱為Ｓｐａ的豪華內裝。

通過面向走廊的門後首先是並排著躺椅的休息室，接著是乾淨的脫衣處，再往前進才終於是浴場，跟度假飯店、溫泉旅館的大浴場，或者超級錢湯、水療館的氣氛都不太一樣。

最大的特徵是沒有窗戶。現在明明是下午一點，如果有朝南的大窗戶的話，應該就能讓日光充分照射到各處，但目前照明只有排在牆上的油燈。加上以黑色天然石為主的內裝後，雖不像妮露妮爾的房間那麼暗，但也是微暗狀態。不過宛如溫室般大量配置在內的各種植物，完全抵消了封閉感。

浴場的面積應該有十平方公尺，其中有一半是洗淨身體的空間，這裡完全是日本風的裝潢，在經常有新鮮熱水流出的水道，以及設置了海綿與洗髮精、沐浴乳的架子前面並排著白木凳子。不對，說起來現實世界的美國與歐洲的飯店裡根本沒有大浴場，所以這個地點可以說本來就是日本特有。

從這方面來看，這或許是採用奇幻遊戲經常可見的中古歐洲風世界觀的艾恩葛朗特本來就不應該存在的設施，但是對亞絲娜來說，排除寬敞豪華的浴室來維持真實性的遊戲，價值甚至比不上晃岩之森裡的吸血海參。

第三層黑暗精靈野營地裡的帳篷浴室、第四層約費爾城與第五層夏亞村裡的大浴場，以及第六層嘎雷城的地下溫泉不知道對自己的心靈發揮了多大的療癒效果，也不知道給了自己多大的活力。不對，遇見這些設施前……在第一層桐人租的農家二樓房間內的浴室……那一天沒有在那裡盡情地入浴的話，亞絲娜可能就失去面對死亡遊戲ＳＡＯ的勇氣了。

現在回想起來，跟情報販子亞魯戈也是在那裡首次相遇。突然進入浴室時雖然全力發出悲鳴，但現在已經是可以無條件談論心事的重要朋友了。

而那個亞魯戈很快就洗好頭髮與身體，獨占了巨大的浴槽，一看見她伸長手腳放鬆的模樣就再也無法忍耐，亞絲娜便對著基滋梅爾搭話道：

「我去泡澡嘍。」

「嗯，我們也馬上過去。」

對這樣的回答點點頭後就站起來，橫越天然石地板來到浴槽旁。以提桶沖洗身體後滑進透明的熱水當中。

「哈嗚嗚嗚…………」

無法阻止自己發出這樣的聲音。委身於手腳尾端慢慢麻痺的快感，把嘴巴以下沉到熱水裡後閉上眼睛。

ＳＡＯ的ＶＲ系統最難呈現的是液體的模樣——桐人曾經這麼說過。在第一層入浴時，確實對於裸露的皮膚與熱水的熟悉感、包裹全身的壓力感、水面搖晃的反射光、水滴的形跡等多少感到有點不對勁。但隨著入浴次數增加，也逐漸不在意這些事情了。不知道是亞絲娜習慣ＶＲ入浴，還是系統進化了。如果桐人也在這裡的話就能聽聽他的意見了……忍不住這麼想之後，就又吐嘈自己「他不能在這裡吧！」。

就像看穿了亞絲娜的思考一般——

「哎呀，如果桐仔也一起來就好啦～」

由於左側癱軟成一團爛泥的亞魯戈突然說出這種話，害亞絲娜差點把熱水喝進肚子裡，於是趕緊讓嘴巴浮出水面。

「怎……怎麼可能讓他來嘛……這……這裡又沒有男浴場。」

「蒙住眼睛就可以了吧。」

「那樣他實在太可憐了。」

亞絲娜苦笑完後突然發現。

「……咦，亞魯戈小姐，這座浴場有標示是女浴場嗎……？」

「沒有耶～」

「…………」

亞絲娜忍不住看向浴場的入口。也就是說這裡是混浴，這個瞬間也可能有男性ＮＰＣ或者玩家進到裡面來。

「別擔心。」

再次有宛如看透亞絲娜心思般的發言從後方降下來。

轉頭一看，發現洗完頭髮跟身體的妮露妮爾正雙手扠腰站在那裡。

「住宿客使用這裡的時間是下午三點到晚上九點，現在是我們包場。所以就算做出這種事也沒關係。」

話剛說完，她的身體就一瞬間下沉然後高高地躍起。在空中完成屈體前空翻後從臀部落到浴槽當中。即使身體相當纖細，還是因為落下的速度而濺起大量熱水，直接像下雨一樣往亞絲娜與亞魯戈的頭上傾注。

當瀏海不停滴落水滴的亞絲娜露出茫然的表情時，幾乎沒有發出聲音就進入浴槽的基滋梅爾就嚴肅地說：

「如果琪歐小姐在的話，應該會生氣吧？」

「那還用說。」

浮出水面的妮露妮爾若無其事地如此肯定。

「我幾乎都是跟琪歐一起洗澡，偶爾沒有一起的時候，就是會想做些平時沒辦法做的事情。亞絲娜妳們也跳跳看吧？」

「不……不用了。」

亞絲娜好不容易才擠出笑臉來這麼回答，同時在內心呢喃著「絕對不是普通的程式」。

以雙手撩起滴水的瀏海接著往後梳，然後再次放鬆全身。浴槽裡的水雖然有點燙，但跟現實世界不一樣，不用擔心泡太久感到不舒服或者脫水。而且就算不綁起長及腰部下方的頭髮就在浴槽裡泡澡，也不會有脫落的頭髮浮起或纏在身體上。

太習慣這個世界的方便性的話，回到現實世界應該會很辛苦吧……浮現這樣的想法後，亞絲娜就露出淡淡的苦笑。感覺已經從第一層來到很高的地方了，但實際上才只是第七層。還有九十三層浮遊城艾恩葛朗特的未達領域殘留在頭上。假設一個星期能攻略一層也得花上將近兩年的時間。不對，樓層的難易度應該會不斷上升，所以連這都是樂觀的觀測吧。

不過不可思議的是，想到未來時已經不像過去那麼絕望。已經習慣這個一旦ＨＰ歸零就會真正死亡的異常且殘酷的世界了嗎，想到這裡亞絲娜就立刻打消了這個念頭。雖然多少有點關係，但並非全部。

大概是因為能夠中和絕望的要素逐漸在亞絲娜心中累積起來的緣故。美麗的風景、美味的食物、泡澡的快感、解謎的成就感、跟亞魯戈與基滋梅爾的交流……以及總是在身邊的黑髮暫定搭檔。雖然不太願意承認，但是每當他讓亞絲娜感到生氣、傻眼、驚訝、歡笑，就會稍微吹走宛如沉澱物般累積起來的恐懼與焦躁。

跟他一起旅行的話，哪一天內心的黑暗完全消失的日子說不定真的會來臨。到時候也能夠認為被囚禁在這個世界確實具有意義吧。

目前仍沒有這樣的確信。也可能被預料之外的巨大絕望打倒，因此再也無法站起來。就算是這樣——

依序看向在右側閉上眼睛的基滋梅爾、在左側不知為何一直咧嘴笑著的亞魯戈、在正面伸長手腳浮在熱水上的妮露妮爾後，亞絲娜就想著今後再有入浴機會的話，或許可以約桐人一起來。

當然是在穿著泳裝的前提之下。

15

說起來這真的太熱了。

稍微煩惱一下後就打開選單視窗，解除了主要防具「午夜大衣」。繼續思考了兩秒鐘，就把「強化護胸甲」也一起收回道具欄。

這樣我裝備的服裝，除了內衣之外就只剩下黑色長袖上衣與同色的褲子而已。兩者都是緊身的剪裁，不過褲子是由名為「影絲」的奇幻素材所製成，除了具備優異的隱蔽效果之外，也能稍微調節體感溫度。我「呼」一聲吐了一口氣，然後環視周圍。

現在位置是窩魯布達大賭場的北側牆壁與高大圍牆之間微暗的通道中段附近。賭場的前院與這條通路之間被牢固的鐵柵欄分隔開來，可以確定是一般客人禁止入內的區域。但ＳＡＯ裡不存在過往的３Ｄ動作ＲＰＧ必定會出現的「絕對無法越過的透明牆壁」，因此只要想越過圍牆、柵欄、牆壁——當然是在筋力與敏捷力的容許範圍內——就能越過，原則上不會因此就立起犯罪者旗標。

但是被衛兵ＮＰＣ發現的話就另當別論了。雖然不認為會突然就遭受攻擊，但想到在哈林樹宮發生的事情，就覺得很有可能遭到逮捕帶走監禁盤問。通路左側是四層樓高的賭場牆壁，右側是高三公尺左右的圍牆，如果被前後夾擊的話就無處可逃了。今天晚上是妮露妮爾委託的暴露柯爾羅伊家的作弊作戰，明天則是為了挽回基滋梅爾名譽的祕鑰奪回作戰，由於相當重要的作戰接連而至，所以連一晚都不能被關到監獄裡。

不應該魯莽行事，還是回去比較好嗎……雖然這麼想，但就是有似乎漏掉了什麼的漠然不安感一直盤踞在心底深處。幾乎可以確定柯爾羅伊家把赭色野犬高等種的毛皮染成紅色後讓其參加戰鬥競技場，把女僕琪歐正在製作的脫色劑撒在野犬身上，讓牠在眾目睽睽下露出原本皮毛顏色的話，柯爾羅伊家就沒有辦法辯解了。妮露妮爾的作戰沒有任何缺點，腦袋裡明確地了解這一點，但或許是遊戲狂的天性吧，當事情進行得很順利時就會想要警戒是否有什麼陷阱。

——只偷窺一下賭場後面的怪物廄舍，直覺雷達沒有任何反應的話就立刻撤退吧。

對自己這麼說完，我就再次在通路上走了起來。

幸好沒有遭遇到衛兵就抵達建築物的西北端，於是就把背靠在純白牆上豎起耳朵聽了一陣子。雖然可以微微聽見人聲，但沒有任何人靠近的氣息。我稍微從轉角露出臉來窺探情況。

賭場後方有一個鋪了石頭地板，比正面庭院還要寬敞許多的空間，上面停了三台沒有繫上馬匹的馬車。一看之下，馬車後部的門是由橫移式鐵欄杆構成，應該是為了運送在練功區捕捉到的怪物。

廣場北側有一棟木造倉庫般的建築物，由於經常可以聽見嘶叫聲，那應該是馬匹用的廄舍吧。繼續把臉探出去，一看見面對廣場的賭場本體的牆壁，發現上面設置了一扇可以容納整輛馬車的大門，其兩旁還設置了小型的門。那邊的內部一定就是我尋找的怪物廄舍了。

原本以為是跟賭場分開的建築物，不過看起來是在同一棟建築物裡面。起初是只打算從窗戶窺看內部，這樣的話就辦不到了。怎麼說潛入內部都太過危險——即使心裡這麼想，但小型門卻像是在誘惑我一樣半開著。

——好啦好啦，我進去就是了！

心中對著ＳＡＯ系統，或者可以說是命運女神如此咒罵完，我就再次確認整座廣場。雖然從藏身地點五公尺外的馬匹用廄舍傳出使用拖把的聲音與悠閒的歌聲，不過其他地點就沒有人了。那庫特伊家與柯爾羅伊家的怪物捕獲隊應該是出去工作還沒回來吧。

下定決心後離開建築物後方，彎著身體小跑步在牆邊前進。在半開的門前面停了一下子，確認內部沒有其他人的氣息後才滑身潛入。

下一個瞬間，一股輕微的異臭鑽入鼻腔。那種乾草、土壤與野獸的氣味，讓人想起現實世界的動物園。

結果裡面是寬敞、微暗，類似車庫的空間。牆壁、地面都是石砌，深處的牆上並排著兩個漆黑的四角形洞穴。歪著頭想著「那是什麼」，接著就發現是怪物的搬入口。構造大概是馬車朝後倒退，等緊貼那個橫向洞穴後才橫移鐵欄杆，讓裡面的怪物自己進入洞穴裡面。

帶著這樣的想法豎起耳朵後，感覺可以從洞穴深處聽見低吼的聲音。絕對不想進入那裡，有沒有其他出入口……有了。左右的牆壁上設置了樸素的灰色門扉。凝眼一看之下，左邊的門上鑲嵌了將紅龍圖案化的紋章，右邊的門上則是黑色花朵——應該是百合的紋章。

紅龍與黑百合。一邊是柯爾羅伊家的紋章，另一邊是那庫特伊家的紋章嗎？即使回溯昨天的記憶，也沒有在包含妮露妮爾房間在內的賭場內部看到相同紋章的記憶。只要傳訊息給亞絲娜或者亞魯戈，或許就能直接向妮露妮爾確認了，但可以確定會接續著你在什麼地方做些什麼事的問題，也能確定老實回答的話絕對會收到中止探索的訊息。

如此一來只能用符合賭場的第六感來決定了……當我踏出一步的瞬間就回想起來。

昨晚參觀怪物鬥技場時，柯爾羅伊家的赭色野犬與那庫特伊家的超彈力球鼠婦分別是從設置在籠子深處牆壁上左右兩邊的上拉門登場。如果怪物廄舍內部是分割成兩個空間，那麼野犬登場那邊就是柯爾羅伊家的廄舍，而球鼠婦登場的則是那庫特伊家的廄舍。

拚命再生著到底是哪一邊的記憶，然後獲得確信。球鼠婦最初出現時是在左邊，接著出場的野犬則是從右邊的上拉門。也就是說我所尋找的柯爾羅伊家廄舍是在右側鑲嵌著黑百合紋章的……不對。現在站立的方向跟昨天晚上相反了一百八十度，所以柯爾羅伊家的門是左側的紅龍紋章。

躡腳靠近門扉，旋轉門把後用力拉。由於輕易就打開了，我便再次刺探氣息後侵入內部。靜靜地關上門，接著環視四周。

讓人聯想到哈林樹宮地下監牢的微暗通道往左右兩邊延伸。但是這裡的地板、牆壁、天花板都是堅硬的石造，門雖然是木造但是經過鐵片補強，被關起來的話就不可能用火把燒掉門鎖來脫逃了吧。

是不是該裝備一直放在道具欄裡的愛劍呢，思考了一陣子後就放棄了這個念頭。因為非法入侵的是我，就算被衛兵發現了也不想做出突然翻臉的強盜般行為。只能盡可能逃走，真的沒辦法逃走時也只能任憑對方處置了。

往左的通路馬上就到盡頭了，所以決定往右邊前進。牆壁上雖然並排著幾扇門，不過打開其中一扇後發現是充滿塵埃的倉庫，所以其他門就直接經過不加理會。

盡頭的牆壁上可以看見一處沒有門的開口，通過該處後出現了往下的螺旋階梯。豎起耳朵聽了一陣子後，再躡腳慎重地往下走。油燈照耀下的螺旋階梯，可以看出天然石構成的梯面已經被磨得相當光滑，如實地表達出柯爾羅伊家與那庫特伊家累積多年的歷史。

氣溫隨著逐漸往下而降低，而飄盪在空氣中的野獸氣味則逐漸增加。參加戰鬥競技場的怪物應該都被傳承自英雄法魯哈利的「使怪物服從的祕術」馴服了，不過妮露妮爾曾說過馴服狀態並非無條件永久持續。這樣的話，就無法斷定絕對不會發生怪物對外界人士的我產生反應而解除馴服狀態的情形。我邊打開讓自己能夠隨時衝刺逃跑的五感感應器，一邊走下螺旋階梯的最後一階。

拱門型的門口前方是一條比一樓更加寬廣的通道。不過並排在左右兩邊牆上的不是門而是鋼鐵的欄杆。目前通道上看不見人影，但深處傳來細微的說話聲。

即使拚命豎起耳朵也無法掌握對話的內容以及人數。內心再次呢喃了一遍「我去就行了吧……」，接著就踏上通道。

前進數公尺後，首先窺看右側的柵欄，鋪在地面骯髒的乾草上可以看到蹲著一隻像豬又像是水豚的矮胖動物。那確實是會出現在主街區雷庫西歐周邊，名為「鉗子巨鼠」的怪物。牠的行動遲緩也沒有特殊攻擊，不過上下像老虎鉗般的牙齒啃咬的力道異常強烈，武器一旦被牠咬住就幾乎不可能搶回來，不用其他武器或者由小隊成員將其打倒的話，就算是巨大的雙手斧牠也能夠咬碎。

但只要注意這一點，牠就是相當容易打倒的怪物，因此在封測時期讓我賺了不少經驗值。打倒的數量應該沒有一百也有五十——但是像這樣看見牠被抓住的模樣後，就產生了一股同情心。

對自己說這只是偽善的感傷後離開鐵柵欄旁。把其他柵欄當成沒看見一樣，無視第二到第四個柵欄直接通過，但來到第五個柵欄時，眼睛就像被吸過去般動了起來。

這個柵欄不是圓形鐵棍直向排列的型態，而是有許多細鐵絲組成十字形柵欄來擋住怪物。柵欄的縫隙看起來小於三公分，我想應該是關著很小的怪物，但是盤踞在籠牢角落的影子，尺寸跟第一個籠牢裡的水豚似乎差不多大。被挑起興趣的我凝視著怪物，隨即就浮現顏色浮標。專有名稱是「Argent Serpent」……不記得封測時曾經遇過這種怪物，不過從Serpent這個名稱來看，應該是蛇類的怪物吧。很遺憾的是，我的腦內字典沒有登錄到前一個單字。

不論如何，如果是身體細長的蛇，那麼就能理解為什麼柵欄的縫隙這麼小了。不過賭場裡的戰鬥競技場，其鐵柵欄的縫隙至少有十公分左右。把蛇丟到那裡去的話，可能會爬到觀眾席去吧……當我心裡這麼想的時候。

「……傢伙，給我乖一點！」

突然有凶狠的怒吼響徹整條通道，我反射性回過頭去。但是通道上沒有任何人。看來咒罵的對象不是我。

再次看往前進的方向。左右兩邊各剩下一個柵欄，盡頭的牆上可以看到一扇特別小的門，不過看來不是怪物的房間。豎起耳朵傾聽後，就聽見從右手邊最深處的柵欄裡傳出像是野獸吼叫的聲響。

躡手躡腳慢慢地前進，暫時貼在牆壁上，然後才窺探第六個柵欄。

兩個男人在二·五平方公尺左右的小房間裡，背對著這邊站立著。然後被迫在凌亂散落著極少量乾草的地板上身體往前傾的是有著紅色毛皮的犬型怪物。不用叫出顏色浮標，只看一眼就知道是那隻赭色野犬了。仔細一看之下，身體上到處有紅色顏料剝落，露出底下的白色毛皮。

野犬對男人們露出尖銳的牙齒，持續發出低吼。如果那是毛皮顏色遭到改變的高等種，那就應該是連攻略集團都感到棘手的對手，男人們之所以能泰然自若，完全是因為野犬被看起來很堅固的鐵項圈與粗大鐵鍊鎖在嵌入牆壁裡的鐵環上。

兩個男人都有著強壯的體格，身穿暗紅色上衣與皮革背心，還戴著延伸到手肘的皮革手套。浮標顯示的名字都是「Handler of the Korloy family」——先是思考著Handler是什麼，隨即理解是馴獸師。也就是「柯爾羅伊家的馴獸師」嗎？

偷窺裡面的情形，就看到右側的男人舉起短鞭叫著：

「笨狗，不聽話的話就讓你嘗嘗這個喔！」

下一刻，野犬就往後退了一步，但沒有停止威嚇。左側的男人以帶著焦躁的聲音說：

「不快點塗這個傢伙的話，在比賽前顏料就不會乾而且味道也會殘留。昨天也還有點濕呢。」

一看之下，左邊的男人右手拿著一把巨大毛刷，左手則抱著一個陶壺。毛刷染著黯沉的紅色，也就是說那個壺裡面裝了幫野犬的毛皮進行偽裝的染料。

為了一探究竟而把精神集中在嗅覺上之後，發現野獸的氣味裡參雜了一股甜膩的刺鼻味。那種氣味絕對跟附著在鬥技場柵欄上的紅色痕跡相同。連我都覺得難聞了，鼻子靈敏的犬型怪物當然不會喜歡。

但是那隻赭色野犬——應該不是正確的種族名——應該受到巴達恩・柯爾羅伊的「使役之力」的支配才對。由於籠牢的角落放置了飼料盤與水桶，應該不是因為肚子餓而解除了馴服狀態。但那為什麼還持續對那兩名男馴獸師露出利牙呢？

雖然應該不是感受到我的疑惑，但右側的男人以鞭子的握柄部分搔著脖子說：

「看來或許只能請巴達恩大人重新施術才行了。」

聽他這麼說後，左邊的男人就上下移動粗壯的肩膀。

「但是預定今天就要處分掉了吧？」

「嗯，繼續下去的話連那庫特伊的那些蠢貨都會覺得奇怪吧。今天晚上結束最後的工作後這隻臭狗就沒用了。」

「這樣的話，就算請求重新施術，也只會得到自己想辦法讓牠再撐一場的回答吧。那種術法也不便宜啊。」

「是沒錯啦……」

——馴服怪物的術法「不便宜」到底是怎麼回事？根據妮露妮爾以及琪歐的說明，那是繼承自祖先英雄法魯哈利的特殊能力，也就是帶有獨特技能的含意。

即使感到納悶還是窺探著裡面的情況，結果拿鞭子的男人就咂了一下舌頭。

「嘖，沒辦法了。先用鞭子把牠打到無法動彈，然後趁那個時候塗上染料。到比賽之前持續讓牠喝回復藥的話，再撐個一戰應該沒問題吧。」

「知道了。那就開始吧。」

左邊的男人退下後，右邊的男人再次舉起右手。

以皮繩編成的鞭子發出冬天寒風般的聲響並且扭動，強烈地擊打著野犬的背部。

「嘎嗯！」

發出尖銳吼叫的野犬，從背部濺出紅色特效光側倒在地。雖然立刻就站起來發出低吼，但原本已經減少四成左右的ＨＰ因為剛才那一擊減少到低於五成。

鞭子再次發出咻咻的破風聲。野犬雖然試圖飛退，但是短短的鐵鍊發出低沉的聲音繃緊，鞭子便朝該處襲去。側腹遭到痛擊的野犬像被彈開般跳起來，然後落到地板上。ＨＰ再減少一成，出現了暈眩特效。

當男人第三次舉起鞭子的瞬間——

「快住手！」

我渾然忘我地這麼大叫。

緊接著便急忙閉上嘴巴，但已經太遲了。

「啥？」

「是誰！」

在男人們大喊著回過頭之前，我就緊急把臉縮回去。現在立刻逃走的話——不行，對方大聲呼喚同伴的話，可能會在螺旋階梯的途中遭到夾擊。

瞬間的判斷讓我打開視窗，在裝備人偶的頭部設定「破爛的麻袋」。

麻袋隨著咻哇的聲音實體化，罩住我整個頭部。雖然沒有窺視孔，但是編織的網目很大，而且有許多地方都破了，所以外界比想像中看得更加清楚。

消除視窗的同時籠牢的門就迅速被推開，男人們從裡面衝了出來。兩個人看見我臨時完成的蒙面模樣都一瞬間瞪大眼睛，但立刻就用凶惡的表情大叫：

「你這傢伙是打哪來的？」

「那庫特伊的手下嗎！」

第二個問題雖然已經正中紅心，但怎麼可能回答Yes。當我持續保持沉默，依然拿著毛刷與陶壺的馴獸師，其光頭加上絡腮鬍的極凶惡長相就扭曲著丟出一句：

「不論是什麼人，知道那隻臭狗的祕密就不能輕易讓你離開。喂，隨便揍他一頓後關到空著的籠牢裡吧。」

「交給我吧，從以前就想試試用這個傢伙揍人了。」

另一名訓獸師用右手的鞭子啪嘰一聲打了一下地板。那就像是信號一樣，兩個人的顏色浮標從黃色變成紅色。

只不過色澤相當淡。也就是說等級確實比我低，但我是第一次跟拿鞭子的人戰鬥，而且說起來我才是入侵者。雖說戰鬥了也不會變成罪犯（橘色），但總不能殺掉他們。必須在極力不減少HP的情況下將兩人無力化，然後在真正的衛兵趕到之前從這裡脫逃才行。

拿著鞭子的馴獸師雖然沒有長鬍子，但是頭髮略長，眉毛也相當茂盛。這樣的眉毛豎成倒八字形，然後全力揮動鞭子。

即使是第一次跟使用鞭子的對手戰鬥，但是託剛才窺看他在責罰野犬的福，腦袋裡已經記住攻擊範圍以及時機了。當咻咻的破風聲響徹通道時，我已經朝地板踢去往前突進。

沉下身體迴避從左上方襲來的鞭子。感覺鞭子稍微膨脹的前端掠過頭髮，同時把舉到腰部的左拳一直線擊出。

帶著紅色特效光的拳頭痛擊鞭使雄偉的眉間。體術的基本技「閃打」——雖然沒有太大的威力，但是完全擊中要害的話讓對手陷入暈眩狀態的機率比用劍使出的斬擊要高一點。

正如我的目的，鞭使整個人被轟飛出去然後呈大字型躺在地上不動了。雖說HP還剩下七成以上，但頭部周圍有黃色特效光在旋轉。正是我所希望的暈眩狀態——而且不是短短三秒就回復的弱暈眩，而是將近一分鐘無法動彈的強暈眩。面對玩家就沒辦法這麼容易了，不過我覺得並非士兵或者戰士的普通人ＮＰＣ對於異常狀態有較沒抵抗力的傾向。

「什麼……！」

另一名馴獸師發出驚訝的聲音後就深深吸了一口氣。應該是打算大聲呼喚衛兵吧。不讓他得逞的我再次往地板踢去。

這次換成用右手使出「閃打」，命中了對方的太陽穴。被轟飛的馴獸師後腦杓猛烈撞上鐵欄杆，在飛濺出傷害特效與暈眩特效的情況下重重倒地。在從男人左手拋出的壺落地發出巨大聲響破裂之前就把它接住。

雖然正如計畫在不殺害兩人的情況下讓他們無法行動，但強暈眩的持續時間只剩下五十秒左右。在這段期間內我必須離開柯爾羅伊家的廄舍，回到賭場的正面才行。

我以右腳為支點準備轉身時，視線就——

看見無力地躺在籠牢深處的赭色野犬。

反射性踩穩腳步後，原本打算再次奔跑，但虛擬角色卻沒有行動。如果我從這裡逃走的話，那兩名馴獸師會如何處置這隻野犬呢？考慮到將毛皮染色的作弊手段被那庫特伊家識破了，或許會提早加以處分吧。

就算是這樣也沒辦法了。反正今天晚上就會受到處分了，只是早一點晚一點的差別，說起來那隻野犬也不是什麼寵物，跟在第七層打倒的槍甲蟲、毒黃蜂以及吸血海參同樣是怪物。在練功區遇見牠的話，一定會拔劍將其打倒的普通Ｍｏｂ。

明明很清楚這一點——

「……可惡！」

我一邊咒罵一邊衝進門打開的小房間裡。

側躺著的野犬昂頭發出低吼。但是聲音聽起來相當虛弱，黃色浮標的ＨＰ條已經只剩下三成左右。

打開視窗，把拿在左手的陶壺收進道具欄，按下「快速切換」鍵來裝備愛劍。從背部把劍抽出後，一擊就砍斷連結野犬項圈與牆壁鐵環的鍊子。

或許是衝擊傳遞過去了吧，野犬發出「嘎嗚」的短吼。急忙把劍收回鞘裡，對著受傷的野獸呢喃道：

「乖一點啊。」

「咕嚕嚕……」

沒辦法辨明這樣的低吼是Ｙｅｓ還是Ｎｏ的意思。但浮標依然是黃色，所以應該沒有被認定成攻擊目標才對。下定決心後靠了過去，用雙手抱起足有德國牧羊犬那麼大的身體。雖然怪物體格結實，但或許是我一點一點累積起來的筋力值發揮作用吧，並不覺得有多重。

「嘎嗚！」

再次發出聲音的野犬雖然出現好幾次掙扎的動作，但立刻就無力地垂下頭。並非接受我的擁抱，似乎是沒有抵抗的力氣了。

練功區湧出的怪物只要ＨＰ條還剩下一丁點就會狂暴化。這隻野犬應該也一樣才對，為什麼會無法動彈呢？難道是陷入什麼隱藏的異常狀態嗎？

不對，這些事情之後再探討吧。現在必須先離開這座地下廄舍才行。

我抱著野犬衝出小房間。馴獸師們雖然仍處於暈眩狀態，但環繞在腦袋周圍的黃色特效光已經變得很淡了。再過十秒左右應該就能行動了吧。

透過麻布袋瞪著通道深處，然後以最快速度衝刺。不到三秒鐘就穿越通道，在幾乎沒有減速的情況下衝進梯廳。在彎曲的牆上跑了五步左右跳上螺旋階梯，一次越過三階往上爬。

這時候背後有男人的喊叫聲追了上來。不過構造上應該是沒有預想到會有入侵者吧，沒有聽見鐘或者喇叭的聲響。在馴獸師們的聲音傳進衛兵耳裡之前，應該還有一些時間才對。

來到一樓後，跑過短通路來到搬入怪物用的車庫。幸好這裡還沒有人——但外面的後院就沒這麼簡單了。

暫時在入侵時使用的門前停下腳步來窺探狀況。果然不出所料，寬敞後院的正中央，像是結束馬房打掃的兩名廄務員與兩名完全武裝的衛兵正站在那裡談話。

罩著麻布袋且抱著野犬的外人大剌剌地出現在那裡百分之百會引起大騷動，就這樣再待二十秒的話馴獸師們也會上到一樓來。雖說調查一下道具欄可能會找到什麼派得上用場的東西，但不可能有時間慢慢檢查數量龐大的道具。

……道具欄。

「————！」

我一瞪大雙眼，隨即只用左手抱住野犬，然後用右手打開視窗。

擊打依入手順序排列的道具欄最前方「盧布拉碧烏姆花的染料」的文字列將其實體化。

一抓住出現的陶壺就全力把它舉起來。

這時真希望擁有「飛劍」技能，不過這種距離應該可以命中才對……心裡祈求著「拜託要中啊！」，然後從半開的門縫隙中使盡所有力氣將其投擲出去。

一直線飛翔的陶壺，漂亮地擊中身體面向這邊的衛兵看起來很堅固的護胸，鮮紅色液體如同爆炸物般飛濺開來。面對面講話的四個人，臉龐都染成跟野犬毛皮同樣的顏色。

「嗚哇啊！」

「怎……怎麼了？」

「眼睛，我的眼睛！」

男人們摀著臉蹲下來的瞬間，我就衝進後院。同時……

「衛兵！衛兵！」

「有入侵者——！」

背後也傳來這樣的呼喊。但衛兵與廄務員都自顧不暇了。跑過在地上打滾的四個人旁邊，此時的目標不是來時使用的小路，而是後院深處一扇雙開的門。這麼做的理由，是因為不能抱著一看就知道是怪物的野犬直接從賭場的正面入口登場，只是從後門脫逃並非易事。

橫移式門扉是由厚板材加上鋼鐵補強所製成，不要說用劍了，就算拿雙手用的榔頭都無法破壞。使用劍技或許能破壞上下並排的兩個鐵扣，但馴獸師們已經從後方不遠處迫近的狀況下，根本沒有多餘的時間慢慢開門了。

也就是說脫逃的方法只有一個——在抱著野犬的情況下，越過高度應該有兩公尺半左右的門。

雖然跟擋住賭場後方小路的欄杆門同樣高度，但這次旁邊沒有能夠爬上去的牆壁。往左右延伸的石頭圍牆比門還要高，而且表面完全平滑。可以作為立足點的，就只有用螺絲鎖在門扉接觸部的上下兩個鐵扣。

它是旋轉前端帶有掛鉤的金屬棒來往下勾在鐵扣上的類型，不過因為相當巨大，所以靴子的腳尖應該可以勉強踩得到。但是在抱著野犬的狀態下成功率再怎麼高估也只有五成，而且必須得連續完成才行，所以是兩成五。

一邊衝刺一邊花了三秒鐘確認狀況，一秒鐘做出決定的我，對著自己低聲叫道：

「……上吧！」

只要有些許恐懼與不安傳遞到虛擬角色上就絕對會失敗。打算用運動命令塞滿現實世界的我所戴NERveGEAR的傳輸頻寬，於是把所有力量灌注到右腳來踢向石頭地板。

以跳遠的要訣跳了將近五公尺，腳尖踩在下側的鐵扣上。相信打在「鉚釘短靴」靴底的鉚釘確實咬住金屬棒的感觸，這次換成垂直躍起。

右腳好不容易才能踩到上側的鐵扣。但這時助跑的去勢已經用盡。再來必須只靠筋力把我跟野犬抬起一公尺的高度才行。

「唔喔喔喔！」

考慮到門外也有衛兵的可能性，這時其實不應該發出聲音，而且也不確定虛擬世界裡吼叫效果是不是能發揮作用，但在吼叫之力的加成下做出第二次垂直跳。抬到股關節都發出摩擦聲的左腳，好不容易才抵達門扉的上部……並沒有。其實伸出右手就能抓到，但現在放手的話野犬就會掉下去。

甩開「我的腳再長一公分就好了！」的牢騷，瞬時轉換方針。在開始落下前，以左腳踢向門扉來一百八十度轉身，把身體朝向廣場。雖然衛兵與廄務員仍摀著臉蹲在地上，但兩名馴獸師已經來到廣場中央左右。就這樣什麼都不做的話只會墜落到地面，即使沒有受傷而著地也沒有多餘的時間重新跳躍了。

不過我還有一個最後的手段。

邊落下邊摺疊雙腳，上體整個往前彎曲。隨著「嘰咿咿咿咿嗯……」的聲響，右腳開始出現黃色特效光。

以左腳踩踏虛空，右腳全力往上抬。無視物理法規往正上方的推進力讓我再次跳躍。體術技能的後空翻踢技「弦月」。黃色光芒在空中畫出大大的弧線。

因為是仰賴輔助在空中發動，所以沒有踢向地面時那麼快的速度，但上下顛倒的頭部好不容易越過了門扉。原本癱軟的野犬也因為突然的後空翻而驚訝地發出「咕嚕」的輕微吼叫聲，不過幸好沒有胡亂掙扎。不對，應該連那麼做的力氣都沒有了吧。

再後空翻兩圈扭身一次後從腳部著地。在身體下沉的狀態迅速環視周圍，正如我所擔心的有武裝衛兵站在門的兩側。

瞪大頭盔內雙眼的衛兵們……

「怎……怎麼回事？」

「你這傢伙從哪裡來的……」

當他們發出這樣的聲音，我已經站起來開始奔跑。包圍賭場後院的石頭圍牆似乎同時也是窩魯布達本身的外牆，眼前浮現「Outer Field」的文字並且消失。雖然可以聽見身後馴獸師們的怒吼，但是也立刻遠去。

前方是一片盛夏般日光照耀下的草原，另外還有刻劃著無數馬車輪子痕跡的泥土道路往前延伸。道路往前一點處朝右轉彎，順著道路前進的話就能跟幾個小時前與亞絲娜她們剛剛經過的，通往窩魯布達西門的道路會合吧。但現在不能逃進城裡，在四周圍沒有其他物體的道路上前進的話會被追兵看得一清二楚。

邊跑邊回過頭後，看見兩名重武裝衛兵與兩名打開門跑出來的馴獸師正開始奔跑。雖然已經拉開三十公尺以上的距離，但我可是抱著身軀堪比大型犬的野犬，所以在平地追逐的話沒有自信能甩開他們。必須先消失在他們的視界，讓他們失去追蹤目標才行。

再次看向前方時就回想起一件事。離開轉彎道路直線前進的話，不到五百公尺就會抵達尋找烏魯茲石的河灘。而河灘的左右兩邊應該有一些最適合躲藏的灌木叢才對。

「喂，再努力一下！」

對依然全身無力的野犬這麼呼喚完，我便提升雙腳的速度。

即使將全身前傾到極限，依然極力不晃動上半身，以像忍者般的奔跑方式突進。雖然男人們的怒罵聲越來越遠，但太過拚命逃走而跌倒的話就功虧一簣了。我凝視前方的地面，邊迴避隱藏在草裡的石頭與枯枝邊專心跑著。

登上平緩的山丘之後，就看見連綿一片的青翠灌木叢，以及在其縫隙之間閃閃發亮的水面。那是源自北部山岳地帶，流經東部草原然後抵達南邊海岸的第七層最大河流。雖然有點在意流進小小海洋的大量河水最後究竟到哪裡去了，但現在不是想這種無謂事情的時候。

我邊跑下山丘邊找到聚集了五六棵灌木的地點。樹木的根部形成了密度相當高的草叢，那裡面應該能隱藏住身形。再來就要看能不能在追兵登上山丘之前衝進草叢裡面了。

有點像滾落一般朝著大約一百公尺下方的斜面猛衝。每一步都有遭系統判定為翻倒的感覺，但這時候也只能相信自己的能力值與真實的幸運度了。瞄準越來越接近的草叢底部，然後身體整個往後倒來滑過最後五公尺的距離。雙手穩穩抱住野犬，從右腳衝入植物群裡。

ＳＡＯ裡，幾乎所有樹木都可以作為素材來採伐——也就是加以破壞，不過其中也有作為基礎地形而指定為不可破壞物件的樹木。如果看準的草叢是那種類型，那我就會被系統障壁反彈回來，幸好草叢只是散落無數小葉子就接受了我。而且更幸運的是，被幾株灌木包圍的中心部形成了小小的空洞，於是我便潛入該處。

把原本一直戴著的麻布袋脫下來，從樹枝的縫隙往上看剛剛衝下來的山丘，過了五秒左右追兵就出現在頂端。兩名衛兵與兩名馴獸師為了尋找我而左顧右盼。如果他們是玩家或者高等ＡＩ的話，光是潛入草叢中應該無法擺脫才對，但普通ＮＰＣ被賦予的追蹤運算法，等級就跟怪物差不了多少。

四名男人固執地四處眺望著草原，好幾次視線都橫切過我躲藏的地點，不過沒有從山丘上走下來的跡象。最後就中斷搜索，似乎在交談些什麼。下一刻，原本變成紅色的四個顏色浮標就全部變回黃色。

男人們從山丘的另一面下山，等到完全看不見後，我才又細又長地吐出肺裡的空氣。這下子我才終於發覺自己仍然抱著赭色野犬。

野犬把頭靠在我的手臂上，重複著短淺的呼吸。急忙檢查牠的ＨＰ，發現不知不覺間已經剩下不到兩成，而且似乎仍然以極緩慢的速度持續減少著。馴獸師的鞭子塗了毒嗎——不對，如果是那樣應該會顯示異常狀態圖標，沒有理由用毒讓接下來將出賽的怪物變弱。

那麼這種持續傷害（DOT）應該是源自某種「隱藏異常狀態」。然後像這樣的狀態，經常會因為任務的需要被隱藏起來。如此一來……

「……是因為染料的緣故嗎！」

我以壓抑的聲音這麼叫完後就撐起上半身。

方才為了強行突破後院，我把從馴獸師那裡取得的「盧布拉碧烏姆花的染料」朝衛兵們丟出去了。原本是想只要能讓他們手忙腳亂幾秒鐘就謝天謝地了，但ＮＰＣ們卻按住雙眼在地上不停打滾。從那種模樣來看，染料應該具有毒性，眼睛或傷口沾染到的話將會承受持續傷害。

也就是說野犬因為在全身毛皮塗滿染料的狀態下遭到鞭打，ＨＰ才會持續減少。立刻把牠運到河邊把染料洗掉的話……不行，如果一般的水就能洗掉的話，妮露妮爾就不會要製作脫色劑了。

無法除去染料的話就癒合傷口，也就是暫時先讓ＨＰ完全恢復的話，傷害應該就會停止。

我急忙打開道具欄，回收丟在一旁的麻布袋之後就實體化回復藥水。拔開木栓後將其靠近野犬的嘴巴。

「來，把這個喝了。」

但是野犬只是無力地吐出舌頭反覆著急促的呼吸，並不去喝藥水。沒辦法的情況下只能把紅色液體倒到舌頭上，但是卻直接流落到地面。以前玩過的其他ＭＭＯＲＰＧ裡，要回復馴服怪物的ＨＰ需要專用的技能，所以ＳＡＯ可能也是這樣。如此一來，現在的我沒有辦法癒合野犬的傷口。回復水晶的話或許會有效果，但是在第七層入手的唯一一個水晶是交給亞絲娜持有，而且要把可能是最後救命手段的寶物用在怪物身上還是會感到猶豫。

一時衝動救了野犬，然後一路逃到這裡，結果只是白費工夫嗎？不對，把暴露柯爾羅伊家作弊的機會毀掉了，不只是白費功夫，可以說是得不償失了。該如何向任務承接人亞魯戈、委託人妮露妮爾與琪歐以及一起收集脫色劑材料的亞絲娜道歉才好呢……

「…………啊！」

我的嘴裡再次發出細微的叫聲。

說不定還有另一個能拯救野犬的辦法。雖然實現的可能性很低，但這時候放棄的話我將會無法原諒自己。

操作依然開著的視窗，寫了一封訊息並且傳送出去。

一邊撫摸瀕死野犬的脖子一邊等待，不到兩分鐘就收到回信。看完後輕呼了一口氣，把剛才用到一半的藥水收回道具欄，換成將水壺實體化。

「不想喝藥水的話，至少可以喝水吧。」

在手掌裡倒了一些水並將其靠近野犬的嘴邊，牠就稍微抬起頭來一點一點地舔著。不過光是這樣HP當然不會回復，持續傷害也不會停止。雖然想著至少把仍吊著斷掉鐵鍊的鐵項圈解開，但接合部用了螺絲鎖住，用手指轉了一下發現根本紋風不動。

野犬喝完水後再次癱軟，把牠的頭放到膝蓋上後，我就靜靜地等待著。

16

原本認為再怎麼快也得花上三十分鐘，不過聽見踏著草皮的腳步聲時，是在我傳送訊息過了十五分鐘之後。

從枝葉的縫隙之間往上看向山丘，目視到兩道筆直從斜坡下來的人影。對方應該看不見待在草叢中的我，是根據顯示在地圖上的現在位置標誌跑過來，不過為了慎重起見還是讓顏色浮標出現並且讀取姓名。

走在前面的綠色玩家浮標是「Ａｒｇｏ」。但後面的浮標是黃色，名字是——「Ｋｉｏ」。

「咦……」

我確認野犬的ＨＰ後，急忙從樹叢裡爬出來。

「亞魯戈，在這邊！」

罩著平常那件連帽斗篷的情報販子隨即小跑步往揮著手的我靠近。

「桐仔，你這傢伙……」

當她以傻眼的表情說到這裡，我便用一句「謝謝不好意思詳細情形之後再說」來打斷她，接著面向琪歐。

以流暢腳步走下山丘的高挑女僕，依然是身穿胸甲、裝甲裙子，腰間掛著穿甲劍的武裝狀態。側分的頭髮底下的臉龐，露出至今為止最為嚴峻的表情。

在不由得立正不動的我面前停下腳步後，琪歐便說道：

「桐人。潛入柯爾羅伊家的廄舍，把那隻赭色野犬帶出來究竟是怎麼回事？」

「之後會詳細說明。現在沒有時間了，請問我拜託的東西帶來了嗎？」

「……在這裡。」

琪歐從掛在皮帶上的大型皮革腰包中取出形狀類似葡萄酒瓶的容器。不對，仔細一看才發現根本是喝完的酒瓶。裝填到木栓下方的乳白色液體在陽光照射下發出珍珠般光芒。從瓶子的大小來看，應該有五六百毫升。

「這就是脫色劑……？不是說只能熬出一小瓶的分量？」

「按照預定熬煮三個小時，就會變成三分之一的量了。不過就算是這種狀態，只要把全部的量用掉效果也幾乎一樣。」

如此回答的琪歐，視線從右手的瓶子移到我的臉上，說出了理所當然的疑問。

「妮露妮爾小姐要我帶過來，便遵從了她的命令……不過把野犬從廄舍帶出來的話，為什麼需要脫色劑？事到如今把牠的毛皮恢復成原狀根本沒有意義吧。」

「是這樣沒錯……」

一瞬間煩惱著該如何說明後，我就對琪歐與亞魯戈說：

「請……請等一下。」

迅速環視周圍，確認沒有任何人之後，我再次潛入草叢內。

野犬依然橫躺在短短的草皮上。ＨＰ條剩下十五％。感覺隨著殘量變少，減少的速度也增加了。

「現在就救你喔。」

說出自己也沒有絕對信心的鼓勵後，我就在趴著的情況下把雙手插到野犬身體底下，以手肘與膝蓋把牠的身體翻過來。然後就這樣爬出樹叢，抱著野犬站起來的瞬間——

「嗚哇！」

亞魯戈發出這樣的聲音並急速飛退。原本心想「面對瀕死的狗也太誇張了吧」，不過仔細思考後就又覺得這傢伙是貨真價實的怪物，會有這種反應也是理所當然。

由於琪歐沒有任何動搖，我便快步靠近她，以不在意禮貌的口氣說明：

「用來染色這傢伙皮毛的『盧布拉碧烏姆花的染料』好像有毒性，毒從傷口進入身體，不立刻用脫色劑把染料洗掉的話……這樣下去牠會死掉。」

聽到這裡的瞬間，琪歐就皺起柳眉。但那並非我講話口氣不禮貌的緣故，也不是擔心野犬的安危。

「盧布拉碧烏姆嗎……那種花確實有毒。應該是找不到其他顏色合適的染料吧，不過真沒想到會用如此危險的東西。」

「嗯，所以才想用那個脫色劑……」

「為什麼？」

「啥？」

琪歐以嚴厲的聲音質問愣住的我。

「為什麼要救那隻野犬？那傢伙跟人類飼養的貓、狗或者牛馬不一樣，是貨真價實的怪物。現在雖然仍受到巴達恩．柯爾羅伊的使役術支配，但法術失效後即使在這種狀態下也會試著咬碎你的喉嚨吧。就算法術沒有失效，現在也不能把牠送回柯爾羅伊家的廄舍，既然被懷疑可能是那庫特伊家幹的好事，也沒辦法由妮露妮爾小姐重新支配並且參賽了。使用貴重的脫色劑來救牠又有什麼意義呢？」

這是我在衝進籠牢時、逃到這裡時，還有在此等待亞魯戈時都反覆問自己的問題。

結果我所做的事情沒有合理的理由。硬要說的話──

「……因為如果亞絲娜在這裡的話，她絕對也會這麼做。」

呢喃般這麼回答完，琪歐便瞬間瞇起眼睛，以刺探的視線望著我的眼睛。

「為什麼能如此肯定？既然她跟你同樣是冒險者，在抵達窩魯布達之前應該殺掉難以數計的怪物了才對。那些怪物跟你所抱的野犬有什麼不同？」

「大概是驕傲與尊嚴之類的吧。」

「你說尊嚴……？」

「我跟亞絲娜至今為止打倒的Monster……怪物，都是在萬全狀態下，沒有受到任何人指使就對我們發動賭上性命的戰鬥。我確實殺了許多怪物，但反過來說我也有喪命的可能性，實際上也有過好幾次瀕死的體驗——但是，這傢伙就不是了。在地下廄舍的籠牢裡被鐵鍊綁著，而且塗上毒染料，還遭到馴獸師鞭打。在對等條件下戰鬥並加以殺害，跟對單方面遭虐待的傢伙見死不救是不一樣的。」

我拚命思考並且這麼回答，但我的話裡其實有一個相當大的欺騙。

實際上，怪物不可能是依自己的意志來對玩家發動戰鬥。是受到控制牠們的ＳＡＯ系統發出的命令——不對，歸根究柢的話，恐怕每隻怪物根本沒有自己的意志。牠們跟身為獨立ＡＩ的琪歐、妮露妮爾、基滋梅爾不同，是龐大系統的一部分，這隻野犬也不例外。我可能只是把開在同一棵樹上的花用右手隨手摘下，然後以左手愛憐地加以撫摸。

即使如此——

「……原來如此。」

輕輕點頭的琪歐，往下瞄了一眼自己穿的圍裙裝，然後再次看著我說：

「我雖然懷著絕對的忠誠來服侍妮露妮爾小姐，不過並非受到暴力、束縛，或者術式所支配。是這個樣子嗎？」

「嗯……是啦，應該是這樣吧。」

「那麼傷勢治癒後那隻野犬要是基於尊嚴對你發動戰鬥的話，你會拔劍把牠殺掉嘍？」

雖然是很嚴格的問題，但也只能點頭了。

「……嗯。雖然我可能會被殺掉。」

「…………呵。」

令人驚訝的是，聽見我的回答後，琪歐卻發出細微的笑聲。

「呵呵，真是個怪人。亞魯戈，男性冒險者都是這樣嗎？」

被琪歐如此詢問的亞魯戈，在距離三公尺之外的地點回答：

「沒有喲，那個傢伙特別奇怪。」

「聽妳這麼說我就放心了……那好吧，反正放著也沒用處了。你儘管拿去用吧。」

這麼說的琪歐，把拿在右手的玻璃瓶遞過來。

我輕輕地把野犬橫放到腳邊的草地上後，以雙手接過瓶子。或許是液體的比重比較高吧，感覺比同樣尺寸的酒瓶還要重一些。

「那個……不必使用毛刷之類嗎？」

「不需要。直接從頭到尾緩緩地灑下吧。」

「……知道了。」

點完頭後，我就拔下軟木塞。

忍不住順便聞了一下氣味，結果那索斯果實那像是荔枝加胡椒的香味幾乎完全消失。我蹲在野犬上面，慎重地傾斜玻璃瓶。

有些黏稠的珍珠色液體緩緩流出，滴落在野犬的頭部。圓耳朵抖動了一下，不過之後就沒有其他反應。我動著右手，把液體從頭部一路灑到身體。

當灑完細長的尾巴尖端時，瓶子內的液體剛好用完。染成紅色的毛皮只有被液體弄濕的部分閃閃發亮，沒有脫色的樣子。而且分量本來就完全不足——

剛這麼想的瞬間，液體就發出「咻哇！」的聲音並且急遽開始冒泡。白色細緻泡沫不斷地膨脹，馬上就包裹住野犬的全身。

「喂……喂，這樣就可以了嗎？」

焦急地看向琪歐後，武裝女僕眉毛都不動一下就回答：

「安靜地看就對了。」

「……遵命。」

的模樣。

我縮起脖子，把頭轉了回去。

冒得比我膝蓋還要高的泡泡，依然不停發出咻咻的聲音，同時像生物一般持續蠕動著。原本擔心裡面的野犬會不會因此而窒息，但飄浮在泡沫上方的剩下一成的ＨＰ條也沒有急遽減少的模樣。

「哦？」

在遠處看著這一切的亞魯戈突然發出聲音。我同時也瞪大眼睛。

泡泡山從下方逐漸開始變成鮮紅色。一瞬間還以為是野犬的血，但是升起甜膩的刺激氣味讓我發現是「盧布拉碧烏姆花的染料」溶化了。

連頂端都染成紅色的泡泡山，這次變成像是融化在空氣裡一樣逐漸變矮。短短幾秒鐘就消失了七成，露出底下原本被吞沒的怪物。

「哦……」

這次換成我發出聲音。

橫躺的野犬，其具特色的黑斑模樣雖然還是殘留著，但是鐵鏽般混濁的紅色已經漂亮地脫落了。即使仍戴著鐵項圈，其底下的毛皮看來也已經脫色。原本的毛皮重新顯現出來，在陽光照射下發出閃閃亮光，那是接近銀色般的淡灰色。

即使溶解染料的泡泡全部消失，野犬還是閉著眼睛橫躺在草地上，但原本很痛苦的呼吸已經穩定下來。ＨＰ條似乎也不再減少了。

當我輕輕呼出屏住的呼吸時，原本顯示在ＨＰ條下方的「Rusty Lykaon」這個專有名詞的前半開始融解崩壞，然後變成其他單字。

「Storm Lykaon」。幸好新的修飾語仍在國中英文的範圍內。

「暴風野犬……亞魯戈，妳知道嗎？」

把視線朝向右邊後，情報販子就馬上搖頭。

「不，沒聽過也沒見過。」

「我也是……琪歐小姐，妳知道嗎？」

武裝女僕狠狠回瞪繼續移動著視線的我——

「不知道。」

「咦……那庫特伊家不是有網羅第七層所有怪物的等級表？」

「沒有說過是所有怪物。」

即使一直瞪著這邊，琪歐還是幫忙補完我的記憶。

「等級表所記載的怪物，只有能夠在競技場戰鬥的尺寸，而且不會使用危及觀眾及建築物的特殊攻擊。」

「啊，是這樣嗎……等等，但是這隻暴風野犬也符合這些條件吧？打倒超彈力球鼠婦的旋轉攻擊雖然讓人嚇一跳，但我想那不足以破壞籠牢喔。」

「我沒看見那個什麼旋轉攻擊。不過……我想就連柯爾羅伊家也不會派出能破壞籠牢的怪物。如此一來，這隻暴風野犬沒有登記在等級表上確實很奇怪……」

琪歐皺起眉頭，同時往下看著腳邊的犬型怪物。

HP條雖然停止減少，但沒有從剩餘一成開始回復的動靜。野犬本身也依然閉著眼睛橫躺在地上。

通常怪物即使跟玩家戰鬥而受傷，只要其中一方逃走而解除戰鬥狀態的話HP就會急速回復。等我們離開後，這隻暴風野犬或許也是一樣，不過實在有太多非正規的條件重疊在一起了，我也不敢確定是這樣。如果這種狀態持續下去的話，被以窩魯布達為據點來提升等級的玩家發現，就算是黃色浮標遭到殺害的可能性也很大。

只能把牠搬到遠離城市，玩家應該有好一陣子不會來的地點觀察情況了……當我這麼想著時。

琪歐再次把手伸進皮革袋子裡，取出了一個新的瓶子。

比我左手還拿著的酒瓶再小一點，整個瓶子都施加了像是寶石般的多面切割。裡面是帶著一點橙色的粉紅液體。

「用這個吧。這是怪物專用的回復劑。」

琪歐這麼說完就把瓶子遞過來，我則是忍不住以認真的表情凝視著她。

「咦……為……為什麼有這種東西？琪歐小姐不是才剛反對我救這隻野犬……」

「我是反對啊。但是，妮露妮爾小姐要我帶過來。不用的話我要拿回去嘍。」

「要……要用，謝謝！」

邊低頭道謝邊用右手接過回復劑，然後左手還回空瓶。

在野犬上面蹲下來後，我再次看向琪歐的臉。

「那個……我讓牠喝的話也有效果嗎？」

試著讓發言帶著沒有習得怪物回復技能的言外之意，不過武裝女僕卻露出你在說什麼蠢話般的表情。

「不論誰讓牠喝，內容物都是一樣的吧。只不過，讓虛弱到無法動彈的怪物喝藥似乎要有技術就是了。」

剛才我試著讓牠喝藥水時，野犬確實連舔都不去舔滴到嘴裡的藥水。這次如果再一樣的話，對於雖然理由不明，但除了脫色劑之外連回復劑都提供的妮露妮爾實在太不好意思了。

「……請問一下，琪歐小姐擁有這樣的技術嗎？」

再次回歸客氣的口吻這麼問道，結果立刻得到不像女僕的回答。

「怎麼可能會有。我看起來像廄務員或者馴獸師嗎？」

「不……不像。」

我縮起脖子，為了慎重起見看了一下亞魯戈，她也嚴肅地不停搖著頭。看來這次也得由我來了。

我跪到癱軟橫躺在地的野犬頭部旁邊。下一刻，緊閉的眼睛微微睜開，從嘴巴裡發出「咕嚕……」的低吼，但除此之外就沒有其他反應。

從嘴角把藥水倒進去應該只能得到跟剛才同樣的結果吧。必須想辦法讓牠確實喝下去才行。如果有什麼滴管般的東西……不對，最後只會落得被尖銳牙齒咬碎的下場。

拚命思考後，認為只能這麼做的我就下定決心。以右手拇指拔開回復劑的木栓，左手彎成碗狀後倒了一些藥水在上面。

晚霞色的液體相當冰涼，不過幾乎沒有味道。注意著不灑出來邊把它靠近野犬的鼻尖。但是經過兩三秒還是沒有任何反應。果然需要專用的回復技能嗎……當我沮喪地垂下肩膀時。

野犬稍微抬起比狼系還短的鼻口部。我把左手靠近黑色鼻子，讓牠聞了好幾次。反射性想要對牠搭話，最後還是忍耐下來默默地注視。

不久後，野犬已經把頭抬起五公分左右，接著把舌頭伸向倒在我手上的液體。像是要嘗試是否安全般只舔了一次，數秒後再舔一次，然後再一次。

「哦……HP開始……」

亞魯戈的聲音讓我瞄了野犬的顏色浮標一眼。原本剩下一成的HP條開始慢慢回復了。再次低頭往下看，發現左手形成的碗已經空了。急忙從右手的瓶子再倒下藥水。結果野犬在有點踉蹌的情況下撐起上身，張開前腳將其撐住。從我的手正上方把鼻子插下去，發出啪嚓啪嚓的聲音快速舔了起來。由於藥水立刻又被喝光，我就重新倒了一些。

如此重複了三次後，右手的瓶子就空了。

我站起身子，再次看向HP條，結果正好要回復到右端。雖然放心地呼出一口氣，但問題不是這樣就解決了。耳朵深處重新響起琪歐的聲音。

——那麼傷勢治癒後那隻野犬要是基於尊嚴對你發動戰鬥的話，你會拔劍把牠殺掉嘍？

現在我的腰間雖然沒有劍，但是打開視窗按下快速切換鍵的話，一瞬間「日暮之劍」就會實體化。眼前的狗，不對，怪物不是從封測時期就打倒過幾十隻的赭色野犬，是未曾見過的高等種暴風野犬，但是光看牠跟超彈力球鼠婦的比賽，並非能夠威脅到我生命的強敵。只不過依然不能大意——只要稍微露出一點發動攻擊的模樣，就得立刻裝備愛劍，執行對琪歐質問的回答才行。

完全回復的暴風野犬以粗壯的四肢穩穩踏住地面之後，就抖動一下身體。上面有黑色斑點的銀色皮毛在強烈日照下像雪一樣發出光芒。已經沒有留下任何鐵鏽般的紅色，也看不見遭到鞭打的傷痕了。

野犬的腳步踩出一個大大的弧形，項圈上的短短鐵鍊也跟著發出嚓鈴嚓鈴的聲音，牠離開三公尺左右後才重新面向這邊。以只有這裡顏色沒變的茶色雙眸持續望著我看。

接著緩緩低下頭去。銀色體毛倒豎。鼻面擠出皺紋，稍微露出利牙。

「……吼嚕嚕嚕嚕…………」

低吼的暴風野犬，頭上的顏色浮標開始不停閃爍。黃色與較淡的紅色不規則地變換著。巴達恩．柯爾羅伊所施加的使役術快要解開了。

「吼嚕哦！」

在一聲特別尖銳的吼聲響起的同時，浮標固定成紅色。

雖然顏色較淡，但還是比預想中的要濃了一些。連等級22的我看起來都這麼紅，就表示在第七層通常湧出的怪物裡算是最強等級了。至少比昨天晚上對戰的團子蟲——超彈力球鼠婦還要強上許多，但為什麼在鬥技場會陷入那樣的苦戰呢？

等等，妮露妮爾確實說過，野犬到昨天晚上為止已經連續戰鬥四場了。這段期間每天全身都被迫塗上有毒的染料，應該讓牠的筋力與敏捷力都下降了不少吧。也就是說，野犬現在才終於取回原本的能力。

然後基於怪物的尊嚴——或許可以說是ＳＡＯ系統的命令，試圖要對我發動攻擊。

「桐人！」

「桐仔！」

後方的琪歐與右側的亞魯戈同時呼喚我的名字。

我知道她們想說什麼。應該是想要我快點拔劍吧。而我也確實該這麼做。目前我身上的裝備幾乎解除殆盡，光靠體術技能恐怕是沒辦法完全應對野犬的攻擊。

——但是。

「……喂。」

我看著在眼前持續低吼的怪物並且呼喚牠。

「難得獲得自由了。要在這裡跟我戰鬥而死嗎？那真的是你所希望的事情嗎？」

這是毫無意義的問題。艾恩葛朗特裡所有湧出的怪物都不具備獨立的思考程式。只有外表看起來像是獨立的生物，本質其實不過是巨大遊戲系統的一部分。

再過五秒還是持續這種狀況的話，就打開視窗裝備愛劍。在心中如此宣告，一邊持續回望著帶有凶猛光芒的雙眸，一邊像要咬碎數字般數著。

一、二、三、四……

「吼嚕…………」

突然間，野犬停止低吼。

在低著頭維持戰鬥姿勢的情況下慢慢後退。離開六七公尺的瞬間，就如同閃電般轉身，朝著河川那邊跑去。

牠的速度令人感到震驚。大概比封測時期戰鬥過的赭色野犬快了將近一倍吧。銀灰色的四腳獸迅速遠離，衝進並排在河川旁的灌木縫隙後，就從我的視界當中消失了。

即使如此紅色顏色浮標還是持續移動了幾秒鐘，最後完全消失不見。牠並非藏身於河岸，似乎是往遠方——應該是西北方跑走了。

「…………」

當我放鬆雙肩的力道，凝視著暴風野犬逃去的方向時，身旁就傳出亞魯戈的聲音。

「……那個傢伙，聽得懂桐仔說的話嗎？」

想著「如果是這樣就好」的我搖了搖頭。

「不……動物型怪物裡面，猿系或者犬系等頭腦比較好的傢伙察覺戰力相差太大，有時就會逃走。那傢伙大概是判斷無法贏過我們吧。」

「但是浮標還滿紅的喲？老實說，真的發生戰鬥的話，我還滿害怕的耶。」

「嗯，這我也是一樣……也就是說，即使如此野犬還是選擇逃走是因為……」

我在不發出聲音的情況下表示「身後的武裝女僕小姐強大到可怕吧」，同時轉過身子。

看著野犬逃走方向的琪歐，注意到我的視線後就輕輕聳了聳肩說：

「這樣滿足了嗎，桐人？」

「啊……嗯，至少沒有後悔……吧。」

感覺琪歐似乎對我不乾脆的回答露出些許苦笑，不過馬上就恢復成平時那種面無表情的模樣。把我還給她的酒瓶收回皮革包包裡後，就以變得嚴厲一些的聲音——

「那麼就回妮露妮爾小姐的房間，說明你潛入柯爾羅伊家廄舍的理由，以及在那裡發生了什麼事吧。」

「說……說得也是。我當然會這麼做。」

我不停點著頭，同時從腳邊撿起回復劑的木栓。由於它並非普通的玻璃，而是有著天然水晶般重量與質感的高級品，所以把木栓插回拿在右手上的空瓶裡後，我就走向琪歐同樣也把它還了回去。

琪歐表示因為是妮露妮爾的命令，才會不只攜帶我拜託亞魯戈的脫色劑，連回復劑也一起帶了過來。託回復劑的福野犬才能得救，不過妮露妮爾為什麼會預測到需要回復劑呢？雖然還有許多事情想問，但還是得先為自己的擅自行動道歉，然後仔細說明理由才行。

「那我們走吧。」

如此說完之後，琪歐就翻轉圍裙轉向後方，接著開始朝綠色山丘爬去。

我則是跟亞魯戈並肩追趕黑色裝甲裙上方優雅晃動著的白色蝴蝶結。前進了三十步左右時，『老鼠』突然以琪歐聽不見的聲音呢喃：

「桐仔啊，跟同一隻怪物長時間戰鬥的話，牠會逐漸能夠對應我方的武器與劍技對吧。」

「啥？噢……是啊，尤其是亞人系。」

「也就是說雖然比不上NPC，但怪物也是有學習能力。這樣的話，那個傢伙活得越長經歷過越多戰鬥的話，就會逐漸變成經過改造的存在吧？如此一來，也可以認為那隻野犬不是根據統一的演算法逃走，是自行判斷要放棄戰鬥的吧？」

「呃，嗯……是啦，也可能是這樣……」

在腦袋裡檢討過亞魯戈學說的可能性後，我突然看向旁邊。

「……怎……怎樣啦？」

「沒有啦……只是在想，妳不會是在安慰我吧……」

下一個瞬間，亞魯戈就露出抬起眉毛同時噘起嘴的奇妙表情。因為畫了鬍子的關係，讓她看起來像在模仿真的老鼠一樣，我看了就忍不住噗哧一笑。

「什麼嘛，我就不能安慰你嗎？」

面對嘴巴越噘越高的亞魯戈，我急忙開口道歉。

「沒有啦，怎麼會不行。謝謝啦……我會採用亞魯戈學說。」

「哼，一開始就該這麼說啦。」

當我們進行這樣的對話時，走在前面的琪歐就回過頭來，感到很納悶般揚起一邊的眉毛。

17

看見窩魯布達西門時，琪歐就從皮革腰包拿出灰色連帽斗篷輕輕罩了上去。腰包看起來不是太大，不知斗篷究竟收在哪裡的我嚇了一跳，不過在近處看時才發現斗篷薄到幾乎讓人感覺不到實體。即使如此卻完全不透明而且也不會被海風吹起，於是我便認為那是由特殊素材製作的稀有道具。

我跟亞絲娜也有許多裝備連帽斗篷來進行祕密行動的機會，所以忍不住浮現「我想要那個！」的念頭——我想亞魯戈一定也一樣——不過那不是開口對方就會給的東西吧。一邊祈求那會被當成任務酬勞，一邊跟著完全掩蓋住女僕服裝的琪歐通過西門。

現在時刻是快到下午兩點，怪物鬥技場的白天梯次應該是下午三點開始，所以大概是賭場前的廣場人要變多的時候。雖然幾乎都是ＮＰＣ，不過如果牙王與凜德要再次挑戰獲得十萬枚賭場籌碼的話，ＡＬＳ與ＤＫＢ的成員也差不多要集合了，從主街區雷庫西歐以賭場為目的地的主力玩家們也快要抵達了才對。

加上賭場正面入口有全副武裝的衛兵，因此通過那裡的話，我也想跟琪歐以及亞魯戈一樣罩上斗篷，但這種氣溫下三個人一起做那種打扮的話反而會惹人疑竇。衛兵應該是受僱於賭場本身而非柯爾羅伊家，我在廄舍引起大騷動時也戴著麻袋，所以身分應該沒有暴露……才對。

由於琪歐先踩著堅定的腳步在大路上前進，我也只能默默跟上去。正如我的預料，賭場前的廣場果然相當熱鬧，也能看見一些裝備著武具，看起來應該是玩家的男女。我自然地低下頭來追著灰色斗篷，結果琪歐即使進入廣場也沒有轉往賭場的方向，而是保持直線前進並進入一間旅館。

雖然比不上賭場三樓的超高級飯店，但眨眼環視已經相當高級的入口大廳後，我才小聲對琪歐問道：

「妮露妮爾小姐不是在賭場而是在這裡嗎？」

「別問那麼多，跟過來就對了。」

對方這麼說我除了點頭之外也沒有其他選擇了。可以看見身穿黑色背心的接待員站在櫃檯後面，琪歐直接經過櫃檯前方，快步走在微暗的走廊上。

最後在某扇門前停下腳步，從斗篷裡拿出一串鑰匙，從十把以上的鑰匙中拿出一把來打開門。門的後面是雖然高級但稱不上寬敞的單人房，不要說妮露妮爾了，根本看不見任何人的身影。

「…………？」

在頭上冒出媲美任務NPC般問號的我眼前，琪歐脫下灰色斗篷並且摺疊起來。她把立刻變小成雙折錢包般大小的斗篷收進皮革腰包內，輕吐出一口氣後就走向衣櫥。

從後面窺探琪歐雙手拉開的櫥門裡面，結果仍看不見妮露妮爾，也沒有掛任何服裝。但是琪歐卻把右手伸進空著的衣櫥裡，抓住銀色的衣架桿後把它旋轉到面前。

傳出「嘰哩嘰哩、喀嘰」這種金屬聲的下一個瞬間。

衣櫥的背板就發出細微摩擦聲並且往後打開，我則忍不住發出古怪的聲音。

「哦哇！」

雙眼眨了三下後，注意到亞魯戈變得格外安靜，往旁邊一看之下發現她正露出「擺你一道了吧」的表情咧嘴笑著呢。

「妳早就知道了吧。」

「出發的時候也是經過這間房間呀。」

聽見這個回答我也只能同意了。

「原來如此……」

越過琪歐的肩膀窺探之後，發現打開的背板後面有不知通往何處的微暗通路延伸。不對，目的地應該只有一個地方。

「桐人、亞魯戈，你們先進去。」

聽見轉頭的琪歐這麼說的瞬間，亞魯戈回答了一聲「好喲」就毫不猶豫地進到衣櫥裡。我也默默地跟在後面。雖然尺寸不足以稱為獨立更衣間，不過下面沒有抽屜也不用特別抬起腳。

像門一樣打開九十度的背板深處是地板、牆壁、天花板全都貼了石板的典型隱藏通道。寬只有五十公分左右，我跟亞魯戈縮起肩膀的話就還能筆直前進，魁梧的艾基爾似乎就只能側身往前進才行。

話說回來，那個開朗的雙手斧使與伙伴的大叔軍團們，現在在什麼地方呢……我邊想著這樣的事情邊跟在亞魯戈後面前進了兩公尺左右，接著停下腳步。

在注意肩膀不擦到牆的情況下轉過身子，就看到琪歐正準備進入衣櫥。從內側拉動雙開門將其關上，退到通道上再把單開的背板恢復成原狀。先推到發出喀嘰的聲音，然後將從牆壁高處突出的拉桿往下拉，就傳出上鎖的金屬聲。不知道這些操作的話應該會頗花時間，因為在通道裡不可能擦肩而過，所以才會讓我跟亞魯戈先走吧。

衣櫥的背板關上後通道一瞬間籠罩在黑暗之中，但隨即有微弱光線從深處照射過來。似乎是設置了某種照明裝置，不過並非火焰的橘色，而是不可思議的淡綠色。當我感到奇怪而皺起眉毛時，身後的琪歐就說：

「亞魯戈，妳先走吧。」

「好哦。」

追上開始大步前進的情報販子後，通道就在往前約十公尺處右轉，該處的牆壁上設置了奇妙的物體。從石頭堆積起來的牆上開了十公分左右的四方形洞穴，然後有又粗又短的樹枝從該處伸出，同時發出淡淡的綠色光芒。不對，發光的不是樹枝本身，而是長在上面的細長菇類。這是──

「送火茸……？」

停下腳步如此呢喃後，背後的琪歐就有所反應。

「你知道嗎？真不愧是跟留斯拉民締結友誼之人。」

「也……也沒有那麼誇張啦……」

說完可疑的回答後，我就縮著肩膀回過頭問道：

「倒是為什麼這條通道會有送火茸？把這個從『晃岩之森』的樹木摘下來馬上就會死掉不是嗎……？」

雖然不是太明亮，但很適合作為緊急時的光源，所以封測時期包含我在內的許多玩家都摘取這種菇類試圖把它帶走。但摘取時不論多麼小心，然後不論保存在什麼樣的容器裡，它都不到十秒鐘就萎縮並且消失得無影無蹤。

難道正式營運後已經變成可以摘取了嗎，這樣的話就去摘滿一個瓶子……不過我這充滿慾望的企圖立刻就煙消雲散了。

「你說得沒錯。」

點頭的琪歐讓我退後兩步左右，接著在近距離窺看著發出淡光的送火茸繼續表示：

「這株送火茸同樣只要從樹枝上摘下來就會立刻死亡了吧。至於為什麼能像這樣存活著……只有你向妮露妮爾小姐宣誓效忠，成為那庫特伊家侍者才能告訴你。」

在一臉嚴肅地這麼說道的琪歐面前，我把肩膀與脖子縮到了極限。

「我……我會考慮的。」

由於下一個瞬間武裝女僕就「呵」一聲發出輕笑，讓我不由得凝視她在綠色光芒照耀下的臉龐。但是笑容旋即消失，傳出平常那種死板的聲音。

「沒時間了。快一點。」

「好喲。」

感覺亞魯戈開始往前走，我也急忙轉回身子追上那嬌小的背部。

當大約十公尺間隔所設置的送火茸樹枝數到第五枝時，終於能看到通道的終點。

這次就不經過衣櫥，通道直接連結樓梯。氣氛雖然類似在柯爾羅伊家廄舍看見的螺旋階梯，但寬度只有一半。跟著亞魯戈開始往上爬，結果樓梯卻一直沒有終點。

當完全搞不清楚爬了幾階、幾公尺的時候，樓梯終於到了盡頭。接著再次在狹窄的通道走了一陣子。先往右轉，再往左轉，當再次往右轉的時候，前方似乎終於是目的地了。

通道被看起來堅固的板子擋住，右側牆壁的高處有一根小小拉桿。那是我把腳尖墊到極限也不清楚能不能碰到的高度——這就表示……

「啊……糟糕，我的手搆不到啊。」

亞魯戈邊說邊把手往拉桿伸去，但就算墊起腳尖也還差十五公分左右。當然跳起來的話就能碰到，但如果它不是不可破壞物件的話，直接將全身重量加諸於看起來很纖細的拉桿上，就連嬌小的亞魯戈都可能把它弄壞。

——話說回來，很久之前也發生過好幾次這種事情……

或許是想著這種事的緣故吧，我下意識中用雙手抓住亞魯戈的腋下附近，然後用力把她抬起來。

下一個瞬間……

「嗯唔哇！」

對方發出這種怪異的聲音，我才發覺自己幹了什麼好事。但是事到如今也不能就這樣放她下來。把不停亂動的亞魯戈靠近拉桿，裝出平靜的模樣說道：

「來，把它拉下來吧。」

「別把我當成小孩子！」

即使嘴裡這麼抗議，亞魯戈還是用右手拉下拉桿。響起「喀嘰！」的清脆金屬聲，接著前方擋住通道的板子就開始橫移。

看見這一幕後才放下雙手，亞魯戈的腳才剛碰到通道的地板就迅速轉過身子，以食指指著我的臉說：

「喂，桐仔。你覺得可以突然抓住淑女的腋下嗎？」

「抱……抱歉抱歉。順勢就……」

「順勢？你不會也對小亞做過這種事吧。」

「沒……沒有，我才沒有哩！」

我不停左右搖著頭。

我回想起來的不是亞絲娜而是妹妹直葉。小時候，外出時她一定會想自己關上玄關的照明，每次都是我把她的身體抬起來完成這件事。只差一歲——正確來說生日明明只差半年，虧我能辦得到這種事，不過我記得到幼稚園為止，直葉確實比同年齡的小孩子們更加嬌小且沒體力。

不過上了小學開始學劍道的時候就迅速地長高，而且變得活力十足，所以小孩子的成長真是令人難以捉摸……當我進行著這種逃避的思考，亞魯戈終於放下右手。

「聽好了，下次再做出同樣的事情就要收錢了。」

「妳……妳說收錢，那是什麼費用啊？」

「抓腋下的費用啦！」

嚴厲地這麼說完，亞魯戈就哼一聲轉過身去，我則在她身後細長地呼出一口氣。突然感覺從正後方傳來經過壓抑的笑聲，但我的身後只有那個可以跟第三層的黑暗精靈鐵匠競爭冷漠NPC排行第一名的琪歐大姊姊，所以大概是我聽錯了吧。

亞魯戈往打開的板子後方前進，接著從左右兩邊推開該處一扇簡樸的門。下一刻，微弱的亮光就照射進來。不是綠色而是橘色——光源來自普通的油燈。

跟著亞魯戈走出門外，發現這裡是左右兩邊牆上固定著金屬棒，然後棒上掛著許多女性衣物的小房間。再寬敞一點的話可能就會誤認為來到服裝店裡了。衣物全是看起來相當高級的宴會服、洋裝以及小可愛之類的，不過看起來尺寸相當小。

稍微往前走再回頭，就看到我所通過的是光亮的紅棕色大型衣櫥。跟廣場的旅館內入口一樣，出口也經過了偽裝。不對——以用途來看，應該是這邊才是入口嗎？

最後走出來的琪歐，把衣櫥內的掛衣桿轉向內側，背板就隨著「嘰哩嘰哩嘰哩……」的聲音回到原來的位置，最後發出喀嘰一聲鎖了起來。

我壓低聲音對關上衣櫥的門轉過身子來的琪歐問：

「……這邊難道全都是妮露妮爾小姐的衣服？」

「沒錯。別用你的髒手亂碰。」

對她的話露出苦笑，再次望向並排在左右牆上的禮服。仔細一看之下，雖然也有紅色、藍色、紫色的衣服，不過還是黑色的比率最高。就算妮露妮爾喜歡黑色衣服，應該也不是……因為對隱蔽狀態有正向補正這個理由吧。

「不過……妮爾小姐馬上就會長大了吧。到時候這些服裝全都得重新買過，這樣應該很累吧……？」

直接把浮現在腦袋裡的感想說出來，但琪歐只是以某種奇妙的表情眨眨眼睛，沒有做出任何回答。仔細一想之後，發現艾恩葛朗特的小孩子ＮＰＣ不一定會成長——應該說，不至於完全沒有這樣的ＲＰＧ，但應該只有少數的例外吧。難怪就連極為高等的ＡＩ也不知道該如何回答。

判斷不能繼續討論這個話題，我便朝著應該是更衣室出口的門走去。右手伸向金色門把的瞬間，它就喀嚓一聲旋轉起來，於是我便反射性飛退。

站在打開的門後面的不是衛兵也不是暗殺者，而是我那個穿著白色洋裝的暫定搭檔。

「要在衣櫥裡聊多久啊？」

亞絲娜以熟悉的傻眼表情看著我，我只能露出僵硬的笑容並回答：

「呃……那個，我……我回來了。」

設有隱藏通道的更衣室外，是將擁有巨大天篷的床大剌剌放在正中央的黑暗房間。怎麼看都是妮露妮爾小姐的寢室，於是我注意著不東張西望來橫越房間，然後通過另一道門。

終於來到熟悉的房間——大賭場飯店十七號房的主廳，我這才鬆了一口氣。但還來不及開口說些什麼，從三人沙發上站起來的人影就小跑步靠近並緊緊抓住我的雙肩。

「桐人！真是的……你這傢伙還是盡喜歡做些魯莽的事。」

「抱歉讓妳擔心了，基滋梅爾。」

我向黑暗精靈騎士賠不是，再拍了拍她的肩胛骨附近後就走向五人座沙發。

這間房間的主人兼窩魯布達大賭場的擁有者妮露妮爾．那庫特伊小姐原本正坐在放著大量坐墊的沙發上閱讀一本老舊的書籍，她把視線從頁面往上抬後看著這邊說：

「歡迎回來，桐人。」

表情與口氣都相當冷靜。應該說甚至有些慵懶，完全不知道她的內心對我的獨斷專行有什麼樣的想法。唯一可以確認的是，亞魯戈從妮露妮爾那裡承接的灑脫色劑任務因為我的緣故而失敗了。因為幾個小時前離開這間房間時，原本妮露妮爾頭上還有發出淡淡光芒的「？」符號，但現在已經消失得無影無蹤。

之後還得向亞魯戈道歉才行……心裡這麼想的我等待琪歐回到沙發旁的固定位置。武裝女僕的動作才剛停下來，我就挺直背桿對年輕的當家表示：

「我回來了。」

「……然後呢？」

「那……那個……這次真的給您添了很大的麻煩……」

當我剛準備說出生疏的謝罪之詞，妮露妮爾就皺起眉頭並輕輕揮動左手。

「道歉什麼的太麻煩了，直接省略吧。說明你在那庫特伊家的廄舍看到了什麼，以及發生了什麼事。」

「呃……好的。」

由於基滋梅爾遞給點頭的我裝滿水的玻璃杯，用眼神向她致謝後就一口氣喝光。雖不像昨天晚上亞魯戈製作的冰水那麼冰涼，但在大冒險之後依然是無可挑剔的美味。

我乾咳了一聲，接著盡可能仔細地說明在廄舍的經過、赭色野犬是暴風野犬以及治癒傷勢後牠就逃走了等事情。省略掉的大概就只有跟琪歐談論到怪物尊嚴的對話。

即使說了「以上就是我的說明」來做總結，妮露妮爾依然躺在沙發上保持沉默好一陣子。

經過十五秒左右後才終於開口說：

「我確認一下，你在廄舍真的沒有被任何人看到臉嗎？」

「是的。」

關於這點我相當有自信，所以立刻就點了點頭。

「因為潛入時沒有被任何人發現，出現在馴獸師們面前時也一直罩著麻布袋。」

「你再罩一次那個看看。」

「什……什麼？」

忍不住如此反問，但命令的內容簡單明瞭到發生誤解的餘地小於一平方攸米。而且是我連拒絕都無法拒絕的情況。

打開視窗，擊點了裝備人偶的頭部後再次設定「破爛的麻袋」。麻袋隨著「咻嗯」的聲音實體化，我的視界隨即被大網目的麻布擋住。

「……就是像這樣……」

發出的聲音連我自己都覺得有點不清楚，但室內幾乎是無聲所以妮露妮爾應該能聽見。但不論等多久都沒有任何反應。

「那個………」

感到困惑的我看向沙發旁的琪歐，但她不知道為什麼迅速移開視線。如此一來只能看向隔著矮桌站著的亞魯戈、亞絲娜以及基滋梅爾，但她們的反應也一樣。

當我心想「哪個人說句話吧」並且呆立在現場時，妮露妮爾突然把臉埋到坐墊裡面，肩膀開始不停微微震動。她在哭——不對，應該是在憋笑吧。

這樣的反應像是造成連鎖一般，琪歐深深低下頭去按住嘴角，亞絲娜她們則是輕輕轉身背對著我。這下子不就跟直接用手搾那索斯樹果實時的情形完全一樣了嗎？上次是貼心地認為如果能緩和現場氣氛的話當個小丑又何妨，但一天兩次的話服務實在太周到了一點。這應該是允許我稍做反擊的場面吧。

我一點一點往左移動，站到了琪歐的正面。

感覺到氣息的武裝女僕抬起臉的瞬間，我手指下垂的雙手就往斜上方伸直，抬起左邊膝蓋來單腳站立，做出所謂鶴拳的耍帥姿勢。

「噗呼！」

琪歐用右手遮住的嘴角發出奇妙的聲音，麻袋底下的我則想著「被我擺一道了吧」並且露出奸笑。但下一刻，琪歐的右手就宛如閃電般從臉上往左腰一閃，握住了穿甲劍的劍柄。

「哇，等一下等一下！」

把舉著的雙手伸到前面，不停左右搖晃罩著麻布袋的臉後，終於停止竊笑的妮露妮爾發出有點沙啞的聲音。

「琪歐，我還有事情想問他，讓他多活一會兒吧。」

「……是，既然妮露妮爾小姐都這麼說了。」

點頭的琪歐將右手離開劍柄並且回到固定的位置。見到這一幕才鬆了……應該說不知道能不能鬆口氣。雖然想相信妮露妮爾的發言是在開玩笑，然後琪歐也了解這一點，但NPC能夠發揮這種黑色幽默的話，看來對於ARGUS……或者應該說茅場晶彥創造出來的AI，有更加提升其能力評價的必要。

不論如何，看來是成功迴避因為沒有禮貌而被砍殺的危機，於是我放下依然舉著的雙手，對著妮露妮爾問道：

「那個……我可以脫掉這個了嗎？」

「雖然想說不行，但每次看見就會想笑，所以可以了。」

才剛得到允許我就立刻從頭上把麻袋拔下，一邊祈禱不要再套上它一邊把它收進道具欄。

由於妮露妮爾指著共有兩張的三人座沙發之一，我便坐到該處，亞魯戈坐在我旁邊，亞絲娜與基滋梅爾則坐到對面的沙發上。

喝了一口琪歐幫忙準備的紅茶──今天是肉桂風味──我便回到話題的中斷地點。

「……因此正如妳所見，我的臉應該完全遮住了。」

「說得也是，我想……那種模樣的話柯爾羅伊家的傢伙確實無法認出你。」

先是點著頭的妮露妮爾，隨即再三看著我脖子以下的部分並且加了一句：

「為了慎重起見，出入賭場時還是別做那種一身黑的打扮比較好。你沒有其他顏色的衣服嗎？」

「……沒有。」

這時亞絲娜對縮起脖子的我做出無情的追擊。

「不要說其他顏色了，這個人只有這套衣服。」

「咦咦……？只有一套？每天都穿同一套嗎？」

被推測年齡十二歲的少女以帶著厭惡與憐憫的視線看著，就連我也沒辦法保持平靜了。

「沒……沒有啦，睡覺時會換衣服……」

說起來服裝的髒汙在這個世界只是一種特效，不久後就會消失，也不會有什麼汗臭味，雖然很想這麼說，最後還是忍了下來。其實仔細一想，這個世界雖然有浴室，但不記得曾經看過洗滌用具。如果洗滌這個行為不存在的話，持續穿著同樣的服裝又有什麼問題呢。

當我思索著這種為自己辯護的想法時，妮露妮爾就用更加嚴厲的表情說：

「如果你沒有睡衣的話，接下來就要你睡在地板上了。算了，沒有的話也沒辦法。琪歐，應該還有一些爸爸留下來的衣服吧。隨便找幾件不是黑色且適合的給他吧。」

面對輕輕揮動右手的主人，女僕露出了擔心的表情。

「真的可以嗎？」

「沒關係啦，反正留著也只是占衣櫥的空間而已。」

看見默默聽著兩人對話的亞絲娜，露出似乎在思考什麼的表情，我這才終於注意到。

妮露妮爾有父母親的話，當然他們其中之一應該會成為那庫特伊家的當家才對。但現在坐上當家位子的是年幼的妮露妮爾，這就表示她的雙親恐怕——

正當我猶豫著是否該詢問這樣的推測是否正確時，坐在亞絲娜身邊的基滋梅爾就直截了當地問道：

「妮露妮爾小姐。妳的雙親、兄弟姊妹都不在了嗎？」

「是啊。」

妮露妮爾慵懶的表情完全沒有變化，直接給了肯定的答案。

「父母親很久之前就過世了。我又沒有兄弟姊妹，沒辦法的情況下才成為當家。基滋梅爾，妳的家人呢？」

被這麼反問後，騎士一瞬間伏下眼睛才回答：

「雙親住在第九層的首都。但是妹妹大約在五十天前與森林精靈的戰鬥中蒙聖大樹寵召了。」

「這樣啊……請節哀。」

妮露妮爾舉起不知道什麼時候從紅茶換成紅酒的杯子，閉起眼睛一陣子後將其一飲而盡。

然後一邊把玩空杯子一邊自言自語般呢喃著：

「留斯拉民跟卡雷斯民，經過了幾百年還是無法停戰嗎……長年跟柯爾羅伊家反目的我也沒資格說別人就是了。」

「……雖然我對於森林精靈也只有憎恨，不過……………」

說到這裡的基滋梅爾像是感到猶豫般暫時閉上嘴巴，接著才以壓抑下感情般的呢喃聲繼續表示：

「遠古時兩名女巫大人為了阻止大戰而把性命奉獻給聖大樹，如果流著兩名巫女大人血液的幼兒能夠再次誕生於留斯拉與卡雷斯．歐，或許就能終止長年的戰爭……過去女王陛下曾經這麼說過。」

「啥？」

發出這道聲音的不是妮露妮爾、琪歐、亞絲娜或者亞魯戈而是我。雖然心想「糟糕了」，但事到如今也無法退縮，乾咳了一聲後就對基滋梅爾問道：

「妳說流著巫女大人血液的幼兒，不過聖大樹的巫女大人在很～～久之前的『大地切斷』時就過世了吧？那為什麼還……啊，難道是生下巫女大人們的家族仍未斷絕，直到現在都還有後人嗎？」

「不，不是這樣的。」

用力搖了搖頭後，騎士便仔細地說明給我聽。

「說起來，不論是留斯拉與卡雷斯．歐，服侍黑色與白色聖大樹的巫女大人都非世襲制。

巫女大人年老之後，祈禱之力衰弱的話，王國的某地就會誕生繼承其力量的嬰兒成為下一任巫女大人。但是巫女大人以自身性命引發『大地切斷』這種奇蹟之技後，經過相當悠久的時間的現在也都沒有誕生應該繼承巫女大人之位的嬰兒。不論是留斯拉還是卡雷斯．歐都是一樣……」

「……原來如此……」

不論是洋風還是和風的奇幻故事當常常能見到的設定——雖是如此，但是看見基滋梅爾消沉的表情，就覺得抱持這樣的感想實在太冷血了。艾恩葛朗特的精靈們，全都從幼年時期就一律被灌輸自己是從美麗故鄉遭到放逐的罪人這樣的身分認同。

這樣的話，森林精靈們收集六把祕鑰打開「聖堂」，讓浮遊城回歸大地的願望就能夠理解。但問題是黑暗精靈的傳說裡，打開聖堂的門就會有毀滅性結局降臨艾恩葛朗特，持續於暗中活躍的墮落精靈則是認為打開聖堂的話，「就連殘留於人族的最大魔法都會消失得無影無蹤」。

毀滅性結局具體來說指的究竟是什麼狀況仍不明朗，比如說大地不是緩緩下降而是宛如隕石般墜落然後引起大爆炸，讓ＮＰＣ、怪物以及玩家全都灰飛煙滅——那個時候我、亞絲娜以及亞魯戈都會真正死亡——這樣的可能性也絕對不是零。另外，墮落精靈的將軍諾爾札所說的「人族最大的魔法」萬一是「幻書之術」，也就是選單視窗的話，那我們就無法變更裝備、習得技能，甚至連從道具欄取出道具都辦不到，那要抵達一百層根本就是痴人說夢了。

雖然不認為只有我跟亞絲娜進行的任務有什麼樣的發展將會讓殘活在ＳＡＯ裡大約八千名玩家全部死亡，但回想起在第六層史塔基翁發生的事情後就又無法說絕對不會有這種情形了。因為ＰＫ公會的傢伙們殺害了史塔基翁的領主賽龍，之後就再也沒有人能承接「史塔基翁的詛咒」任務了。如果一個玩家的惡意就能讓樓層的主要任務崩壞的話，就無法否定同樣的事情在整個艾恩葛朗特發生的可能性。

果然無論如何都得取回被「剝伐之凱伊薩拉」奪走的四把祕鑰才行。對明天的作戰下定新的決心後，妮露妮爾就像要中止沉重的空氣般輕輕拍了一下雙手。

「那麼琪歐，把爸爸的衣服全拿出來。大家幫桐人選擇適合他的服裝吧。」

即使浮現「咿咿！」的念頭，也不存在逃走的機會了。

十分鐘後。

恐怖與戰慄的更衣時間終於結束，我一邊感受著沒什麼經驗過的精神疲勞，一邊癱軟在沙發上。

最後女性們所選擇的是淺藍色短袖亞麻上衣以及灰白色七分棉褲，茶色皮繩編成的涼鞋這種充滿度假勝地感的穿搭。琪歐幫忙準備的服裝裡也有純白燕尾服與鮮紅的絲質襯衫，甚至還有像是法國貴族會穿的那種帶有褶襉飾邊的襯衫，光是沒有選擇那些服裝就已經是謝天謝地了……雖是如此，但仔細一看就發現亞麻上衣也有細微的花朵模樣浮出，棉褲穿起來則是冰涼光滑的觸感。雖然我不論是在現實世界還是虛擬世界都對時尚沒有興趣，但光是穿著就能推測出這些服裝要是在ＮＰＣ商店購買的話絕對是總額不下五千珂爾的超高級品。

「呵呵，不是黑色的也很適合你嘛。」

由於妮露妮爾喝著第二杯紅酒並且這麼說道，我只能挺直背桿低頭行了一個禮。

「謝……謝謝。歸還前我會盡量不弄髒它們。」

「不用還了。還回來我也沒有用。」

「咦……但是……」

沒辦法說出「這是妳父親的遺物」而不由得開始含糊其辭。這時原本應該出手幫我一把的亞絲娜因為和基滋梅爾、亞魯戈一起去看衣裝室而不在這裡。

但是妮露妮爾似乎察覺我想說什麼，輕輕聳了聳從夏季洋裝露出的肩膀。

「你剛才從暗門裡出來時也看到了吧。爸爸的衣服還多到讓人不知該如何處理。」

「確……確實是這樣……妳爸爸真的很時髦呢。」

「是啊。他說第七層沒有什麼好的服裝店，還花大錢從上層訂衣服呢。桐人穿的上衣我記得就是來自上層。」

「從上層買來的……？」

忍不住看向天花板後，才把視線移回妮露妮爾身上。

「等等，但是往來各層的迷宮塔……『天柱之塔』裡面有守護獸吧？難道已經打倒牠了？」

如果是這樣，這一層就不必進行樓層魔王戰了。

但我這種天真的想法一秒鐘後就被否定了。

「怎麼可能。只有像你們這種不知死活的冒險者才會想爬上那座塔。我們跟柯爾羅伊的怪物捕獲部隊雖然有許多練家子，還是連靠近那座塔都不被允許喔。」

「這……這樣啊……那麼，妳爸爸是如何買到衣服……？」

「也有不需要經過那座塔就能往來於其他層的人吧。」

「不通過塔……？」

我露出狐疑的表情，然後才終於發覺某件事。各層不是都存在人類——人族無法使用的傳送裝置嗎？

「難……難道是，精……」

但這時候通往寢室的門迅速被打開，臉頰泛紅的亞絲娜走了進來。

「啊～～太壯觀了！桐人你也應該來看看的！」

「我……我剛才已經看過了……」

「那你應該更加感動才對啊。」

說完不講理的斥責後，亞絲娜就重新面向妮露妮爾。

「妮露妮爾小姐，謝謝妳讓我們欣賞服裝！在這個世界……不對，包含在我原本所在的地方在內，還是首次見到那麼美麗的服飾！」

「看來妳很喜歡，那真是太好了。尺寸適合的話，也想送妳喜歡的服裝當成禮物……」

妮露妮爾邊微笑邊如此回應，亞絲娜聽見後急忙大動作揮舞雙手。

「我可承受不起！光是能欣賞我就覺得很幸福……了……」

語尾之所以變得僵硬且減速，應該是跟我有了同樣的疑惑吧。

這個世界的衣物與防具，基本上是沒有尺寸這種概念，會配合裝備者的體格來伸縮，但妮爾小姐的收集品似乎並非如此。從這個層面來看，妮露妮爾小姐的父親留下的服裝尺寸正適合我應該說是僥倖嗎？還是說所有服裝與防具都有「大人用」「兒童用」的分類，尺寸調整機能或許只能在範圍內產生作用。

不論如何，亞絲娜立刻恢復笑容，再次客氣地說了聲「真是太感謝了」後就坐到沙發上。

接著亞魯戈與基滋梅爾也回到現場，於是就一邊喝著琪歐重新泡的紅茶一邊為再次中斷的報告做出總結。

「首先要再次為自己的擅自行動說聲真的很抱歉。連好不容易製作出來的脫色劑都浪費掉了，真的不知道該如何賠罪才好……」

雖然把語彙力發揮到最大限度來試著表達歉意，但再次被妮露妮爾打斷了。

「不是說過已經夠了嗎？已經發生的事情也沒辦法改變，真要說的話，我比較想談談今後的事情。」

「今後……還有什麼事……」

妮露妮爾原本訂立的作戰是對在怪物鬥技場的赭色野犬灑下脫色劑，在賭客眼前讓毛皮被染成其他顏色一事曝光，藉此使眾人得知柯爾羅伊家的重大違規。但只有一瓶的脫色劑已經被我用掉了，而且最重要的是赭色野犬，亦即暴風野犬已經跑到練功區的遠方去了。原本認為已經沒有能補救作戰的方法——

當我開始含糊其辭，坐在對面的亞魯戈就同時交叉雙手與雙腳並且說道：

「雖然桐仔帶出來的野犬已經逃到別的地方，但這就表示今晚的比賽會有一場開天窗對吧。妮爾小姐，規定上像這種時候該怎麼處置呢？」

「沒有規定喔。」

年輕的當家以右手的酒杯代替頭部輕輕地左右搖了搖。

「之前就說過了吧。登錄參賽的怪物就一定得參賽才行……這就是賭場的鐵則。」

「但是妳也說過曾經違背過這樣的鐵則吧。而且還兩次……」

妮露妮爾輕輕點頭同意了亞絲娜的提醒。

「嗯。兩次沒有遵守鐵則的當家都直接向對方的當家道歉，請對方允許自己派出替代的怪物參賽。不過還是承受了巨大的屈辱與高額的賠償金。」

「那麼，這次也是一樣嘍？」

這麼問的是坐在我身邊的基滋梅爾。妮露妮爾看向那邊，然後眨了幾下暗紅色的大眼睛。

「很難說呢。就柯爾羅伊家當家巴達恩來看，沒辦法讓野犬參賽是因為遭到身分不明的盜狗人陷害而非自己的缺失，他可能很難就此低頭請求原諒。」

「原來如此……雖說家醜不可外揚，不過聽說留斯拉的三支騎士團也經常發生這樣的紛爭。像在聯合訓練時遺失設備、搞錯共同任務的集合時間等等。然後每次騎士團之間都會互相推諉出錯的原因。」

「這個部分人類跟精靈真是完全相同呢。」

妮露妮爾露出諷刺的笑容，同時繼續開口表示：

「如此一來，巴達恩可能也會說把野犬帶走的是那庫特伊家的手下，然後試圖把責任推到我們身上……嗯，雖然實際上的確是這樣。」

她稍微把視線移到我身上，被盯著看的我則是把脖子縮到了極限。不過妮露妮爾的臉上只浮現忍住笑意的表情。

「但根本不可能從桐人那種模樣推測出身分，我方只要堅持毫不知情就可以了。最後還是會出現對方低頭請求讓他們更換參賽怪物的情形。」

「……您打算允許他們替換怪物嗎？」

聽見站在沙發旁的琪歐提出的問題，妮露妮爾就以可愛的聲音呢喃著：「唔嗯……」

感覺她凝視酒杯的眼睛深處，腦袋正在高速運轉著。就算是高等ＡＩ，妮露妮爾終究是ＮＰＣ，所以用的不是自己的腦而是在現實世界某處——應該是ＡＲＧＵＳ總公司的ＳＡＯ伺服器的處理器來思考，但實在無法相信眼前的虛擬角色是只有外表的存在。

不對，真要說的話，我、亞絲娜、亞魯戈的虛擬角色裡也沒有真正的腦部。連結虛擬角色的是生體腦還是積體電路，就只有這樣的差異而已。

思考了三秒鐘左右，妮露妮爾就堅定地表示：

「既然無法中止比賽，最後還是得允許替換怪物。不過，仿效過去的例子，應該可以要求某種補償。既然如此，要求的就不該是物品或者金錢，而是某種能夠成為暴露柯爾羅伊家作弊的線索比較好。」

「比方說什麼樣的呢？」

「柯爾羅伊廄舍的緊急檢查權。」

出乎意料的答案讓我茫然張大了嘴巴。但坐在對面的亞絲娜發揮天生的洞察力，快速地說出一整串話來。

「對喔，調查廄舍的話找到剩餘紅色染料或者其他作弊證據的機會很高。拒絕檢查的話就等於主動承認自己有心虛之處……」

「但是，與其被找到作弊的證據，對方可能寧願被懷疑而拒絕遭到檢查吧？妮爾小姐啊，如果柯爾羅伊拒絕調查的話，接下來會出現什麼樣的情況呢？」

被亞魯戈如此詢問的妮露妮爾，浮現出看起來實在不像十二歲或者普通小孩子的冰冷微笑。

「那個時候我方只要拒絕代替的怪物出場即可。如此一來柯爾羅伊家就只能選擇現在開始準備新的赭色野犬，或者中止夜晚梯次的最後一場比賽。最後一場比賽是十點三十分開始，所以還有七個小時以上的時間，但就算緊急派遣捕獲部隊到窩魯布達遙遠西方的棲息地，也絕對不可能在比賽前抓到野犬並且回到賭場。也就是說，實際上只能選擇中止比賽。」

「但是……妮爾小姐剛才說過『無法中止比賽』了吧。」

我終於插嘴之後，武裝女僕就代替主人回答：

「正是如此。鬥技場每晚的戰鬥，怎麼說都是根據始祖法魯哈利的遺言所訂下的，為了決定窩魯布達支配者所進行五場比賽的『預演』。根據明文化的鐵則，只要有一場比賽中止，那個時間點就視作已經充分進行過預演，下一次就是正式的五場領主決定戰。醉心於賺錢的巴達恩・柯爾羅伊絕對不願出現這種情形。」

妮露妮爾也輕輕點頭來同意琪歐所說的話。

「嗯，就是這樣。因此我認為巴達恩會接受廄舍的檢查。只要在那裡找到作弊的證據，就算比不上脫色劑作戰成功的時候，也能夠徹底駁倒柯爾羅伊家。」

「等……等等……不對，請等一下。」

我把身體往右斜前方探出，提出了亞絲娜、亞魯戈以及基滋梅爾應該都感覺到的問題。

「比賽中止牴觸鐵則的話，作弊更是直接藐視鐵則吧……？那個時候不會結束預演，開始正式的領主決定戰嗎？」

「…………」

妮露妮爾沒有馬上回答，轉了一下杯底所剩不多的紅酒之後將其一口氣喝盡。接著將空杯遞給琪歐，筆直地看著這邊說：

「因為不想把你們捲入騷動才沒有說……不過某方陣營被告發作弊的話，鐵則規定將由始祖法魯哈利的靈魂來進行審判。」

「法魯哈利的靈魂～～～～～？」

亞魯戈發出懷疑度百分之百的聲音。她大大地張開原本交叉的手臂，接著輕輕上下移動。

「那就是說，會以儀式之類的東西呼喚祖先的靈魂，是這樣嗎？」

「就是這樣。」

妮露妮爾點頭的瞬間，坐在亞魯戈旁邊的亞絲娜就輕輕聳肩。雖然很想對最討厭鬼怪的她說「沒有什麼鬼魂之類的東西啦」，但很遺憾的是這個世界存在幽靈、屍妖以及鬼魂等靈魂系怪物，所以法魯哈利的靈魂顯靈之類的可能性並非為零。

當我想到這裡時，提出幽靈話題的妮露妮爾就迅速揮了一下右手。

「嗯，包含我在內，實際上沒有任何人見過就是了。因為『法魯哈利的審判』什麼的，自從大賭場開張以來一次都沒有舉行過。」

「這樣的話……就算去廄舍檢查，找到染料還是其他證據，結果也沒有任何用處吧？」

基滋梅爾以沉穩的聲音指出這一點。

「就算舉行儀式，只要法魯哈利的靈魂沒有出現，就無法做出審判吧？鐵則也寫了那個時候該怎麼辦嗎？」

「沒有喔。但這個部分就不是你們需要擔心的了。」

冷冷回答完後，妮露妮爾就把視線從基滋梅爾那裡移到我身上。

「桐人。我不打算追究你把赭色野犬從柯爾羅伊廄舍帶出來，救了牠性命後任牠逃到荒野一事。不過，如果你覺得自己有錯的話，可以再幫忙我做一件事嗎？」

話剛說完的瞬間，少女頭上就出現金色的「！」符號。看來即使我不斷攪局，連續任務似乎也沒有因此而完全結束。

先不理會遊戲迷的本性，就道義責任來看，這時候也沒有拒絕的選項。雖然立刻想要點頭，但最初發現、進行妮爾小姐任務的不是我而是亞魯戈。認為還是應該確認她的意思而看向正面後，情報販子就刻意眨了一下圓滾滾的雙眼。

由於心電感應傳來「別愣在那裡快點接啊！」的叫喚聲，我便急忙把臉轉回去並且說：

「那是當然了。不論什麼忙都願意幫。」

「這樣啊，那太好了。」

微笑的妮露妮爾頭上，「！」符號變成了「？」。她靠到背後的巨大坐墊上並且開始進入任務說明模式。

「放心吧，不是什麼困難或危險的工作。」

「那麼是……？」

「希望你跟我一起去檢查柯爾羅伊的廄舍。」

「…………原……原來如此。」

壓抑下內心「咦～～又要去那裡嗎～～？」的聲音，我輕輕點了點頭。

「小事一樁。不知道能不能派上用場就是了。」

「只要還記得裡面的構造就可以了。因為我們這邊的人從來沒有進去過柯爾羅伊的廄舍。能調查廄舍的時間，大概是鬥技場白天的梯次結束後，夜間梯次的準備開始前大約兩個小時。要在這段時間裡找到作弊的證據，絕對需要帶路的人。」

「嗯……帶路當然沒問題啦，不過感覺也不是那麼複雜的構造……」

我邊在腦袋裡回想柯爾羅伊廄舍的模樣邊這麼說，結果站在沙發左側的琪歐就表示：

「那麼你記得裡面有幾個怪物的籠牢嗎？」

「咦？那是當然了。」

如此回答之後，就開始數起存在於地下一樓通道右側的籠牢數目，結果才想到左側的籠牢我完全沒有檢查過。但事到如今也不能說不知道了。

「那個……大概是八、九個，或者十個、十一個吧……」

「那樣不叫做記得。」

聽見琪歐辛辣的指責，亞絲娜她們像是感到很傻眼般同時搖了搖頭。

18

由於妮露妮爾她們在房間裡等待柯爾羅伊家的聯絡，我和亞絲娜、基滋梅爾以及亞魯戈就暫時離開賭場三樓的飯店。

從豪華的樓梯走到一樓，以最短路線穿越大廳與入口的瞬間，亞魯戈就按住肚子叫著：

「啊～肚子餓了！先去吃飯啦、吃飯！」

「贊成。」

「不錯的主意。」

亞絲娜與基滋梅爾立刻同意。妮露妮爾雖然指示在鬥技場的白天梯次結束前要回來，不過應該有時間吃頓飯吧……當我這麼想時。

「什麼嘛，桐仔你肚子不餓嗎？」

被情報販子眼睛朝上瞪著，我退後了半步並回答：

「沒有啦，餓當然是餓……不過我中午前解散時，在賭場的一樓吃了三明治……」

「這個背叛者！」

「等……等等，那個時候妳們去泡澡了吧！」

急忙如此抗辯之後，同時也看向亞絲娜並且詢問：

「泡完澡後都沒有吃點東西嗎？」

「都沒有。應該說，泡完澡出來休息一下就立刻收到桐人的訊息了，根本沒有空喔。」

「那還真是對不起……那麼，在這裡附近找東西吃吧。」

這麼說完後，才想起小隊增加了一個人。我就不用說了，基本上亞絲娜與亞魯戈也是什麼食物都能吃得津津有味，但關於黑暗精靈的飲食習慣就不甚了解了。過去停留在約費爾城與嘎雷城時，料理基本上是以蔬菜為主的健康菜色，動物性蛋白質都是火烤的白身魚與鳥的肉，不過也不至於不吃除此之外的食物才對。

「那個，基滋梅爾有什麼不喜歡……或者是喜歡的料理嗎？」

被我這麼一問，騎士就微微歪著帽子底下的頭部並且說：

「唔嗯，我認為自己並不挑食……不過真要說的話，比較不喜歡滴著血與油脂的半熟烤肉，以及很辣的料理吧。」

「還有那索斯樹的果實也是。」

咧嘴笑著指出這一點後，基滋梅爾就以若無其事的表情反駁：

「那個說起來算是藥品，不是主動會去吃的東西。」

「說得也是。如此一來，避開排餐類與烤肉類……亞魯戈，有什麼推薦的地方嗎？」

「嗯～這個嘛……」

畫著三根鼠鬚的臉頰一瞬間收縮，然後情報販子就啪嘰一聲打了個響指。

「對了，就去那裡吧。」

「那裡是哪裡？」

「敬請期待，你去了就知道喲。」

亞魯戈的「敬請期待」有中大獎也有太過前衛的時候，所以多少有點不安，這時就相信會是前者點頭答應吧。

「那就帶路吧。」

「好，就這麼決定啦。往這邊。」

亞魯戈說完就快步往前走，我們則是以亞絲娜、基滋梅爾、我這樣的順序追上去。

以宛如古早美好的２Ｄ點陣圖ＲＰＧ的四人小隊般隊列所進入的，是窩魯布達西南角的複雜巷弄。本來這個城市的街道雖然不至於像第六層的史塔基翁那樣，但也是東南西北向確實地直線相交，但因為左右兩邊的建築物毫無秩序地凹凸排列，巷弄必然就跟著左彎右拐。

路邊放置著半腐朽的木桶、木箱，鋪設的石板也到處是裂痕，氣氛已經不像是老街而是貧民窟了。隨便亂走的話，什麼時候發生強盜事件都不奇怪。「老鼠」那個傢伙，不會是想趁菁英ＮＰＣ基滋梅爾加入小隊時，收拾一兩個這種類型的任務吧……就在我開始如此猜忌的時候。

「就是這裡喲。」

前頭的亞魯戈就隨著這句話停下腳步。

巷弄左側的建築物裡確實傳來某種食物的味道，門口掛著老舊的鐵製招牌。不過招牌的圖案是讓人聯想起加拿大國旗的尖刺狀樹葉，光是看這個的話比較像是藥草店而不是餐廳。

主賓是不習慣人族料理的基滋梅爾，所以與其冒險倒不如去昨天告訴我們的那間Pots N Pots就好，就在我浮現這種不知感恩的想法時，亞魯戈已經推開褪色的木門了。

「喀啷啷」的清脆門鈴聲與渾厚的「歡迎光臨」重疊在一起。由於亞絲娜與基滋梅爾也跟在亞魯戈後面進入店裡，我也只能跟了進去。

洞窟般裝潢的店內理所當然地相當狹窄，不過空間還是比只有吧檯席的Pots N Pots長了許多，盡頭處可以看見四人座的座位席。通道左側則是大概可以坐五個人的吧檯，然後其後方可以看見一道宛如小山的人影。

剛才說「歡迎光臨」的應該是店長吧，不過他不論是直向還是橫向隨便都超過艾基爾的身軀，讓我忍不住想像著「不會是食人鬼變成人的吧」。但女性們毫不畏懼地走向桌子，於是我再次追了上去。

讓亞絲娜與基滋梅爾並肩坐到上座後，我就坐到亞魯戈旁邊。使用多年而變得烏亮的桌上放著兩本同樣歷史悠久的菜單。紅棕色封面以簡樸字體寫著「Menon's」的店名。一般看來這應該是店長的名字，但腦袋裡實在很難將可愛的字面與肌肉發達的巨軀連結在一起。

「門諾……是誰啊？」

小聲這麼問完，亞魯戈就默默用拇指指著左側的吧檯。

抗拒著「眼神對上就糟了」的直覺稍微把視線移過去，不知道是不是吊在吧檯上的油燈太低了，只能看見巨大的影子。即使如此，因為可以確定沒有其他人在，所以那個店長就是門諾先生了吧。反省自己還有「面相嚴厲之人一定有著嚴厲的名字」這種老古板的觀念，重新面對桌子打開菜單。

只有兩頁的菜單，左側以潦草的手寫文字並排著「Dolma 20c」與「Moussaka 30c」，右側則是「Ouzo 10c」與「Coffee 5c」。我還是看了一下封底，不過沒有寫任何東西。跟Pots N Pots有一百種以上的酥皮盅相比，選項根本不是只用很少就能形容——而且在這之前……

「那個，亞魯戈小姐……除了咖啡以外，完全看不懂是什麼意思耶……多魯瑪、摩薩卡還有歐佐是什麼……？」

小聲這麼問完，情報販子就用喉嚨發出「咯咯」的笑聲。

「謝謝你完全符合期待的反應呀，桐仔。」

「等等，亞絲娜應該也有同樣的反應吧……」

提出抗辯並且看向桌子對面，結果不知道為什麼，竟然連暫定搭檔都咧嘴笑著。

「抱歉了，桐人。我知道了喲。多魯瑪是沒有錯，但下面是唸做姆薩卡，右上則是唸做吾佐喔。」

「……聽妳這麼說，是連什麼樣的料理都知道了嗎？」

「當然了。是最適合在這個城鎮品嚐的菜色，真不愧是亞魯戈小姐。」

「對吧對吧，就不跟你們收情報費啦。」

對兩人的對話感到有些沮喪，同時看向亞絲娜的身邊說：

「順便問一下，基滋梅爾知道多魯瑪和姆薩卡是什麼嗎？」

「不，聽都沒聽過。」

迅速搖了搖頭後，騎士就加了一句：

「不過難得來到人族的城市，能吃到珍貴的料理真的很開心。期待不知道會推出什麼樣的菜色呢。」

「這……這樣啊。」

基滋梅爾直率的笑容太過炫目，我不由得不停眨起眼睛。看見這樣的我後再次發出悶笑的亞魯戈，啪噠一聲合起菜單說道：

「那麼，因為沒什麼可以選的，就由我來點餐吧。老闆！Dolma和Moussaka四份，還有Ouzo也來四份！」

「好喔。」

從吧檯那邊傳來渾厚的聲音，響起餐盤與菜刀的聲音大約十秒鐘後，立刻開始飄出令人食指大動的香氣。哦哦，看來很值得期待嘛……正當我自以為了不起地這麼想著，下一個瞬間。

「喂，小哥。」

「什……什麼？」

店內能被稱為小哥的存在就只有我一個，所以便反射性開口回答。不過幸好不是想法被對方識破，巨漢店長以感到有些抱歉的口氣繼續說道：

「不好意思，可以幫忙把這個拿到桌子那邊嗎？店裡只有我一個人，所以人手不太夠。」

「當……當然了，我很樂意。」

迅速站起來靠近店長後，巨大的手就在吧檯上放了一個陶瓶和水壺，然後還有四個酒杯。思考了一陣子後，我先用左臂確實抱住陶瓶，右臂則抱住水壺，然後一隻手各拿兩個杯子，小心翼翼地把它們放到桌子上。所有物體平安著地，我一放開手的瞬間，亞絲娜就以傻眼的聲音叫道：

「我說啊，分兩三次拿不就得了！你這麼偷懶，要是掉了怎麼辦？」

「沒……沒有掉吧。」

「那是結果論吧！」

「真要這麼說的話，妳才是……」

思考著「結果論的相反詞為何？」的時候，吧檯那裡就傳出了「嘎哈哈哈」的爽朗笑聲。

「竟然一次就全拿過去了，很有一套嘛，小哥。那接下來這個就拜託你嘍。」

「咦咦，還有～？」

把「真是會使喚人的店家……」的抱怨吞下肚裡回到吧檯前面，就看到四個冒著煙的盤子與一個餐具籃並排在一起。

盤子上放著深綠色的謎樣物體與乳白色醬料，雖然看起來很美味，但是我也有自己的尊嚴。腦袋裡花了兩秒左右進行模擬後，首先活用左手的五指來撐住兩個盤子。再把一個盤子輕放在前臂，順利完成一隻手臂放三個盤子的壯舉。

再來就很簡單了。以右手三根手指拿起剩下的盤子，小指勾住餐具籃的提手。回到桌子前面，以相反的順序把它們放下去。

「看吧？」

「什麼看吧，要說幾次別亂搞你才……」

「那亞絲娜也來幫忙不就得了。」

「那你就開口要我幫忙啊。」

這次的紛爭也被店長的聲音打斷了。

「來，小哥。這是最後了。」

「看我的！」

回到吧檯前面後，並排在該處的是發出咻咻聲的四個四角形焗烤盤。

「唔咕……」

我發出沉吟聲，拚命地思考著。

就算無視焗烤盤滾燙的溫度，因為其邊緣是垂直豎起，所以單手的手指不可能各夾住兩個。就算左手拿一個，手臂上再放一個，右手想要同樣拿兩個盤子的話，左手已經不能動了。

像要表示「如此一來，就只能用意志力把它拿起來了！」般凝聚了意念，但是焗烤盤卻一動也不動。我對自己發誓有一天一定要學會念動技能，同時轉頭看向亞絲娜。

「抱歉，請幫一下忙……」

「早說不就得了。」

亞絲娜以受不了的表情如此回答完後，把跟她同時站起來的基滋梅爾推了回去——亞魯戈則是紋風不動——就來到了吧檯。

兩個人各拿著兩個盤子，把它送到桌子上。這下子四人份充滿謎團的Dolma、Moussaka以及

Ouzo就到齊了，不過除了知道Ouzo是飲料之外就完全搞不懂其他是什麼食物。

「那麼先來乾杯吧。」

亞魯戈拿起陶瓶，在四個酒杯裡倒下兩根手指高度的透明液體。接著以水壺加入同樣分量的水，原本透明的液體就一口氣變得白濁。突然間想起把脫色劑灑到野犬身上時的事情，我就小聲對著亞魯戈問道：

「喂，這是可以喝的東西吧？」

「別擔心別擔心。」

沒辦法的我只能用右手拿起隨著這種輕佻發言傳過來的玻璃杯。

「那麼，為了與基滋梅爾的相遇乾杯！」

在亞魯戈的帶領下輕碰酒杯，稍微啜了一口白濁的液體。

下一刻，如同藥草般強烈的香氣貫徹鼻腔，酒精的刺激焚燒著喉嚨。用同分量的水稀釋過還這樣的話，原本究竟有多麼強烈呢？誇張地繃起臉來看向桌子正面，發現亞絲娜稍微皺起眉頭，基滋梅爾則毫不在乎地一口氣喝盡，然後放下杯子說道：

「哦，這種酒真好喝。似乎使用了許多香草與藥草。」

「我就想精靈應該會喜歡。」

雖然忍不住對於亞魯戈的回答產生「真的嗎～～？」的想法，但基滋梅爾開心的話一切都值得了。

我立刻在騎士空下來的杯子裡注入新的Ouzo。接著準備用水稀釋時，對方做出「水少一點」的要求，所以沒有加入與酒同量的水，只加了一半而已。

我也硬是把自己的Ouzo喝完，然後像是要表示不用續杯般把酒杯放到桌子角落，接著為了品嘗等待已久的料理而拿起刀叉。

小小圓形盤子上並排著兩個淋了滿滿乳白色醬料的深綠色橢圓體。仔細一看，似乎是用大片葉子把某種東西包起來後蒸煮而成。表面的質感與柏餅有些相似——這就表示不連葉子一起吃而是需要剝開，但葉子緊緊裹住整體，不是很清楚該從何剝起。

如此一來乾脆就模仿亞絲娜與亞魯戈吧，帶著這種消極想法的我迅速移動視線，但不知道為什麼兩個人都啜著Ouzo並且凝視著我的手邊。她們不是不知道該怎麼吃，應該是想看我會怎麼辦的居心吧。

——好吧，想笑就笑啦。

在內心這麼呢喃完，我就用左手的叉子用力插下橢圓體。然後直接送進嘴裡大口一咬。葉子隨著清脆的痛快口感破裂，咀嚼後變成相當有彈性的口感。裡面包的……應該是米與肉吧。結果是西洋風的粽子嗎，不過與檸檬風味的奶油醬相當搭調，葉子的清脆感也給整體增加了口感。

一口把叉子刺著的另外一半吃完後，我便開口說：

「真好吃。」

「對吧。」

亞魯戈油腔滑調地回答完，右手的叉子就刺進洋風粽子然後咬了一大口。亞絲娜與基滋梅爾則是優雅地以刀子切過後才送進嘴裡。

這時我已經吃完另一顆粽子，把暫時放到遠處的杯子拉過來倒了些Ouzo。用較多的水稀釋後嚐了嚐味道。這麼淡的話，帶刺激感的味道與香氣就不會令人在意，反而還很清爽順口。

雖然很想立刻開始進攻焗烤，不過還是配合一下大家的步調吧……當我這麼想時，亞絲娜像是想起什麼般，開始剝起第二顆粽子的葉子。她靈活地使用著刀叉，迅速攤開盤子上的葉子並且朝向這邊。

「看哪。」

「要看什麼……啊。」

比我手掌還大一些的葉子，邊緣呈鋸齒狀，然後有兩條特別深的缺口，形狀類似加拿大國旗——也就是跟門口掛著的鐵製招牌同樣的圖案。

「外面的看板是這個葉子啊。這是楓葉……？」

「錯了，外形雖然很像，但這是葡萄葉喔。」

「這樣啊～」

在我出聲的同時，基滋梅爾也發出「哦……」的回應。

「第九層也有葡萄田，但我不知道葉子還可以拿來做成料理。這是Dolma還是Moussaka呢？」

「Dolma喲。」

立刻如此回答的亞絲娜，隨即微微歪著頭加了一句：

「沒記錯的話，意思應該是『塞滿的食物』。」

照她這樣的說法，Moussaka跟Ouzo應該也跟在雷庫西歐所吃的海南雞飯一樣是存在於現實世界的食物吧。不過我完全不清楚是哪個國家的料理。

「原來如此，說起來我覺得比較像『裹緊的食物』……不論如何，它真的很美味。這邊的Moussaka也很值得期待。」

這麼說完的基滋梅爾就用雙手把四角形焗烤盤拉過來，我立刻跟著這麼做。應該是用隔熱性相當好的素材所製成吧，盤子的側面明明只感覺到微微溫熱的程度，裡面卻依然發出沸騰的聲音。由於店內的溫度絕對稱不上涼爽，可以的話希望能在冬天的樓層品嚐這種料理，但盤內滿滿白醬的絕妙焦痕實在讓人食指大動。

心裡一邊想著「可能是首次在艾恩葛朗特吃焗烤」，一邊從亞魯戈遞過來的餐具籃裡拿起前端平坦的湯匙，隨手從底下往上撈。

白醬底下的食材不是米也不是通心粉。而是層層疊起的絞肉、馬鈴薯泥以及切成圓形的茄子。吹了幾口氣之後，張開大口吃了下去。下一個瞬間……

「喝呼喝呼……真好粗！」

雖然忍不住叫出宛如料理漫畫般的台詞，不過這不可能會難吃。番茄口味的絞肉與鬆軟的馬鈴薯泥，快融化的茄子與白醬可謂渾然一體，嘴裡充滿實在不像是虛擬世界的虛擬料理能帶來的滿足感。

亞絲娜與基滋梅爾，以及應該吃過這個料理的亞魯戈都默默地持續動著湯匙，短短兩三分鐘內所有人的盤子都被一掃而空。

以Ouzo冷卻變燙的嘴巴，喀咚一聲放下杯子。來到第七層後在各處的店家嚐到了許多美味的食物，但綜合的滿足度可能是這裡的Dolma與Moussaka排名第一。能夠嚐到這種美味的話，稍微被使喚一下根本不是什麼大問題。

似乎感到同樣滿足的基滋梅爾把幾乎沒有稀釋的Ouzo一飲而盡，然後長長地呼了口氣。

「呼…………酒跟料理都非常美味。亞絲娜，Moussaka是什麼意思呢？」

「嗯……根據我的記憶，應該是『充滿汁液的食物』或者『冰涼的食物』才對……」

「啥？」「什麼？」

亞魯戈跟我同時把頭歪向同樣的方向。明明是快把舌頭煮熟的滾燙焗烤，這個名字也太不適合它了吧。看著這邊的亞絲娜不滿地噘起嘴說：

「我的腦袋裡面也沒有裝字典呀。不過Moussaka在最先製作出來的地方是冰涼的前菜，在希……其他土地才變成這種焗烤風的料理喔。」

「嗯，確實會發生這種事。」

基滋梅爾點頭同意。

「留斯拉有一種來自卡雷斯．歐的料理，名字叫做『彭努柯庫魯』。就是所謂的薄烤鬆餅，相對於森林精靈們只是撒上砂糖與肉桂就直接吃，黑暗精靈則是要加上滿滿的果醬與奶油。不用說也知道哪種比較美味就是了。」

她充滿自傲的口氣讓我忍不住露出微笑，然後才急著做出評論。

「那聽起來確實很美味。哪一天我也想嚐嚐看。」

「那是當然了，來第九層的首都時要吃多少都不是問題。」

基滋梅爾很開心般如此回應，但她的微笑沒有持續太久。一定是想起自己目前的狀況了吧。

從哈林樹宮的監牢逃獄的基滋梅爾，在奪回被搶走的四把祕鑰之前，不要說第九層的城堡了，就連各地的據點都無法進入。我所立案的「跟蹤墮落精靈作戰」是目前唯一的希望，但就算成功發現墮落精靈的祕密基地，也無法保證四把祕鑰全部保存在該處，萬一「剎伐之凱伊薩拉」在基地內的話，依目前的戰力只會再次遭到擊潰。

說起來我們連應該無法使用「靈樹」的墮落精靈如何往來於各層之間都不知道。只要那個祕密沒有暴露，假使成功奪回祕鑰，也會伴隨著再次受到凱伊薩拉襲擊的危險。

真是前途多難啊……正當我想要嘆氣的時候，亞絲娜就把手放在基滋梅爾背上並且表示：

「別擔心啦，基滋梅爾。我的預感很準的。我們絕對能取回祕鑰。」

「嗯……說得也是。」

基滋梅爾再次浮現笑容這麼回答，然後把杯子裡剩餘的Ouzo喝光，接著看向亞魯戈。

「亞魯戈，謝謝妳帶我到這麼棒的店來。」

「妳能喜歡真是太好了。不過，妳跟桐仔道謝就可以了。」

「咦？為什麼要跟我道謝？」

如果是幫忙上菜，也不是什麼需要道謝的大事……在我把這樣的想法說出口之前，亞魯戈就咧嘴笑著繼續說：

「那當然是因為，這頓飯是桐仔要請客啊。」

在NPC餐廳要付帳的時間點，似乎是因店家而異——這件事情我是到最近才知道。

大部分的店裡，每當受理一人份的點單就會出現小小的支付視窗，按下ＯＫ鍵就會直接從道具欄內的珂爾扣除費用。不付錢的話不論你等多久都不會上菜，也就是嚴格的分別支付兼事先付款。

但是跟我完全無緣的超高級餐廳，或者相反的一部分小規模店家，似乎也有用完餐後再統一由代表者支付全額的情形。我推測高級餐廳是因為點餐時每次都跑出支付視窗會破壞氣氛，而小店則是保留了「吃霸王餐挑戰」的餘地。實際上，似乎真的有大快朵頤之後衝刺逃走，從店長與衛兵的追趕下脫逃，免於被關進黑鐵宮監牢而成功吃了霸王餐的強者存在。

不過我當然不會逃走，對吧檯後面的門諾先生說了句「感謝招待」後，支付了四人份共四百二十珂爾的費用。料理的味道無可挑剔，甚至還喝了酒，可以說是相當實惠的價格，不過如果亞魯戈是為了讓我付帳才選擇這家店的話，就必須抱怨一下才行了。

如此下定決心並且離開餐廳的瞬間，在先離開的女性們帶著笑容的「讓你破費了！」唱和之下，我只能露出嘴裡含了醃製了十年的梅乾一般的表情來回應。

「不會不會，別這麼客氣。」

「那麼，差不多該回去了。」

若無其事地回歸正常模式的亞魯戈，不給我抱怨的機會就直接從巷弄裡往北走。基滋梅爾立刻跟在她後面，與亞絲娜並肩追著她的背影。

「……那麼，Dolma跟Moussaka是哪個國家的料理？」

走了十步左右我就壓低聲這麼問道，結果亞絲娜就以同樣的聲量回答：

「希臘喲。」

「啊……就是妳說跟窩魯布達很像的，聖……聖托里尼島？」

「嗯。」

「原來如此。所以剛才亞絲娜才會說是最適合在這個城市吃的菜色……」

表示理解的我看向走在前方的亞魯戈背部。

看來「老鼠」選擇剛才的餐廳不是為了讓我請客，而是她似乎也知道窩魯布達的景色很像希臘的聖托里尼島，以及Dolma跟Moussaka是希臘料理。關於現實世界的風物，亞絲娜確實是發揮出博覽強記的功力，不過亞魯戈腦袋裡還加上了跟艾恩葛朗特與ＳＡＯ系統相關的龐大情報。

老實說不清楚她究竟是多大年紀——感覺像是同年代，但她本人說是姊姊，然後也確實有那種感覺——不過到底要累積多少經歷才能成就那樣像是百科全書般的人呢？說起來，為什麼會決定在死亡遊戲化的ＳＡＯ裡持續從事某方面來說比攻略集團更有生命危險的情報工作？

在意的話直接問本人不就得了，但這個道理不適合用在亞魯戈身上。眼睛已經可以看見她咧嘴竊笑，然後傲慢說出「這個情報值一萬珂爾喲」的表情了。哪一天身邊的錢超過一千萬的話，一定要把亞魯戈的個人情報一次全買光……下定之前似乎也有過的決心，同時反向走過剛才的巷子回到賭場前的廣場。

時間是下午四點十分左右。鬥技場白天梯次的最後一場比賽應該是四點三十分開始，所以在那之前還有充裕的時間回到妮露妮爾的房間——只不過，老實說還是會在意ＡＬＳ與ＤＫＢ今天是不是也以十萬枚籌碼為目標，挑戰著倍率的賭局呢。

剛這麼想的瞬間，或許也有同樣的想法吧，靠過來的亞魯戈就小聲地說：

「我去看一下鬥技場的狀況，你們先回妮爾小姐那裡去吧。反正檢查廄舍沒我的事情。」

「是沒關係……不過最初接受妮爾大人任務的是亞魯戈吧？不一起去沒關係嗎？」

由於與亞絲娜成為暫定拍檔之後，幾乎沒有個別行動的時候，所以我對於任務與小隊相關的規則沒什麼自信。不過亞魯戈輕輕聳肩並且說：

「別擔心啦。只要組成小隊，任務的進度就會共享喲。所以別不小心就把我踢出去啦。」

「了解。」

「那麼，檢查結束之後再傳訊息告訴我。」

迅速離去的亞魯戈靠近看著廣場談論些什麼的亞絲娜與基滋梅爾，簡短交談後就往賭場的方向走去。

純白色城館在開始西沉的太陽照射下發出金色光芒。我跟亞絲娜抵達窩魯布達之後，大概經過二十四小時了。這個城鎮是在樓層的南端，所以光看距離的話已經突破第七層的一半，連結主街區與窩魯布達的「順風之路」只是很長，途中沒有配置迷宮與練功區魔王；但另一方面，從這裡到西北方的布拉米歐，以及布拉米歐到迷宮塔的路線就充滿難關。實際的攻略進度，現在這個時間點最多也只有三成左右。

當然ALS與DKB的哪一邊或者雙方都入手破壞遊戲平衡的「窩魯布達之劍」的話，攻略說不定就能從那時候開始一氣呵成。但是他們所倚賴的必勝祕笈，絕對是柯爾羅伊家為了從豪賭客那裡捲走大量金錢所設下的陷阱。

如果牙王與凜德可以識破這個陷阱，在夜間梯次最後一場比賽下注與必勝祕笈相反的怪物……不對，柯爾羅伊家可能也準備了應付這種情況的手段。也就是說他們是巨大SAO系統的一部分，然後艾恩葛朗特跟受到物理法則支配的現實世界不同，是根據系統的斟酌就能盡情控制所有事象的虛擬世界。就像荷官的蝴蝶結領帶顏色與掉入黑白格子機率連動的轉盤那樣。

說不定第七層的攻略會拖很久……當我茫然這麼想著，不知道什麼時候來到身邊的亞絲娜就戳了一下我的右肘。

「噯，要回妮露妮爾小姐那邊了。」

「呃……嗯。基滋梅爾，妳有吃飽嗎？」

沒想太多就提出這個問題，結果騎士卻浮現參雜著苦笑與憤慨的表情來輕輕瞪著我。

「很夠了。應該說桐人，你究竟以為我的食量有多大啊？」

「沒……沒有啦，只是為了慎重起見問一下……那我們回去吧。」

輕輕往左轉九十度，開始朝著賭場正面入口快步走去時，就微微聽見身後傳來兩人份的輕笑聲。

19

以從琪歐那裡拿到的通行證經過安檢閘門，爬上巨大螺旋階梯來到三樓，前往櫃檯告知欲前往的房間後就走向樓層南側的十七號房。

現在想起來，跟花了一大筆錢租下的Amber moon Inn白金套房比起來，拜訪妮露妮爾房間的次數明顯比較多，不過那也只持續到連續任務結束為止。然後根據我的直覺，最後的高潮即將來臨。被我把野犬帶走所拖累，感覺任務的發展有了很大的扭曲，不過只要隨著故事常見的發展，在廄舍的檢查中找到作弊的確切證據，進行所謂的「始祖法魯哈利的審判」，那時候再發生某種突發性事態進入符合最後高潮的大規模事件戰鬥，獲得勝利的話——任務就算過關了吧。

要說有什麼擔心的地方嘛，就是在第六層曾經經歷過「史塔基翁的詛咒」任務那種完全無視故事常見發展的事故，不過我想那是PK集團做出殺害領主這種不可修復的干涉所造成的結果。目前妮爾小姐任務還感覺不到那些傢伙的氣息，只能祈禱故事能夠就這樣順利結束了。

在飯店黑暗走廊上步行的我想著這樣的事情，然後敲了敲十七號房的房門。對於詢問來者身分的聲音回答「是桐人、亞絲娜與基滋梅爾」之後，就傳出喀嚓的高級開鎖聲。

幫忙開門的武裝女僕琪歐一看見我的瞬間就皺起柳眉說：

「桐人，你大白天就喝酒嗎？」

「咦……是……是喝了，但不至於有酒味才對……」

說起來這個世界的酒只是有酒精的味道，就算喝了也不會在體內生成乙醛。如果模擬到那種程度的話，無論再怎麼往上加看起來都不超過十二歲的妮露妮爾，把葡萄酒當成水一樣喝臉色卻完全沒有變化就太奇怪了。

但我這樣的推論卻完全失準了。

「不是酒精而是茴芹的味道。你在老街喝了Ouzo吧？」

皺起眉頭想著什麼叫茴芹後，才想到大概是那種相當有個性的酒所使用的香草之類的吧。這個世界除了有那索斯和賽魯西昂等虛構的植物外，也混雜著刺柏與白楊等真實存在的植物。雖然無法立刻判斷茴芹屬於哪一種，但確實是在門諾先生的店裡喝了Ouzo，所以就老實地承認了。

「是……是喝了。」

「果然如此。不會要你別喝，但那是很烈的酒，至少也等到傍晚吧。」

「知……知道了。」

我低頭並且看向旁邊的同伴。亞絲娜確實比我多喝了兩倍，基滋梅爾則是多喝了三倍左右的量，但她們都以若無其事的表情把頭別到一邊去。

這時候能夠忍住不向琪歐告狀「她們兩個人也喝了！」，就表示我也是個大人了……正當我這麼想時，寬敞房間深處就傳來稚嫩的聲音。

「歡迎回來，桐人、亞絲娜、基滋梅爾。」

在琪歐以右手指示之下，我們移動到巨大沙發前方。依然以慵懶表情與姿勢靠在座墊上的妮露妮爾，往上看著我並且可愛地動著她小小的鼻子。

「確實是Ouzo的味道。真是懷念，我好久沒喝了。」

這句話讓我好一陣子說不出話來。明明是酒精濃度高出葡萄酒好幾度的烈酒，照她說的許久沒喝的話，那她之前喝的時候究竟是幾歲呢？就算艾恩葛朗特沒有禁止未成年喝酒的法律，她的雙親還是應該要注意吧，有了這個念頭之後才又回想起妮露妮爾的雙親早已經過世了。就算琪歐擔任保護者的角色，她身為女僕的立場還是無法成為監督者。更別說只是幫忙跑腿的我了。

望了一眼妮露妮爾頭上「？」的符號，然後切換思考開口問道：

「那麼……與柯爾羅伊家的交涉如何了？」

「雖然產生了一定程度的爭執，最後果然還是正如預料地接受了緊急檢查的要求。開始時間是鬥技場的白天梯次最後一場比賽結束後十分鐘，不管比賽再怎麼長，五點應該開始了吧。桐人，你準備好了嗎？」

「隨……隨時都沒問題……但不可能只有我一個人去調查廄舍吧？」

「那是當然了。不只是你……」

點頭的妮露妮爾繃著臉加上一句：

「那些傢伙還附加了我必須親自見證的條件。所以前去檢查的是兩名那庫特伊的馴獸師與護衛的士兵、桐人、琪歐還有我。」

「哦……」

雖然人數眾多確實比較安心，但無法立刻掌握柯爾羅伊家這麼要求的意圖。

「為什麼會提出這樣的條件？檢查的人數增加的話，找到作弊證據的機率也會跟著提升吧？」

當我感到疑惑時，回到固定位置的琪歐就以不高興的表情回答：

「是想要惡搞我們吧。」

「咦……廄舍在這棟建築物的地下吧。感覺不是能夠惡搞什麼的距離……」

想著就算妮露妮爾是黃花大閨女，至少也能上下樓梯的我剛這麼說完，就被琪歐輕輕瞪了一眼。

「我不是那個意思。」

「那是什麼意思……」

「你不必在意，桐人。」

聽妮露妮爾本人這麼說，就沒辦法追究下去了。閉上嘴後，其他問題就飛過來了。

「是說，那亞魯戈人呢？」

「啊，她說要去看看鬥技場的情況。」

我回答完後，亞絲娜立刻加了一句：

「如果檢查需要更多人手的話，讓我代替她去吧。」

「不用了，檢查的人手夠了。不過想拜託亞絲娜跟基滋梅爾其他的工作。」

「嗯，儘管吩咐吧。」

喂喂，這麼隨便就答應真的沒問題嗎……雖然這麼想，不過妮露妮爾委託亞絲娜她們的是相當簡單的工作。

「希望妳們保護這個房間。我跟琪歐幾乎沒有同時離開這裡過，之前暫時一起外出之後，葡萄酒就被下毒了。」

「下……下毒？」

重複大叫了一遍後，才想起琪歐曾經說過柯爾羅伊家想要危害妮露妮爾的性命。那個時候妮露妮爾也說過，跟用毒之類的卑鄙手段比起來，寧願他們直接發動襲擊還比較乾脆的英勇台詞，原來那不是比喻而是事實嗎？

「妳……妳沒事吧？」

「就是沒事才能像這樣活著吧。」

如此驕傲地說完，妮露妮爾又聳聳肩加了一句：

「不過如果琪歐沒有注意到軟木塞上的針孔的話，我可能就真的喝下去了。最後在那瓶酒上綁上蝴蝶結送給巴達恩當禮物了。」

亞絲娜對發出輕笑的妮露妮爾堅定地說道：

「知道了。我跟基滋梅爾會好好地保護這裡。」

「嗯，拜託妳們了。」

妮露妮爾把視線從亞絲娜這裡移到基滋梅爾身上。平常這種時候總是會做出黑暗精靈族敬禮的騎士，這時卻以擔心的聲音說著：

「如此一來……或許檢查時要求妮露妮爾小姐見證也有那樣的企圖？會不會打算在無處可逃的地下廄舍把你們包圍，接著發動襲擊呢？」

「我也不是沒這麼想過……」

琪歐一瞬間伏下視線，但立刻搖了搖頭。

「但是對柯爾羅伊那邊來說，不是來歷不明者的暗殺就沒有意義了。露骨地襲擊妮露妮爾小姐的話，根據大賭場的鐵則，柯爾羅伊家將會失去繼承者的資格。」

「原來如此……但依然是身處敵境，所以還是要充分注意。」

「那是當然了。」

基滋梅爾與琪歐互相用力點點頭。這兩個人真的有點像耶……事到如今才浮現這種想法的這個時候。

有人敲了房門，接著聽見一道模糊的男人聲音。

「琪歐小姐，我是法索。白天梯次的最後一場比賽結束了。」

「知道了，馬上過去。」

大聲如此回應的琪歐，確認著左腰的穿甲劍並看著我說：

「桐人，你就只有那把短劍嗎？」

「不是，怎麼可能呢。」

低頭看著自己淺藍色亞麻上衣以及灰白色棉褲的打扮後，我就打開裝備人偶，迅速地操縱起來。

愛劍隨著咻哇的效果音出現在左側的腰帶上。雖然度假感十足的穿搭怎麼看都不適合這樣佩劍，但總比揹在背上要好多了吧。

一看見這把日暮之劍的瞬間，妮露妮爾就撐起沉在沙發裡的身體。

「哦，那是留斯拉民貴族使用的劍吧。你偷來的嗎？」

「什……」

——妳說這是什麼話啊！

不知為何差點用牙王的口氣這麼大叫，不果總算是忍住了。

「怎……怎麼可能。是完成任……工作後得到的報酬。」

「這樣啊。嗯，那緊急的時候就拜託你了。」

這麼說完，妮露妮爾就抬起雙腳迅速站起來。她立刻穿上琪歐不知道什麼時候準備好的厚重外套。在這一層穿上漆黑天鵝絨布料看起來就相當熱，但罩在大帽子下的模樣看起來相當可愛。

我追上前往門口的兩名委託人，這時亞絲娜與基滋梅爾以眼神傳來「小心點」的意思。任務是帶領她們前往地下廄舍，理應沒有什麼危險才對，但無法保證不會有妮露妮爾剛才所說的「緊急時刻」出現。

默默豎起拇指後，我就跟著兩個人離開房間。

在走廊上等待的是身高比我高出一個頭，有著一臉精悍長相的年輕男性。由於看起來不像馴獸師，應該是一起前去檢查的士兵吧，不過跟守護賭場入口的衛兵們不同，全身不是閃亮的板甲，只穿著深灰色制服以及胸甲而已。雙肩縫著那庫特伊家紋章的白底黑百合徽章，吊在腰帶上的是介於細劍與長劍之間的細長直劍。

「法索，辛苦了。魯婕他們呢？」

妮露妮爾稱做法索的男人，挺直了背桿回答：

「已經在廄舍前面待機了。」

「這樣啊，那我們走吧。」

妮露妮爾隨即翻轉外套大步在走廊上前進，琪歐與法索則跟在後面。

在後面跟著兩人前進時，士兵就往這邊瞄了一眼然後對琪歐呢喃：

「姊姊，這個人是？」

「值勤中稱呼我的名字。」

「是，抱歉了。琪歐小姐。」

——咦，他們是姊弟嗎！

我忍不住瞪大了眼睛，不過聽法索這麼一說才注意到他剪短的頭髮與琪歐綁在一起的頭髮都是深棕色。我稍微縮短距離，豎起耳朵聽琪歐的回答。

「他是桐人。妮露妮爾小姐為了解決這次的問題而僱用的冒險者。」

「……不必讓那種來歷不明的傢伙同行，光靠我們就能對應了啊。」

「這次是短時間的檢查，一定得找出作弊行為的證據才行。也有正因為是外部人士才能注意到的地方吧。」

照琪歐的說法，應該是沒有把我入侵柯爾羅伊家廄舍，使得作弊證據野犬逃走一事告訴法索。這下不好好工作不行了，我邊對自己這麼說邊在走廊上前進。

妮露妮爾前往的並非下到賭場正面入口的螺旋階梯，而是飯店的更深處。通過微微飄出浴室氣味的區域，在走廊上往左邊與右邊各轉一次後，到了盡頭的門前停下腳步。

當家從外套內側取出古老的鑰匙，將其插進鑰匙孔轉動之後就傳出喀嚓的沉重聲響。打開的門後面是微暗的螺旋階梯。直徑比前面的階梯小了許多，但妮露妮爾卻踩著熟練的腳步快速往下走。

琪歐與法索也跟在主人後面，於是走在最後的我在關上門後就踩著謹慎的腳步踏上階梯。除了中心沒有支柱，只是從牆面延伸出踏板的結構之外，甚至沒有設置扶手。悄悄往下方窺探，發現是一片無垠的黑暗。如過是一直線貫穿賭場的三樓到一樓，高度隨便也有十公尺以上吧。腳步一個沒踩穩，由頭部掉落到石板上的話，連現在的我都可能會喪命。

「比從哈林樹宮的樹幹往下爬時好多了！」，我對自己這麼說道，右手確實按住牆面，盡可能以不輸給三個人速度往下走。當數不清到底轉了幾圈的時候，終於看見地板的我才鬆了一口氣。

一樓也有同樣的門，妮露妮爾再次開鎖。旋轉門把，把門推開之後，前方是外型似乎在哪裡見過的通道往前延伸。右手邊的牆壁有四扇門，左邊則有一扇。

「妮露妮爾小姐，我走前面吧。」

如此說道的琪歐越過主人，站到右邊牆上的一扇門前，露出暫時窺探氣息的模樣後才緩緩開門。

下一個瞬間，稍微有紅色光芒照射進來。琪歐穿越門口後，把外套帽子深深拉下來的妮露妮爾跟在後面，法索則保護著她的背後。

最後一個從通道出來的瞬間，我就小聲地呢喃著：「啊，這裡嗎……」

是寬敞到似乎可以容納馬車的倉庫般空間。不對，實際上就是為了容納馬車的空間。入侵柯爾羅伊廄舍之前所見到的怪物搬運入口。剛才之所以覺得通道似曾相識，是因為曾經走過柯爾羅伊那邊外型相同的通道。

四個小時前仍是微暗的搬運入口，現在大門完全敞開，從該處照射進橘色的炫目光線。由於大門朝向正西方，所以對準了由艾恩葛朗特外圍部照射進來的夕陽。

巨大車庫的中央部分，兩個集團在夕陽下對峙著。

並排在前方的三個人跟法索穿著同樣的深灰色制服。其中一個佩著劍，另外兩個則是裝備著捲起來的鞭子。

並排在更前方的十個人，全都穿著暗紅色制服與金屬護胸，而且掛著劍。雙肩上的徽章是黑底紅龍的刺繡。前方的三個人是一起參加緊急檢查的那庫特伊家士兵與馴獸師，更前方的十人則是柯爾羅伊家的士兵嗎？

突然間暗紅色的士兵們靴子傳出沙一聲並且分為左右兩邊，後方一道新的人影從夕陽中走出來。

「好久不見了，妮爾大小姐。」

以響亮男中音如此呼喚著的是高挑瘦削，白髮白鬚的老人——不對，應該說是老紳士。一絲不苟地穿著深茶色三件式西裝，嘴上與下巴的鬍鬚都修剪得相當漂亮、整齊。身高直逼法索，應該有一百八十公分左右。老實說，派頭比第六層史塔基翁的領主賽龍威風了五成左右。

「看到你這麼健朗真是太好了，巴達恩。」

妮露妮爾也如此回答並且來到前方，不過在夕陽於地面清晰畫出的線條兩公尺前方左右停下腳步。

那個老人果然就是跟那庫特伊家敵對的柯爾羅伊家領袖——巴達恩．柯爾羅伊。為了慎重起見還是把視線聚焦在他身上，出現的黃色浮標排著「Bardun」的文字列。

妮露妮爾確實對巴達恩老人做出「為了購買剩餘不多的生命而專心撈錢，眼裡看不見任何其他的事情」的評論。但是從他威風凜凜的站姿看起來，實在感覺不到死期將近而汲汲營營於金錢的模樣。

巴達恩繼續往前站出一步，接著具韻味的中低音再次響起。

「為了我們的不小心，使得事前登錄的怪物今天無法參賽一事再次深深地謝罪。因為實在沒想到這個城市會出現潛入廄舍把怪物奪走的小混混。」

小混混本人我反射性想要縮起脖子，但這時候必須裝出若無其事的表情才行。妮露妮爾依然以不像小孩子的膽識從容地回答：

「那隻小狗不知道為什麼特別能贏，可能是哪個有錢人想要一隻看門狗吧？不登錄到今天的比賽偷偷把牠賣掉的話，說不定還能賺到最後一票喲？」

「這太失禮了吧！」

如此大叫的不是巴達恩或者士兵之一。老人身後衝出一名略為肥胖，身穿黑色燕尾服的矮小中年男性以尖銳的聲音這麼大叫。

「您這麼說好像柯爾羅伊家是為了錢而進行鬥技，這我可不能當成沒聽見！請您把話收回去！」

矮小男人頭上浮現的浮標顯示著「Menden」幾個字。從打扮來看應該是管家吧，不過左腰上佩戴著看起來很昂貴的細劍，當我想著「那個大叔怎麼比較像領主……」時，琪歐就毅然來到妮露妮爾身邊並且反駁：

「門迪恩先生，妮露妮爾小姐完全沒有說過這種話喔。倒是能不能快點開始廄舍的檢查呢？」

「打雜的黃毛丫頭說什麼檢查，少自抬身價了！只是在巴達恩大人的盛情之下，允許你們參觀一下廄舍罷了！」

「門迪恩，夠了。」

當家巴達恩舉起左手後，名為門迪恩的管家就瞬時安靜了下來。

「這次錯確實是在允許賊人入侵的我們身上。認可由其他怪物參賽的條件是想看廄舍的話，那就讓他們盡量看吧。」

「遵……遵命。」

門迪恩以演戲般的動作舉起右手後，一邊分為五個人列隊的柯爾羅伊家士兵們就迅速九十度轉身，並排到後方牆壁的門兩側。

巴達恩以悠然的手勢指向刻著紅龍紋章的門。簡直就像是在表示「敢進去的話就請吧」的態度，但鋪石地板上卻沒有任何能擋住我們移動的障礙物。

應該不會要眾士兵襲擊我們吧……正當我這麼皺起眉頭時，琪歐就稍微動起右手。

下一刻，法索等三名部下就筆直排在琪歐身後。我急忙排到最尾端後，站在眼前的灰色制服馴獸師就呢喃著：「距離再小一點。」

從旁邊看的話，就會發現前面五個人緊靠到幾乎前胸貼後背的狀態。雖然想著這樣很難走路吧，但對方都這麼說了，我也只能照做。往前跨出一大步，把跟馴獸師之間的空隙縮小到極限。

直列排的六個人成像牆壁一般，在琪歐第二次的手勢下緩緩開始前進。雙腳快速移動，一點一點地前進著，身穿黑色外套的妮露妮爾則在我們的右側以同樣的速度行走。

前進了兩公尺左右，搬運入口牆壁形成的影子中斷，鮮紅夕陽照射到我的左邊臉頰。把臉朝向那邊後，遙遠彼方的艾恩葛朗特外圍開口部正好可以看見巨大的太陽。或許因為這裡是常年夏天的第七層吧，在西下之前依然能感覺到強大的熱度。

「後面的傢伙，跟緊一點！」

突然間，眼前的馴獸師壓低的聲音這麼表示，我便急忙把臉轉回來。只不過說要我跟緊一點，但目前馴獸師的背部跟我上衣的前半部已經是經常互碰的距離。我一邊想著要是跌倒我可不管一邊把身體整個貼上去。

在這樣的體勢之下，右腳與左腳不在同樣的時機下移動根本無法行走。我在腦袋裡面唱和著一、二、一、二，同時拚命地步行。簡直就像小學運動會的蜈蚣競走那樣。

從前方排成兩列的柯爾羅伊家士兵那裡傳出瞧不起人的竊笑聲。當家巴達恩雖然面無表情，但管家門迪恩長著小鬍子的嘴巴也扭曲著露出笑容。

這到底是什麼任務啊……內心即使感到疑惑，還是持續緊貼著前方來行走，橫切過搬運入口進入另一邊影子的瞬間，馴獸師再次呢喃：

「可以分開了。」

——咦，是女的嗎？

事到如今才感到驚訝的我迅速拉開距離。一看浮在馴獸師頭上的顏色浮標也只寫著「Lunnze」幾個字，但光是這樣仍無法確定。話說回來，琪歐確實提到過魯婕這個名字……

這個時候，走在我右斜前方的妮露妮爾突然腳步一個踉蹌。

我反射性衝出去撐住她嬌小的身體。名為魯婕的馴獸師也叫著：「妮露妮爾小姐！」，走在最前面的琪歐就迅速回過頭來。

但是妮露妮爾左手抓住我的上衣，以沙啞的聲音表示：

「不礙事，繼續走。」

「…………是。」

點頭的琪歐快步朝著正面的門走去。她的身後，我跟妮露妮爾就在法索與魯婕等人的包圍下一起前進。

瞄了一眼排成兩列的暗紅色士兵們，其中有仍然掛著笑容的傢伙，也有以憎恨眼神瞪著這邊的人。我想不至於會提劍追砍過來，不過以人數來說我們是七個人，對方則有十二個人。為了能隨時對應，我便將視線不停地左右移動。

結果就跟站在右側眾士兵後面的巴達恩・柯爾羅伊正眼相對。

即使近看，他的三件式西裝也是一塵不染，頭髮與鬍鬚也修整得很漂亮。但額頭與嘴角有幾條深邃的皺紋，給人比第一印象還要老的感覺。

就算是這樣，從凹陷的眼窩發射出來的視線依然如鋼錐一般銳利。他的灰色眼睛死命凝視著歲數可以當他孫子或者曾孫的妮露妮爾，這時眼裡浮現的感情是……憎惡，不對，是羨慕……？

「桐人，快一點。」

因為琪歐的聲音移回視線後，看見武裝女僕站在整個打開的紅龍之門旁邊看著我。我點點頭後加快行走的速度。

通過琪歐面前進入門內之後，該處就是熟悉的微暗通道。往右前進約兩公尺後停下腳步，對右臂抱著的妮露妮爾問道：

「那個，妳不要緊吧？身體不舒服的話，檢查就交給我們，妳還是回房間比較……」

「已經不要緊了。」

如此回答的妮露妮爾離開我的懷抱靠到通道的牆上。但是帽子底下露出的臉變得比平常更加蒼白，頭上的HP條也減少了一成左右。HP條底下亮起的陌生異常狀態圖標應該就是她受傷的原因，不過尖刺般三角形包圍黑色圓圈的圖標到底是——

當我皺起眉頭時，跟著進入通道的琪歐就大步走向妮露妮爾，然後遞給她某樣東西。

「妮露妮爾小姐，這個給您。」

那是一個能被手掌包覆住的黑色小瓶子。由於上面沒有任何標籤，所以不清楚裡面裝了什麼。但是妮露妮爾迅速搖了搖頭，離開牆壁後站直了纖細的身軀。

「不要緊，馬上就會好了。倒是我們快點開始檢查吧。」

「…………是。」

雖然低頭把小瓶子收回腰包裡，但琪歐的側臉還是帶著擔憂的表情。當然我也同樣感到擔心。妮露妮爾絕對受到某種疾病的侵襲，我想她基本上不離開飯店的房間應該就是被這個疾病所害。到了這個時候，我才想起琪歐曾對於柯爾羅伊家要求妮露妮爾本人做見證一事做出「是想惡搞我們」的評論。

黑色異常狀態圖標仍未消失，雖然只有微量但ＨＰ仍持續減少。雖然希望她立刻回房間去，但就算我這麼說她也不會接受吧。如此一來只能按照妮露妮爾的指示，盡早開始檢查並且找到作弊的證據了。

「桐人，拜託你帶路。」

默默對琪歐的聲音點點頭後，我就迅速環視通道。

入口另一邊的牆壁上並排著四扇通往倉庫房間的門，但是能作為作弊行為證據的物品——比方說裝有「盧布拉碧烏姆花染料」的陶壺，不可能保管在如此明顯的地方吧。要說可能性的話，果然還是只有地下的某處。

對琪歐與妮露妮爾使了個眼色後，我就往通道深處走去。鑽過切開石牆做成的門，來到微暗的螺旋階梯。這裡雖然也沒有扶手，但已經上下過一次，高度也只有四公尺左右。但姑且還是警戒著偷襲並且快步走下樓梯抵達地下廄舍。

左右並排著籠牢的通道就目前看來是沒有人。稍微前進並且回過頭，就看到琪歐、妮露妮爾、法索、魯婕與剩餘的兩個人聚在一起走了進來。

「……哦，這裡就是柯爾羅伊家的廄舍嗎？」

如此呢喃的妮露妮爾，褪下外套的兜帽後環視周圍一圈，接著嗅著空氣的味道。下一個瞬間就輕輕繃起臉來。

「打掃與換氣都不足。而且對怪物的照料也很隨便。」

「連……連這種事情都能知道嗎？」

面對啞然的我，妮露妮爾維持著不高興的表情回答：「因為有血的味道。」在我對這個答案做出回應之前，通道後方就傳來飽滿的男中音。

「真是抱歉，妮爾大小姐。如果能給我們一天的時間，就一定會先打掃乾淨。」

從檢查團後面踏進通道的是巴達恩・柯爾羅伊、管家門迪恩以及五名士兵。看來他似乎是把一半的士兵留在上面了，不過這下子包含我在內地下廄舍就總共有十四個人存在。即使通道還算是寬敞，還是有種擠太多人的感覺。

如果那庫特伊這邊與柯爾羅伊這邊的人數都是七個人並非偶然的話，那在這裡就可能發生事件戰鬥。就算把妮露妮爾與巴達恩屏除在外，我方有兩名並非攜劍而是裝備鞭子的馴獸師，所以戰力應該是敵人占上風吧。如果發生戰鬥，一開始就必須把兩名敵人，可以的話就三名敵人的士兵無力化才行。

當我打著這樣的算盤，就再次聽見巴達恩的聲音。

「因為七點就必須準備鬥技場晚間梯次的比賽，所以只能給妮爾大小姐兩個小時。好了，那就盡情在我們廄舍裡查探吧。只不過，裡面也有使役術已經失效的怪物。進入籠牢裡的人遭到襲擊我可不管，反過來說如果傷害到怪物的話就是明確違反鐵則，我們一定會加以告發。」

「沒問題。」

隨口就把巴達恩可以算是威脅的發言帶過去。妮露妮爾伶牙俐齒地如此反駁：

「你們那邊只要有任何人妨礙檢查，就視為違反剛才說好的決定，我會取消代理怪物的出場。如此一來，在今天最後一場比賽前就請你們準備新的赭色野犬嘍。懂了的話所有人就退到階梯的入口。」

「唔唔唔唔……」

管家門迪恩發出悔恨的沉吟聲，不過跟巴達恩互相輕點一下頭後，就跟五名士兵一起退到通道邊緣。

確認這一點的妮露妮爾，轉過頭來以暗紅色眼睛往上看著我。對方明明是NPC，我卻感受到她傳達過來的「之後就交給你了」的意念。

雖然很想呻吟「責任重大啊～～」，但這說起來原本就是因為自己擅自行動所招致的事態，所以不能丟下不管。幸好以這種搜索型任務來說限制時間算相當長。在兩個小時裡要想辦法找到應該存在的作弊證據——也就是必須找出「盧布拉碧烏姆花的染料」才行。

我再次環視周圍。

通道的長度是十五公尺左右。左右各有六個，也就是總共十二個籠牢，裡面各關著一隻參加鬥技場白天梯次與晚上梯次的怪物。盡頭是普通的石牆，看不到收納庫與休息室。也就是說隱藏證據的地點是在某個籠牢裡嗎？雖然巴達恩剛才所說的「被怪物襲擊我可不管」的威脅發言頗令人在意，但是事情到了這個地步也只能下定決心進入籠牢——

不對，等一下等一下。

雖然是突發狀況，但其實仔細一想，我就算什麼都不做結果還是會變成跟現在同樣的發展。當初的計畫應該是在鬥技場對赭色野犬灑下脫色劑來暴露其毛皮染了色的事實，但我認為那個時候柯爾羅伊家也不會老實地承認作弊。感覺下一個階段就會發展成到地下殿舍尋找作弊證據的狀況，我應該認為現在是跟這個暫稱「妮爾小姐任務」的原本故事發展匯合了。

如此一來，進入怪物的籠牢這個選擇是失敗旗標的可能性相當大。因為沒有不被使役之術失效，也就是非馴服狀態的怪物襲擊的理由。這次是因為赭色野犬亦即暴風野犬是在屋外逃走，如果在無處可逃的籠牢當中果然還是會攻擊我吧。

證物（關鍵道具）不在籠牢內而是在外面。這樣的話，是我直接無視的一樓的倉庫，還是螺旋階梯的後側附近嗎？一想到這裡，就覺得柯爾羅伊方的眾士兵擋住通往階梯的門口很是可疑。

「抱歉，妮露妮爾小姐。說不定證據是在一樓……」

當我說到這裡就倏然閉上嘴。

「……怎麼了？」

再次對露出疑惑表情的委託主說了一聲「抱歉」後，我便快速轉身。

長長地下通道的盡頭全都是灰色的石牆。但是四個小時前入侵這個地方的時候，那裡好像有什麼東西。不是門……是四角形的入口。稍微殘留著覺得怎麼那麼小的記憶。

「……是那裡嗎！」

小聲叫完後，我就衝刺跑過通道。途中注意到左側的一個籠牢並非普通房間而是為了把怪物送進鬥技場的待機室，但現在不必管這件事。沒有停下腳步直接經過後，跑向深處的牆壁，把雙手貼在灰色的石頭上。

毫無縫隙地堆積起來的磚頭相當冰涼且堅硬，即使用盡渾身的力量也無法推動。但這個地方絕對有入口。如果有暗門，通常其中一個磚頭會是開合用的開關。然後大概會在角落，還有看起來不起眼的提示。

我先地毯式地看著牆壁右側，然後是左側。結果注意到左側邊緣的一塊磚頭反射油燈的光芒後發出微弱的亮光。迅速移動過去以左手撫摸磚頭的表面，發現其他磚頭都很粗糙，只有這塊磚頭的中央附近因為磨損而相當光滑。有了確信的我用力按了下去。

磚頭隨著嘎咚的沉重按壓感退後了兩公分左右。

從靴底傳來細微的震動。下一刻，石牆中央部分發出轟隆聲並開始往地板沉去。

短短五秒鐘左右，石牆上就出現一個直徑不到一公尺的開口。裡面是一片漆黑，不過傳出某種複雜的氣味。裡面包含了些許之前那種甜膩且具刺激感的氣味。我可以拍胸脯保證這裡面有「盧布拉碧烏姆花的染料」。

就算以前沒有見過這個地方，有兩個小時的話最後還是會找到這扇暗門才對，不過無法否定在那之前就先進到怪物籠牢的可能性。一想到這裡，就覺得一時興起潛入廄舍也是因禍得福……不對，是塞翁失馬……

在腦袋裡搜尋著最適合的成語，一邊轉頭對站在通道中央左右的妮露妮爾他們揮手。

「這裡有一座隱藏倉庫！」

下一個瞬間，不只是妮露妮爾，連琪歐都咧嘴笑了起來。在兩人的帶頭之下，法索與魯婕們也快步靠近。

壓抑下現在立刻衝進倉庫尋找裝染料陶壺的心情，我站在開口的旁邊待機。要是再度衝動行事讓事態變得更加混亂的話，可不是挨罵就能了事了。證據的保存不只必須在妮露妮爾他們面前進行，也必須讓巴達恩·柯爾羅伊親眼看見才行。

當我挺直背桿確認巴達恩本人有何反應時，發現他仍站在通道的另外一邊。明明隱藏倉庫被輕鬆識破了，卻沒有露出太過慌張的樣子。難道連這種情況都在他預料之中？不對……與其說冷靜，倒不如說在等待著什麼。

我皺起眉頭，看向通道的天花板。但該處當然沒有設置掉落式陷阱。如果地板有洞穴的話我應該會率先掉落才對，但左右只有鋼鐵的籠牢而已。

看向右邊的籠牢，發現深處蹲著像是山羊般的大型怪物。使役之術似乎仍然有效，即使跟我四目相交也沒有任何動靜。

然後左側是我帶出赭色野犬的籠牢，所以裡面應該沒有任何怪物。為了慎重起見還是檢查了一下，果然不出所料是空的…………

不對，角落的暗處似乎盤繞著某種細長東西。心裡認為應該是捲起的繩子，覺得還是小心點而集中視線的瞬間。

影子就像要拋開出現的紅色浮標般迅速動了起來。

無聲地滑過地板，一瞬間縮起來後如同彈簧般跳起，從籠牢的縫隙衝出通道。在油燈亮光照耀下的細長身體帶著金屬般銀色光輝。

蛇——上次潛入這裡時也看見的，叫做什麼Serpent的蛇。不過這條蛇之前是關在隔壁欄杆間隔較小的籠牢裡，為什麼現在會出現在普通的籠牢內呢？然後為什麼在我通過面前時沒有動靜，現在才衝出來呢？

即使腦袋裡浮現幾個疑問，我的右手還是反射性動了起來握住愛劍的劍柄。我一邊拔劍一邊大叫：

「琪歐，有蛇！」

同時用力踏出一步從左下往右上砍去。日暮之劍銳利的劍尖好不容易才捕捉到蛇的胴體。但是不到三公分厚度的身體沒有被砍成兩半，反而發出「鏘！」的金屬聲。

——好硬！

咬緊牙根，用盡渾身的力量把劍揮盡。爆出火花滑開的劍尖好不容易陷入鱗片的縫隙間，斬飛了後半部的三分之一左右。

但是蛇尚未停下來。牠在空中扭動身體來修正軌道，朝著妮露妮爾落下。

「喝！」

撕裂空氣的吼叫聲。琪歐出鞘的穿甲劍以驚人的速度往上突刺。極細的劍身帶著藍白色特效光。那是細劍用的劍技「線性攻擊」——不對，是單發上段攻擊「閃電突刺」。

以媲美名手亞絲娜的速度揮出的穿甲劍，漂亮地貫穿扭動著飛行的蛇剩下三分之二胴體的中央。

攻擊的剩餘威力形成衝擊波在通道上擴散開來。那是足以穿透厚重板甲的恐怖一擊。

但是它的威力比目前這個時候所需要的大出太多了。

攻擊不是刺穿胴體而是直接將其粉碎，剩下三分之一的蛇即使如此還是拚命往妮露妮爾撲去。

「沙啊啊！」

蛇發出現實世界不可能出現的鳴叫聲，把嘴巴張大到極限。長到令人感到不祥的利牙一閃而過。

待在後方的法索與魯婕以拚死的模樣朝年幼的當主伸出手。但還是來不及了。宛若鉤針的牙齒往黑外套的肩口咬下——

妮露妮爾突然以幾乎無法目視的速度伸出右手，在空中抓住剩下不到五十公分的蛇的身體。

反應速度實在太過驚人。用劍掃開以那種速度飛過來的蛇或許沒問題，但要用手抓住的話連我跟亞絲娜都辦不到吧。

「妮爾小姐，就那樣──」

當我準備叫出「抓住牠！」的剎那。

蛇把仍能活動的不到十公分的胴體彎曲到極限，牙齒深深埋進妮露妮爾的手腕內。

下一刻，蛇的ＨＰ條就歸零，短短身軀變成藍色多邊形四散了。

「妮露妮爾小姐！」

琪歐傳出近似悲鳴的叫聲。穿甲劍被她丟到地板上，雙手朝著主人伸去。

呆立在現場的我，看見妮露妮爾薄薄的嘴唇露出諷刺的笑容。同時發出極細微的呢喃聲。

「……真有你的，巴達恩。」

接著大賭場的年幼支配者妮露妮爾・那庫特伊就整個人倒在琪歐所伸出的雙手當中。

20

「蛇……？」

我對著瞪大雙眼這麼大叫的亞絲娜無力地點點頭。

「嗯。是我的錯……之前潛入廏舍時，看見那條蛇明明就覺得很奇怪了……」

一口氣喝完右手玻璃杯內的水。但還是無法消除嘴裡的苦澀感。

「哪裡奇怪？」

早一步從賭場回到十七號房的亞魯戈立刻這麼詢問。應該不是情報販子的習性，實在是因為我太過沮喪了，所以拚命想辦法要讓對話進行下去吧。因為很感謝她的貼心，於是我就抬起垂下的臉來回答：

「那隻蛇大概只有三公分粗而已。所以地下廏舍把牠關在縫隙很小的籠牢……應該說鐵網裡面。鬥技場的黃金籠子，柵欄的間隙有十公分左右吧？我就想讓蛇在那裡比賽的話，不會爬到觀眾席裡面嗎……」

那個時候不把問題丟到一邊，好好仔細思考的話……當我再次快要進入自省模式時，這次換成聽見基滋梅爾的聲音。

「也就是說柯爾羅伊家養那隻蛇不是為了讓牠在鬥技場戰鬥，打從一開始就是為了襲擊妮露妮爾小姐……然後在檢查之前，就從鐵網裡面把牠移到一般的籠牢裡嗎？」

我再次抬起視線，對坐在我正面的黑暗精靈點點頭。

「只能這麼認為了。而且妮爾小姐被咬時，巴達恩‧柯爾羅伊跟管家門迪恩是完全不慌不忙……」

別說慌亂了，感覺巴達恩甚至還露出淺笑。

妮露妮爾倒地後緊急檢查就中斷了，我追上抱著主人奔跑的琪歐回到旅館三樓的房間。原本以為一定會找醫生來看診，結果琪歐把妮露妮爾抱進寢室裡，已經將近二十分鐘沒有出來了。

法索與魯婕為了保護房間而留在門外，其他兩個人在琪歐的指示下回廄舍去了。但是不知何時才能再次開始檢查，然後現在保管在隱藏倉庫內的作弊證據大概全都被移走了吧。

事到如今已經沒辦法知道了，那樣的發展——蛇的奇襲是任務一開始就預定好的事件，還是因為某種要因而導致的突發性事象。假如是前者的話，應該有拯救妮露妮爾的方法才對；後者的話……說不定會像史塔基翁的領主賽龍那樣………

當我快要再次陷入不安與悔恨的泥沼時，左膝突然感覺到一絲溫暖。

一看之下，坐在旁邊的亞絲娜正微笑著把右手放在我的膝蓋上。眼神相對後她便用力點頭並且說：

「別擔心啦，桐人。妮露妮爾小姐才不會輸給蛇毒呢。」

雖然沒有提出證據，但我也因此能認為真的是這樣，於是也緩緩向她點頭。

「嗯……說得也是。」

「是啊是啊，任務的報酬也還沒領呢！」

丟出露骨台詞的亞魯戈，咧嘴笑完後立刻恢復認真的表情，繼續表示：

「而且我們還有能夠做的事情喲。」

「咦……什麼事？」

「如果是蛇毒，說不定有治療藥吧。桐仔，咬了妮爾小姐的蛇叫什麼名字？」

雖然一瞬間愣住了，不過的確有那種可能性。曾經在什麼地方看過對蛇毒有效的只有在人類或動物體內製作出來的抗毒血清，不過那是現實世界的情況。我想在商店裡販賣的解毒藥水應該無法治癒——有效的話琪歐應該早就用了——不過或許真的存在那隻蛇專用的解藥。

我瞪著桌子表面，拚命試著再生記憶。雖說看見叫什麼Serpent的顏色浮標只有短短一瞬間，但這時候想不出來的話就沒資格當攻略玩家了。我從腦袋的記憶體拖出來的不是單字本身，而是浮標的靜止影像，然後唸出朦朧映照出來的英文字母。

「嗯，一開始是A……Argent Serpent吧。不清楚第一個單字的意思就是了……」

我一這麼說，亞魯戈跟亞絲娜就稍微面面相覷，然後同時回答：

「銀喲。」

「是銀啦。」

「銀……？銀不是Silver嗎？」

亞絲娜注意了一下基滋梅爾才回答我直接的問題。

「Silver是來自德文，Argent是來自法文喔。」

「哦，原來如此……」

點完頭後，才了解亞絲娜露出那種模樣的理由。對於基滋梅爾來說，這個世界所使用的是艾恩葛朗特語，應該不懂得日文、英文與德文的區別才對。

不過幸好基滋梅爾對我們的對話沒有感覺到什麼異狀——應該說，或許另有讓她在意的事情吧，只見她以特別嚴肅的表情凝視著空中。

當我想問她怎麼了的時候，騎士先是眨了一下眼睛才筆直地看著我。

「咬了妮露妮爾小姐的蛇確定是叫Argent Serpent（銀蛇）嗎？」

「嗯……嗯。基滋梅爾，妳知道嗎？」

「只聽過名字。不過……如此一來，事情就不容易解決了。至少在人族的城市是不可能取得解毒藥。」

基滋梅爾如此堅定地說道，我則是忍不住認真地凝視她的臉。稍微猶豫了一下後才小聲詢問：

「那是為什麼呢……？」

這次基滋梅爾就略為沉吟了一下，最後才壓低了聲音說：

「妮露妮爾小姐，以舊時言語來說是『Dominus Nocte』……『夜之主』喔。」

「「「夜之主？」」」

跟亞絲娜、亞魯戈同聲重複了一遍。至今為止從未在艾恩葛朗特聽過這個名詞，就算是封測時期也一樣。

在歪著頭的我旁邊，亞絲娜突然呢喃著「啊……」。接著坐在基滋梅爾右側的亞魯戈也發出「嗯……」的沉吟。兩個人交換了眼色後，亞絲娜就以呢喃聲對基滋梅爾問道：

「意思是說她是Vampire……吸血鬼嗎？」

咦——————！

差點這麼大叫，我急忙全力在雙頰灌注力量。

那個妮露妮爾怎麼可能會是……這樣的驚愕被各種旁證覆蓋過去。這個房間即使白天也拉緊窗簾、妮露妮爾只喝紅酒、在到廄舍去之前穿上了厚重的外套，還有在橫越照射的夕陽時，琪歐要我們排成人牆……這所有的一切全都證實了亞絲娜所說的話。

結果基滋梅爾就以極微小的動作同意了她的看法。

「也可以這麼說……但在這裡不要說出這個稱呼。夜之主與徘徊在墓地的食屍鬼之類的完全不同。他們是很高貴的一族。我聽說其中甚至有遠比精靈還要長命的存在。」

「哦……」

嘆了口氣後，我突然想起某個情景，於是就對騎士問道：

「難道說，基滋梅爾首次遇見妮露妮爾時跪著打招呼，就是因為她是那個Ｄｏｍｉ……Dominus Nocte的緣故嗎？」

「沒錯。小時候曾經在城裡見過一次她的同族，從氣氛中就察覺到了。」

「哦……」

我再次嘆了口氣，重新啟動一片茫然的腦袋。妮露妮爾是吸血鬼，不對，夜之主這件事確實讓我嚇了一跳，但就算是這樣，她是我的委託人這個事實，以及對她的親切感還是不會有任何變化。說起來吸血鬼本來就是ＲＰＧ裡常見的存在，至今為止沒有遭遇過還比較奇怪呢。

「那麼……剛才說的『不容易解決』是什麼……」

說到這裡後才終於注意到。

說到吸血鬼，弱點就是大蒜、陽光還有銀。現在想起來，初次來到這個房間時，琪歐特別從劍鞘裡拔出我交出的短劍，說了一句「只是普通的鋼嗎」。那是在確認劍是不是銀製的吧。

雖然不清楚是不是討厭大蒜，不過妮露妮爾走在夕陽中時，確實陷入了衰弱系的異常狀態——現在回想起來，圖標的帶刺黑圓圈符號應該是太陽吧——咬了她的蛇，名字裡有銀（Argent）這個字絕非偶然。

「……難道那隻銀蛇的毒只對Dominus Nocte有效？所以才無法輕易獲得解毒藥……？」

基滋梅爾眨眼肯定了我的提問。

「我也不是很清楚……不過銀蛇是居住在深邃的洞窟深處，以銀礦為食來成長。蛇鱗全是品質良好的銀，捕捉到的話能賣得高價，而且據說武器塗了從牠利牙滴落的『銀之毒』後能夠對食屍鬼與死靈發揮出特別的威力。Dominus Nocte當然是高貴的存在……但是銀對夜晚的居民來說絕對是劇毒。就跟精靈在乾枯的土地會急遽衰弱一樣……」

「…………嗚。」

我不由得咬緊牙根。妮露妮爾體內直接流進了光是塗在刀刃上就足以成為特效武器的毒。如果我確實記住銀蛇的名字，並且在檢查之前告知妮露妮爾的話，事情就不會變成這樣了。

全身血液都快要沸騰般的怒氣並非只因為自己的愚蠢。

巴達恩．柯爾羅伊與管家門迪恩，以及士兵們都知道妮露妮爾不是普通人而是夜之主。所以才特地打開搬運入口的大門，做出讓她在照射進來的夕陽下行走的惡劣行徑。不對，那不單只是為了阻礙，說不定還有為了讓妮露妮爾衰弱，反應變遲鈍的目的。之後再讓妮露妮爾靠近放入銀蛇的籠牢，讓蛇發動襲擊。也就是說，要求妮露妮爾當緊急檢查的見證人時，那個男人就打算用銀之毒殺害她了。

當然這有可能打從一開始就是任務裡預定好的發展。但是巴達恩往下看著倒地的妮露妮爾露出了扭曲的笑容。就像是在說「活該」一樣。

「……基滋梅爾，沒有消除銀之毒的方法嗎？」

即使知道自己是在強人所難，我還是忍不住要這麼問。

正當騎士以沉痛的表情靜靜地搖搖頭時——

「只有一個辦法。」

客廳裡傳出僵硬且緊繃的聲音。

迅速回過頭後，發現寢室的門不知道什麼時候已經打開，武裝女僕琪歐就站在那裡。臉色跟倒下時的妮露妮爾同樣蒼白。一瞬間想著說不定琪歐也是吸血鬼——Dominus Nocte，不過又想起為了赭色野犬送來脫色劑與回復藥的時候，她即使走在正午的日照之下也絲毫不在意的事情。

說起來妮露妮爾是很久之前死亡的法魯哈利的子孫，她的父母親也應該都過世了。如果他們的死亡都不是因為事故或者謀殺的話，她的親人應該就是普通的人類。如此一來，妮露妮爾是因為某種理由而後天變成吸血鬼的嗎，或者是跟雙親沒有血緣關係的養女呢？

不對，現在不是在意這種事情的時候。我從沙發上站起來，朝琪歐走近幾步並且問道：

「剛才妳說只有一個辦法對吧……？是表示有藥可以治癒妮爾小姐嗎？不對，在這之前，妮爾小姐她還好嗎？」

「……到這裡來。」

以右手輕輕招呼我們後，琪歐就無聲地回到寢室。我急忙跟亞絲娜她們一起追了上去。

房間幾乎完全是黑暗，只有一盞放在床邊的小燈發出不可思議的淡綠色光芒。封在玻璃裡面的不是燈火，而是廣場的隱藏通道裡也有的送火茸。

妮露妮爾正閉著眼睛躺在冷冷燐光照耀下的床鋪上。

伏下的睫毛與床單上的金髮絲毫沒有動靜，雖然忍不住擔心起她是不是還活著，不過顯示的HP條在剩下三成的地方靜止著。然後下方還有兩個圖標。一個是黑底上有銀蛇的圖案——這就是「銀之毒」吧。然後另一個是同樣的黑底上有藍色花朵的圖案。

雖然還是有例外，但SAO的狀態圖標原則上異常狀態是黑底，支援效果是除此之外的顏色。也就是說藍花圖標是某種異常狀態的可能性很大。

拚命壓抑下觸碰小小的額頭來確認體溫的衝動。妮露妮爾頭上依然浮著金色的「？」符號。只要任務委託主的證明沒有消失，跟我們的連結也就不會中斷……我這麼想著，同時重新轉向琪歐。

「這是什麼狀態？」

結果忠實的女僕輕咬嘴唇後才以呢喃聲回答：

「我用藥讓妮露妮爾小姐陷入深沉的睡眠之中……基滋梅爾小姐，妳幫忙跟桐人他們說明過妮露妮爾小姐的事情了吧？」

被如此問道的騎士靜靜點了一下頭。

「唔嗯……雖然不知道擅自這麼做是不是正確……」

「沒關係，現在是分秒必爭的時候。謝謝妳。」

行完目視禮的琪歐再次看著我說：

「正如你們所聽見的，妮露妮爾小姐是永生的『夜之主』。我也不清楚正確的歲數，不過她守護這座賭場與那庫特伊家已經超過三百年了。」

「三百……」

我好一段時間說不出話來。

聽見她是吸血鬼後就想她應該不是外表所顯示的那種年紀，但這個數字比想像的多出一個位數。原來如此，難怪基滋梅爾要單膝下跪，內心如此同意的我催促著琪歐繼續說明下去。

「『夜之主』是幾乎可以說長生不死的存在，但是對我們普通人來說無害的日光與純粹的銀卻是能造成他們生命危險的猛毒。話雖如此，只是一瞬間照射日光或者被銀製武器傷害到的話，經過事後的治療就能回復……但是銀蛇的『銀之毒』一旦進入體內就無法消除。放著不管的話，一個晚上就……」

琪歐沒有繼續說下去，只是伸出右手，像是要確認生命之火仍未熄滅般以指尖觸碰妮露妮爾的金髮。收回來的手拿起放在邊桌上的藍色小瓶子。瓶子內目前已是空無一物。

「因此我就用這種藥……不對，是『半邊蓮之毒』讓妮露妮爾小姐睡著。」

「半邊蓮之毒……？」

小聲這麼叫道的是基滋梅爾。她交互看著琪歐與藍色小瓶子，以沙啞的聲音繼續表示：

「那應該是連我的女王陛下所賜予的『淨化的戒指』都無法治癒的猛毒。妳讓她喝下一整瓶只要一滴就能致命的猛毒嗎……？」

「『夜之主』對於毒的抗性非常高。正確來說是對『銀之毒』之外的毒。總而言之，不使用這樣的量，無法讓妮露妮爾小姐沉睡。」

「……原來如此。」

連至今為止一直保持沉默的亞魯戈，這時都以嚴肅的表情呢喃：

「就是所謂的以毒攻毒嗎？妮爾小姐不只是睡著，而是進入假死狀態了對吧？」

「……一點都沒錯。這個狀態的話，可以把『銀之毒』的影響降低到最小。」

「那麼……只要讓她沉睡到『銀之毒』的效果消失，妮露妮爾小姐就能得救了嗎……？」

亞絲娜像在祈禱般握住雙手並且如此問道。

但是琪歐深深嘆了口氣後才靜靜地搖頭。

「不……『銀之毒』不會自然消失。即使在沉睡期間，毒性還是會一點一點侵蝕妮露妮爾小姐的身體，奪走她的生命。即使讓她一直沉睡，最多也只能撐兩天左右吧。」

口氣雖然冷靜，但琪歐的聲音裡滲出深深的苦惱、悲嘆，以及憤怒的感情。

她憤怒的對象應該是設下死亡陷阱的巴達恩，以及無法破解陷阱的自己吧。我的心中也有同樣的憤慨。正當我下意識中用力咬緊嘴唇的時候。

「啊……」

亞絲娜輕叫了一聲，然後打開視窗。從道具欄取出的是深玫瑰紅的結晶體。這時我的嘴裡也發出「啊」的聲音。

亞絲娜朝琪歐靠近一步，遞出八角柱形狀的水晶。

「這個……用這個能不能治癒妮露妮爾小姐？」

「…………治癒的水晶嗎？竟然要把如此貴重的東西……！」

亞絲娜對露出驚訝表情的琪歐大動作搖了搖頭。

「能夠救妮露妮爾小姐的話，這根本不算什麼。對吧，桐人。」

被叫到名字後我也急忙點頭。

「嗯。我們還能再得到。」

「……謝謝。你們的心意讓我很開心。」

琪歐深深低下頭來，但是沒有去拿亞絲娜遞出的回復水晶，反而用雙手靜靜把它推回去。

「但很可惜的是這次它無法派上用場。要消除毒性的話需要的不是治癒的水晶，而是淨化的水晶，說起來『夜之主』的毒抗性雖然高，但是人族與精靈族的藥也幾乎無效。而且水晶也不例外。」

「…………怎麼這樣……」

亞絲娜深深低下頭，用雙手把回復水晶貼在胸口。

下意識中想去觸碰她背部的我急忙把左手縮回來，接著重複了一遍幾分鐘前提出過的疑問。

「但是琪歐剛才不是說過只有一種消除『銀之毒』的方法嗎。那個方法究竟是什麼？」

「……是龍之血。」

「龍之血……？」

重複呢喃了一遍後，等待對方的說明。

但是琪歐沒有馬上開口，只是持續凝視著沉睡的主人。

經過整整十秒以上，才終於傳出壓低的聲音。

「……你們應該知道吧，『夜之主』不喝人血的話無法維持生命。」

「…………」

一瞬間愣了一下，不過因為是Vampire——吸血鬼所以本該如此。現在回想起來，從一開始來到這個房間到現在，我不記得曾經看過妮露妮爾喝過紅酒以外的東西。

「……這就表示，那些紅酒其實是人血嗎……？」

畏畏縮縮地這麼問完，琪歐浮現淡淡的苦笑同時搖了搖頭。

「怎麼可能，那是真正的紅酒，不過是高級品就是了……雖然跟剛才的話有所矛盾，但我在旁邊侍奉妮露妮爾小姐的十年裡，甚至是從更早之前，妮露妮爾小姐就沒喝過人血了。相對地是喝這個來取代。」

一這麼說完，琪歐就從腰包裡取出黑色的小瓶子。

這是在廄舍前的搬運入口，橫越夕陽讓妮露妮爾身體不適時，琪歐所遞過去的東西。但那個時候妮露妮爾拒絕喝它。

「那是……？」

「對『夜之主』來說，唯一可以取代人血的東西……龍之血。根據傳說，可以從它獲得遠超過人血的活力，但為了長期保存必須用酒精稀釋，並且加入好幾種的藥物，所以沒有那麼強大的效能。妮露妮爾小姐每七天喝一瓶這個，才能不倚靠人血來存活下去。」

「…………」

我跟亞絲娜、亞魯戈、基滋梅爾再次說不出話，只能凝視沉睡少女的臉龐。

不清楚妮露妮爾為什麼拒絕喝人血，感覺也不應該詢問琪歐這件事。可以確定的是，我們無論如何都想解救這樣下去的話再過兩天就會死亡的妮露妮爾。

「……也就是說，喝下沒有稀釋並且添加藥物的新鮮龍血，妮露妮爾就能贏過『銀之毒』嘍？」

「正是如此。」

聽見琪歐的回答，亞絲娜就以不安的聲音繼續說：

「但是……哪裡才有龍呢？到目前為止的樓層，連一隻都沒見過。」

亞絲娜說得一點都沒錯。從古老的桌上清談時代開始，奇幻系RPG與龍之間就有密不可分的關係，但是很不可思議地在艾恩葛朗特裡卻跟吸血鬼一樣沒有存在感。雖然曾經聽過「邪龍修馬爾戈亞」與「水龍薩利耶加」等名字，但正如亞絲娜所說的一次都沒有遭遇過。

但是這種情況也將在第七層結束了。我跟亞魯戈交換眼神後，同時回答：

「迷宮塔。」「魔王的房間喲。」

「咦！」

瞪大眼睛的亞絲娜把臉的方向轉往被厚厚石牆擋住而看不見的高塔，接著又看向我。她的驚訝轉變成擔憂，開口呢喃著：

「也就是……樓層魔王？第七層的魔王是龍嗎？」

「不知道該說是終於還是總算出現了……」

在這個開場白之下準備說出魔王龍的名字，但又重新認為不應該在琪歐與基滋梅爾面前透露太多情報。道具欄跟訊息可以用「冒險者的咒語」來帶過，但來自封測的知識就實在無法說明了。

幸好琪歐沒有對我跟亞魯戈知道樓層魔王是龍一事產生疑問，只是同樣以深刻的表情輕輕點頭。

「沒錯。西方盡頭的塔裡棲息著名為『火龍阿基耶拉』的紅龍。打倒那個傢伙的話，應該就能獲得非常足以拯救妮露妮爾小姐的血液了。」

「火龍阿基耶拉……」

我一邊呢喃一邊皺眉想著牠是叫這個名字嗎？封測時期對戰過的樓層魔王確實是一隻紅色的龍。專有名稱應該是叫「Aghyeller the Igneous Wyrm」才對……

在腦子裡回想出字面後，才了解所以才唸做阿基耶拉。封測時期的當時，官方沒有發表以英文字母表記的怪物正式名稱該怎麼唸，所以封測玩家不是聽ＮＰＣ指導，就是只能自行推測。因為當時沒有稱呼第七層魔王名字的ＮＰＣ，所以不知不覺間就被稱為阿齊耶爾，實際上是完全不同的唸法。

心想幸好沒有自信滿滿地在琪歐面前披露龍的名字，同時開口表示：

「總之打倒那隻阿基耶拉並且獲得牠的血就可以了吧。反正我們本來就必須通過那座塔到下一層去，所以遲早得跟牠戰鬥……」

這時我才終於發現不能夠太遲這件事。

「咦，等一下。琪歐，妳剛才說只剩兩天？」

「……是的。」

武裝女僕點了點頭，我則認真地凝視著她的臉。

窩魯布達剛好位於主街區雷庫西歐與迷宮塔的中間點。而且從這裡開始的路途，難易度遠比前半段的「順風之路」高出許多。即使強行軍來突破，抵達迷宮塔也需要從早一直到晚的時間。然後要抵達塔的最上層恐怕還得花上一天。也就是說——即使不馬上出發，明天早上也一定要動身，否則明天傍晚前要打倒樓層魔王就相當困難。

而且就算基滋梅爾幫忙，只靠四個人要挑戰魔王也是自殺行為。封測時期，先不管發生了包含我在內的大部分玩家都在賭場破產這件事，要打倒阿齊耶爾……不對，是阿基耶拉都需要超過五十人規模的聯合部隊。

想挑戰樓層魔王的話，兩大攻略集團ALS與DKB的力量是不可或缺。但他們目前的態度是在獲得「窩魯布達之劍」前不會離開這座城鎮。我靠近亞魯戈，小聲地問道：

「那些傢伙參加鬥技場白天的梯次了嗎？」

「當然。兩邊好像都確實獲得新的必勝祕笈了，白天的五場比賽全部贏了喲。」

「這樣啊……」

如此一來，在晚間梯次結束之前他們就更不會聽我說的話了吧。不對，在夜間梯次籌碼再度被一掃而空的話，明天很可能又會出現同樣的發展。

我急忙回到琪歐面前，準備盡可能簡潔地說明現在的狀況。

要打倒火龍阿基耶拉，就一定需要滯留在這個城鎮裡的冒險者們提供助力。但是他們醉心於賭場的獎品「窩魯布達之劍」，為了入手那把武器，在輸到身無分文之前絕對會持續賭下去。還有他們所倚賴的可疑必勝祕笈的存在——

聽完我的說明後，琪歐就以憂鬱的表情陷入沉思好一陣了，突然間深深嘆了口氣。

「……這樣啊。柯爾羅伊家與那庫特伊家的父祖輩為了滿足私慾而創設的大賭場，在這個時候反而危及妮露妮爾小姐的性命，真是太諷刺了……」

「這樣的想法太悲觀了。」

開口這麼說的是亞絲娜。把回復水晶收回道具欄，往前走出一步後，就以空下來的雙手包住琪歐的右手。

「一開始創建賭場的兩兄弟或許是為了賺錢沒錯，但妮露妮爾小姐為了追求短暫歡愉而來到此地的人們，試著盡可能以最公正的態度來營運賭場對吧？因為每天有許多觀光客前來窩魯布達，許多餐廳、飯店以及各種商店才能營業下去吧。妮露妮爾小姐不只是為了與賭場相關的人，也為了在這個城鎮生活的人們努力了好幾百年。所以這種因果報應的想法實在太空虛了……」

亞絲娜一口氣說到這裡，當我看見她的雙眼泛著淡淡淚光時，一開始也感到驚訝。這是因為我原本認為亞絲娜是討厭賭博的賭場否定論者。不對，她現在依然討厭賭博才對，不過沒有把作為觀光產業的賭場視為絕對惡吧。正因為大賭場長年健全地營運，這個城鎮才能保持活力與美麗，不用說也知道這全是取決於妮露妮爾的手腕與清高。

亞絲娜果然比我成熟多了……心裡這麼想的我，同時用自己的手觸碰亞絲娜握緊琪歐右手的雙手。

「我也認為妮露妮爾小姐持續灌注愛情的賭場，不會背叛妮爾小姐才對。一定還有讓攻略集團……冒險者們今天晚上出發的方法才對。重點是他們有人在鬥技場的夜間梯次贏得十萬枚籌碼就可以了……」

我思考了一下後，繼續表示：

「那本必勝祕笈幾乎可以確定是柯爾羅伊家的陷阱了。十場比賽裡只有最後一場比賽失準，藉此把至今為止讓客人贏的籌碼全部捲走。這就表示，只要最後一場比賽下注跟必勝祕笈相反的那一邊就能贏……」

說到這裡之後，我才想起昨天也提到過同樣的事情。

「但那必須建立在柯爾羅伊家只能刻意輸掉比賽這個大前提之下。琪歐啊，妳認為有辦法把打算作弊落敗而舉行的比賽翻轉為獲勝嗎？」

即使我這麼問，武裝女僕不知為何還是以奇妙的表情持續保持著沉默。這時才終於發現，我依然從亞絲娜的手上面握著琪歐的手，於是急忙把手縮了回來。接著亞絲娜也把手放開，琪歐這才輕咳了一聲然後回答：

「沒有注意到柯爾羅伊家散發什麼必勝祕笈是我們的疏失。聽你們一說，才覺得有下大注的賭客時，柯爾羅伊家的怪物在最後一場比賽落敗的機率相當高。我跟妮露妮爾小姐雖然注意著為了獲勝的作弊，但實在沒想到會刻意落敗……」

以嚴肅的表情在床邊左右走了兩趟，再次凝視了一遍沉睡的妮露妮爾後，琪歐就用堅定的聲音繼續說道：

「怪物等級相同時要刻意輸掉某場比賽並不會太困難。關於怪物的身體狀況管理，兩家的專屬馴獸師已經累積了數百年份的知識。除了有治癒傷病的藥之外，也有令怪物激昂、虛弱的藥，甚至還有……將其殺害的藥。只要違背鐵則在比賽前讓怪物喝下動作變遲鈍的藥，不對，應該說讓牠喝下毒藥的話，那隻怪物就有很高的機率會輸吧。但是，要在那種狀況下獲勝的話，除了要消除毒藥的效果之外，還必須讓怪物喝下發揮潛力的藥物。籌碼的賠率是比賽開始之前由咒語來決定，看過賠率後應該沒時間讓怪物再喝下幾種新藥了……」

「也就是說，沒有辦法改變柯爾羅伊家打算落敗的比賽嘍？」

有些鬆口氣的我如此確認，但是琪歐卻不點頭。經過三秒左右才打開緊閉的嘴巴。

「正如桐人所見，巴達恩．柯爾羅伊是個狡猾的男人。即使受到對死亡的恐懼糾纏，腦袋還是相當靈光。這樣的策略家，我不認為會沒有準備必勝祕笈的陷阱遭識破時的對應。我想除了用藥之外，還是有把原本會輸的比賽變成獲勝的方法，但我不清楚他究竟會怎麼做。」

「…………這樣啊……」

我一邊回想鬥技場的模樣一邊思考著，在觀眾包圍著籠子的狀況下，實在不認為可以對怪物要什麼小手段。好不容易才想到的是以飛鏢般的投擲式小型注射器從籠子的縫隙中命中怪物的方法，但那也有很高的機率遭到識破吧。

結果還是沒有讓ＡＬＳ與ＤＫＢ在夜間的比賽獲勝的方法嗎……就在我沮喪地垂下肩膀的

時候，亞絲娜發出「啊」一聲。

把視線移過去後，細劍使眨了好幾次淺棕色眼睛，然後才以虛脫般的表情說：

「什麼嘛，那不是很簡單嗎？只要讓ＡＬＳ和ＤＫＢ在最後一場比賽下注不同的怪物就可以了。如此一來絕對有一邊能獲勝，就能贏得十萬枚籌碼了吧？」

「啊。」

我也發出呢喃。

真的一點都沒錯。就算是巴達恩．柯爾羅伊，也沒辦法讓怪物同時獲勝或者落敗。應該說，昨晚的最後一場比賽要是凜德與牙王各自下注在不同怪物身上的話，現在已經有一邊入手「窩魯布達之劍」，然後用那種破壞平衡的能力像砍草一樣輕鬆收拾樓層後半段的強力怪物了。

問題是該怎麼讓那些傢伙承諾下注在不同怪物身上……不過應該有辦法才對。我腦袋裡想著有哪些願意聽我們訴說情況的玩家，同時為了慎重起見而對著琪歐問道：

「那個，我不是在懷疑妳……不過能用十萬籌碼交換的那把劍，冊子上寫著毒無效、常時回復、所有攻擊都是會心一擊的恐怖能力都是真的嗎？」

「你在懷疑這個啊。」

琪歐苦笑著這麼指謫後，才一臉嚴肅地回答：

「『窩魯布達之劍』確實是英雄法魯哈利用來打倒水龍薩利耶加的劍，獎品說明文的說明也沒有絲毫虛假……以前妮露妮爾小姐曾經這麼說過。但是我詢問法魯哈利的兒子們為什麼會把算是那庫特伊、柯爾羅伊兩家的至寶，同時也是繼承者證明的那把劍拿來當作賭場的獎品時……她就沒有回答我了……」

「這樣啊……」

聽她這麼一說，把屠龍英雄兼偉大始祖的遺物拿來當成賭場吸引客人的獎品，確實有點實在太過大方的感覺。但現在只要那把劍確實擁有說明文所寫的性能就夠了。火龍阿基耶拉如果與封測時相同的話，雖然不會發動毒攻擊，但HP自動回復能幫忙對抗火焰吐息，所有攻擊都是會心一擊也讓人在面對堅韌鱗片時安心許多。雖然仍不清楚能持有窩魯布達之劍的是ALS的牙王還是DKB的席娃達，但兩者都不是會對首次真正討伐龍型魔王感到害怕的人，由那個傢伙擔任主要攻擊手，其他人專心輔助的話，應該有可能短時間就過關吧。

不過這些都必須建立在能營救妮露妮爾的期限，也就是後天傍晚前能突破迷宮塔的前提之下。就算今天晚上出發有其困難度，明天早上也得從窩魯布達出發，夜晚抵達最後的城鎮布拉米歐，住一晚後從後天早上就開始攻略迷宮塔……就算是這樣，時間上來說恐怕也是相當緊湊了……

想到這裡的瞬間，我就注意到某件事，然後猛烈地吸了一口氣。

不可能按照這個時間表來行動。我們預定明天上午要實行在第七層西南端的「祕鑰祠堂」前埋伏，跟蹤前來取回紅玉祕鑰的黑暗精靈回收部隊，擊退一定會發動襲擊的墮落精靈，然後追蹤他們來找到他們基地的作戰。

錯過明天的話，大概就沒有機會取回被凱伊薩拉奪走的四把祕鑰了。那個時候，基滋梅爾就會被當成墮落精靈的間諜兼從哈林樹宮的逃獄犯，永遠受到通緝。

要幫助基滋梅爾就沒辦法救妮露妮爾。反之亦然。

陷入前所未見的進退兩難處境之中，我握緊雙拳，一邊像被吸引過去般看向搭檔的臉。

結果發覺亞絲娜的眼裡也滲出濃烈的苦惱。她可能從琪歐那裡聽見能救妮露妮爾的只有龍血，而那條龍就是樓層魔王的時候，就察覺到時間不夠了吧。

當我跟亞絲娜不發一言時——

「亞絲娜、桐人，你們在猶豫什麼？」

以平穩聲音如此宣告的基滋梅爾，走了過來同時拍打我跟亞絲娜的手臂。

「我不要緊。今後還有許多取回祕鑰的機會。但是妮露妮爾小姐目前有生命危險。現在只要思考該怎麼解救這位小姐就可以了。當然我也會幫忙打倒火龍。」

「…………基滋梅爾……」

如此呢喃的亞絲娜，用力握緊基滋梅爾的左手。

看見這種模樣的琪歐，疑惑地歪著頭問道：

「到底是怎麼回事呢？」

從寢室回到客廳的我們，合作準備好茶水後就坐到沙發組上。

由於琪歐拒絕坐到妮露妮爾專用的五人座沙發上，於是變成五個人使用兩張副沙發，雖然是副沙發但因為是三人座的尺寸所以一點都不擁擠。

以溫紅茶滋潤喉嚨後，我先取得基滋梅爾的許可，接著跟琪歐說明她目前的狀況。

聽完說明的琪歐，以複雜的表情默默無言很長一段時間，然後突然看了門一眼，就像是不想讓在走廊上站崗的弟弟法索與馴獸師魯婕聽見一樣，以極細微的聲音表示：

「你們裡面有人知道『聶烏西民』這個名詞嗎？」

我才剛想「什麼……？」的時候，基滋梅爾就迅速抬起臉來。

「琪歐小姐，妳是從哪裡聽到這個名詞的？」

「我馬上就會說明，在那之前希望妳先告訴我意思。」

「…………」

騎士一瞬間猶豫了一下，但立刻開口說：

「那是非常古老的名詞，意思是『不屬於任何一邊的人』……不是黑暗精靈也不是森林精靈的存在，也就是墮落精靈，但這是對他們最大的侮蔑與挑釁，甚至連說出口都是忌諱，現在已經沒有人使用了。」

「…………是嗎，果然是這樣啊。」

簡直就像預測基滋梅爾會有這樣的答案般，琪歐緩緩點著頭。

拿起紅茶杯稍微啜了一小口，然後依序看著亞絲娜、亞魯戈以及我的臉。

「你們還記得妮露妮爾小姐曾經說過巴達恩．柯爾羅伊為了購買短暫的性命而大舉斂財這件事嗎？」

我們三個人同時點頭。這句話確實讓我感到有點奇怪。ＳＡＯ雖然是正統的奇幻世界觀，但從未聽說過拿出錢就能延長壽命的事情……應該啦。

也對我們點頭的琪歐，壓低了聲音繼續說道：

「我也曾對妮露妮爾小姐問過那具體來說是什麼意思。結果妮露妮爾小姐只說了一句『是聶烏西民的鬼把戲』，然後就不再跟我多說些什麼了。不過，聽見基滋梅爾小姐的說明後我就了解了。那些叫什麼墮落精靈的跟巴達恩接觸，對他提出了某種交易。」

「話說回來……」

如此呢喃的亞絲娜，瞄了我一眼後才說：

「在哈林樹宮，黑暗精靈的衛兵曾對我們這麼說過。他們說……『反正一定是說要幫他們延長生命吧』、『人族總是被這個手段給騙了』。」

「啊……」

我也終於想起來了。不過記憶最鮮明的是，亞絲娜聽見這些話時，整個噴發出來的憤怒鼻息。

結果亞魯戈就像看見現場的光景般以單邊臉頰露出笑容，接著用力靠到軟綿綿的椅背上。

「原來如此，看來對於墮落精靈那些傢伙來說這已經是常用的手段了。不過，這樣就稍微有點希望了。」

「咦……什麼意思？」

在愣住的我對面，情報販子刻意上下動著眉毛——

「我說哪，墮落精靈既然跟巴達恩老爺爺進行交易，那麼老爺爺很可能也有能跟墮落精靈聯絡的手段。知道是什麼手段的話，就算不實行桐仔的跟蹤作戰，說不定也可以找到墮落精靈的基地喲。」

「啊！」

忍不住這麼大叫的瞬間，身邊的亞絲娜就用食指貼在嘴巴上發出「噓！」一聲，她對面的基滋梅爾則是露出微笑。但立刻就恢復嚴肅的表情，對著正面的亞魯戈搭話道：

「我認為亞魯戈的推測應該沒錯。墮落精靈會使用各種奇怪的魔法道具，聽說其中也有能對遙遠地方傳送信號的道具。我想應該就是使用那種道具，在事前決定好的地點碰面吧。」

「哦……那真的很方便耶……」

亞魯戈露出一副很想要的表情來做出評論，不過我能理解她的心情。我們玩家只要使用訊息機能，不要說信號了，甚至連文章都能傳送，但自己或對方在迷宮裡的話就無法使用，但也有置身於迷宮才更需要聯絡的時候。就算是只能傳遞光線或聲音的道具，在搭檔攻略時給人的安心感也是完全不同。

但是，假如亞魯戈的推測正確，墮落精靈交給巴達恩聯絡用的道具好了——

「……問題是，該如何入手那個道具呢……」

我剛開口這麼說的瞬間，就從左前方傳來滿不在乎的聲音。

「那當然只能用偷的吧。」

「啥？」

把視線移過去後，雙手貼在後腦杓並且疊著腳的亞魯戈就大膽地抬起臉頰的三根鬍鬚說：

「就算巴達恩再怎麼愛錢，只有這個是不論出幾萬珂爾都不會賣的東西吧，而且也不會承認自己擁有那種道具。所以就只剩下潛入巴達恩的房間把它搶過來這個辦法了。」

「喂……喂喂……」

基滋梅爾是連為了挽回遭到不當損毀的名譽而逃獄都會感到猶豫的高潔騎士，琪歐則是必須遵守大賭場秩序的那庫特伊家僕人。我的內心慌張地想著，在她們兩個人面前提出如此露骨的小偷作戰真的沒問題嗎？

「原來如此，亞魯戈說得沒錯。」基滋梅爾如此回應。

「看來的確只有這個方法了。」琪歐也點了點頭。

「……說……說得也是。」

繃著臉如此附和後，身邊的亞絲娜就微微扭動了一下身體。我想應該是在壓抑笑意吧，我裝出沒注意到的樣子繼續表示：

「但是，潛入的難度相當高喔。不知道巴達恩什麼時候會離開房間……說起來，那傢伙住在什麼地方呢？」

這個問題是對琪歐提出。武裝女僕一瞬間看向大門，然後移回視線回答：

「就在那邊。大賭場飯店的七號房……剛好在這間十七號房正對面的套房。」

「咦！」

學不乖的我再次大叫，然後也再次被亞絲娜「噓！」了一聲。想不到敵人的老大竟然就住在如此近的地方……不過，為什麼飯店內完全感覺不到柯爾羅伊家的氣息呢？

像是察覺到我的疑問一般，琪歐從矮桌下的收納空間取出捲起的羊皮紙，把它在桌上攤開來。

「這是飯店的平面圖。就像這樣，大浴場、廚房、倉庫等設施聚集在中央部，客房全都面向南北的牆壁……不過能往來北側與南側的就只有飯店入口與共用設施的通道而已。」

「啊，就是這樣浴場才沒有窗戶嗎！」

亞絲娜出聲如此表示。雖然我沒有去泡澡，不過大浴場確實是在樓層中央部的西側，上下與左方是走廊，右方則夾著其他設施。從入口分為南北兩向的走廊，立刻就九十度轉彎往西延伸，最後變成死胡同，所以要往來兩邊確實只能橫越浴場或者廚房。

「原來如此……也就是說，柯爾羅伊家與那庫特伊家共有的只有入口、浴場以及廚房嗎……」

我一如此呢喃，琪歐就立刻加上註解。

「實際上廚房和倉庫只有飯店從業人員才能進入，兩家也嚴格地分開大浴場的使用時間，要說可能遭遇的地點基本上就只有正面的大廳。」

「唔嗯唔嗯……那麼，柯爾羅伊家的入浴時間是幾點到幾點呢？」

「晚上九點到十二點。順帶一提，那庫特伊家分配到的時間是中午十二點到下午三點，然後三點到九點是住宿客的時間。」

「那晚上十二點到中午的十二點之間呢？」

「是打掃與換水的時間。」

「哦哦，這樣啊。」

感覺第六層嘎雷城的地下溫泉是二十四小時都能使用，不過那裡應該才是例外吧——無論如何——

「想潛入巴達恩房間的話，那傢伙洗澡的時候是唯一的機會了吧。但是晚上九點以後嗎……還有一段時間呢……」

現在時間是下午六點二十分。假如巴達恩拖到十一點左右才入浴的話，就得待機四個半小時，到了九點鬥技場的夜間梯次就要開始了，也得進行對ALS與DKB的說服工作才行。真的是各種極限狀態耶……當我這麼想的時候，坐在正面的琪歐就面有難色地說道：

「等等……巴達恩入浴的時候，會讓衛兵站在大浴場的入口。然後從那個位置就能看見七號房的門。要在不被發現的情況下入侵相當困難。」

「咦……」

感到愕然的我，隨即把視線移到桌面的平面圖上。

大浴場北側的門與巴達恩所住的七號房房門確實是由筆直的走廊連結，距離也只有不到十五公尺。站崗的衛兵只要稍微往右瞄一眼，就能完整地看見入侵者的模樣。面對這種狀況，通常是在反方向發出聲響來吸引崗哨的注意力，但這次沒有辦法移動到走廊的另一端。雖然也有另一個人向衛兵搭話來吸引注意力的方法，但把對話拖到入侵者找到目標的道具並且成功脫離實在太不自然了。

正當我的喉嚨深處發出「唔唔唔唔」的低吟聲時，琪歐再次開口表示：

「到下面的賭場或者廄舍時，應該不會讓衛兵站在走廊上……不過今晚如果不是什麼重要的事，巴達恩應該不會離開房間了吧。」

「比方說什麼重要的大事呢？」

「這個嘛……像是你搞出來的怪物小偷，或者賭場發生騷動之類的……」

「原來如此。」

如此一來只能再次潛入柯爾羅伊廄舍，把鉗子巨鼠之類的偷出來嗎……我自暴自棄地這麼想著，但立刻就放棄了。可以確定對方一定強化了警備，巴達恩他們也見過我的臉了，所以入侵被抓到的話將會是一大慘事。

這樣的話，只剩下在賭場引起騷動了嗎——

「……順便問一下，巴達恩會從房間裡衝出來的騷動，具體來說是什麼樣的情況呢？」

我過於直接的問題，琪歐先是露出傻眼的表情然後才回答：

「就我的記憶，大概是客人之間爭論是不是用撲克牌出老千並大打出手的時候，還有不知道哪來的有錢人小孩哭喊著想飼養在鬥技場看到的怪物時，以及玩輪盤的客人因為奇蹟的幸運而贏得驚人額度的籌碼時，巴達恩都親自過來看了狀況。」

「原來如此。那桐仔跟小亞在賭場誇張地跌跤然後吵架如何呢？」

面對亞魯戈不知道是認真還是開玩笑的提議，我也嚴肅地回答：

「等等，亞魯戈把鬥技場的地板翻過來，然後耍賴地喊著『買那隻怪物嘛～』還比較有效果吧？」

當我跟情報販子互相用視線牽制對方時，亞絲娜就嘆了口氣並且插話道：

「兩個方法都不是一定能成功呢。還有第三個方法……琪歐，贏得大量籌碼的就算不是輪盤也沒關係吧？」

「嗯。因為巴達恩只是擔心賭場的收益……不對，是自己的錢減少而已。不論是撲克牌還是骰子，被贏走幾萬枚籌碼的話，他就會感到坐立難安。」

「這樣啊……」

由於點頭的亞絲娜不停地瞄著這邊，我便迅速地搖了搖頭。

「亞絲娜，不論是輪盤、撲克牌還是骰子都不可能保證贏大錢。如果可以的話，我以前早就……」

差點說出封測時期的事情，我趕緊閉上嘴巴。但是亞絲娜似乎已經聽懂了，只見她輕輕聳肩並且反駁：

「這我當然知道。就算輪盤或者撲克牌不行，還是有一種保證能在一定金額內大勝的項目吧。」

「咦？」

當我愣住時，亞絲娜對面的基滋梅爾就用力點著頭說：

「對喔，是鬥技場吧。根據剛才所說，夜間梯次的第一場到第四場比賽，勝負都會按照必勝祕笈的預測來進行對吧？在那裡投入大量金錢……抱歉，是大量的籌碼來下注的話，就可能賺到讓巴達恩從房間裡衝出來的金額。」

「啊……啊啊……對喔……」

我對於身為ＡＩ的基滋梅爾不只在記憶力、理解力方面，甚至連想像力都超越我一事有所自覺，同時開口說道：

「跟純粹靠運氣的輪盤比起來是現實多了。不過，ＡＬＳ跟ＤＫＢ昨天晚上到第四場比賽都贏了超過五萬枚籌碼，巴達恩還是沒有現身。也就是說，那種程度的勝負都在他預測的範圍內。要把巴達恩從房裡引誘出來，最少得再贏上五萬枚左右……但光是要讓凜德與牙王在最後一場比賽分別下注不同怪物都不簡單了，現在才要他們追加賭金也很困難吧。」

我心裡想著，就算是我搭檔的對人溝通技能比我高出十倍，這次也很難辦得到吧。

結果亞絲娜用力搖搖頭，說出令人感到驚愕的發言。

「不是要讓ＡＬＳ或者ＤＫＢ下注，是我們自己下注。桐人，你現在有多少珂爾？」

——咦咦咦？

好不容易才把這樣的叫聲吞回去，我有兩秒鐘左右說不出話來，接著好不容易才回答：

「嗯……把累積的道具賣掉的話，大概有十萬珂爾左右吧……」

「我也差不多。兩個人合起來有二十萬珂爾，換成籌碼的話有兩千枚吧。鬥技場的賠率每一場是一．五倍到三倍左右，取中間值的話是二．三倍，連續贏四次的話就跟凜德先生他們一樣超過五萬枚。最後一場比賽下大注的有三個人的話，不覺得巴達恩先生會來盯場嗎？」

「這個嘛，確實是……」

我雖然點著頭，但目前仍無法判斷最後一場比賽是哪邊獲勝。假如所有人都輸了，凜德與牙王的損失再加上昨天的份後是兩萬數千珂爾，但夜間梯次才參加的我們將喪失所有財產。不對，就算獲勝也只能贏得賭場的獎品，即使把它賣掉也很難得到原本的金額。

當然我也有只要能解救妮露妮爾根本不在乎花多少錢的心情，但因為所持現金不足而無法更新裝備與補充消耗品，結果讓亞絲娜的生命暴露在危險之下的話……

「我也可以出五萬珂爾左右。」

突然聽見這樣的聲音，我再次感到驚愕，同時看向發言者琪歐。

看來武裝女僕是誤解我的表情了，只見她伏下視線繼續說道：

「事關妮露妮爾小姐的性命，只能出這點金額確實很丟臉……但這是我工作十年所存下來的所有財產。當然，那庫特伊家的金庫裡保存著難以想像的金額，但是只有妮露妮爾小姐能打開。」

「不……不是啦，反了、反了！」

我急忙訂正了驚訝表情的意思。

「我不是覺得五萬珂爾很少，是在想出那麼多錢真的沒關係嗎……因為萬一最後一場比賽輸掉的話就會身無分文，如果贏了也換不回原本的金額……」

「就算失去所有的錢也無所謂。因為我跟法索即使一輩子無償工作都無法報答妮露妮爾小姐的恩情。」

雖然無法立刻理解她這麼說是什麼意思，但琪歐的表情看起來像是堅決拒絕繼續追究下去，於是我就把探出去的身子移回來。

看向旁邊後，亞絲娜也對我輕輕點頭。雖然覺得不能發生NPC把五萬珂爾這樣一大筆錢交給玩家保管的事情，但這時拒絕的話，感覺會傷害到因為毒蛇一事而產生強烈自責感的琪歐。

「……那好吧。五萬珂爾確實能幫上大忙。謝謝妳。」

我跟亞絲娜深深低下頭後，這次換成琪歐發出慌張的聲音。

「快把頭抬起來，必須道謝的是我才對。」

「等等，但是……」

當我們隔著矮桌互相低頭道謝時。

「真是拿你們沒辦法。」

一個拳頭大小的皮革袋子隨著這樣的聲音被重重丟到桌上。

「我相信桐仔賭博的才能，也算我一份吧。這裡面有五萬珂爾。」

「咦？」

當我啞然失聲的時候，亞魯戈嚴厲地用食指指著我的鼻尖。

「喂，絕對要贏啊。如此一來不只可以把巴達恩引誘出來，還能獲得那把劍，可以說是一石二鳥！」

——哪有那麼好康的事情啊！

這時我已經無法這麼說，只能夠點頭同意了！

21

我也要賣掉裝備來換錢！

好不容易安撫堅決如此表示的基滋梅爾，我們點了客房服務填飽肚子後就開始作戰的總檢討。

由我跟亞絲娜帶著資金二十萬珂爾參加從九點開始的鬥技場．夜間梯次。二十萬分別是由我、亞絲娜、亞魯戈、琪歐各出五萬珂爾——我還是確認了一下，亞魯戈雖然不至於拿出所有財產，但是全部輸光的話，也有好一陣子得以懷念的黑麵包果腹，而且還沒有奶油可以抹。

在亞絲娜的委託之下，莉庭爽快地把必勝祕笈的最新預測洩漏給我們知道，所以第一場比賽到第四場比賽應該可以獲勝。問題是柯爾羅伊家可以自由操縱勝敗的最後一場比賽。不論如何，只要我們跟ＡＬＳ、ＤＫＢ合起來下注十五萬枚籌碼，巴達恩應該就會從三樓衝過來才對，然後擅長祕密行動的亞魯戈就跟基滋梅爾趁機潛入七號房。琪歐則是防備巴達恩可能為了慎重起見而派來的刺客，以及病情或許有急變而待在寢室守護妮露妮爾。

最後一場比賽進行的期間，亞魯戈她們如果可以發現聯絡墮落精靈用的道具當然很好，不行的話我們預定要跟凜德、牙王他們下注不同的怪物，由於不論三個集團的哪一個獲勝籌碼都會達到十萬枚才對。幾百年來都在獎品兌換櫃檯頂端閃閃發光的窩魯布達之劍終於被人換走的話，巴達恩也不會立刻回房間吧。

可以的話希望是由我們贏得傳說之劍，用來攻略樓層魔王後再讓賭場買回，然後把琪歐的五萬珂爾還給她。但是太貪心的話很可能會讓整個計畫完全失敗，所以告訴自己就算是凜德或者牙王獲勝也沒關係，等到了八點就結束簡報。

之後花了二十分鐘，我跟亞絲娜進行對柯爾羅伊家用的變裝。說是變裝，其實不過是亞絲娜換上琪歐私人的黑色長禮服，我則再次借了妮爾爸爸的黑色燕尾服來換上，然後在臉上戴了化裝舞會風的面具。

雖然覺得戴面具有點太誇張了，不過其他也有不少ＮＰＣ客人戴著，也不可能做出麻袋加上燕尾服的穿搭。ＡＬＳ與ＤＫＢ的成員都能用顏色浮標確認我們的名字，所以被發現的話應該會覺得我們不知道在搞什麼，但鬥技場的比賽之前不可能來找我們的碴——希望是這樣。

最後再次確認計畫是否有漏洞，到了八點三十分整就準備離開十七號房，在這之前琪歐就叫住我們。

「亞絲娜、桐人，真的很抱歉。我代替主人……當然我自己也向你們獻上最大的謝意。」

「等妮露妮爾小姐恢復健康後再接受妳的道謝吧。」

戴著黑色蝴蝶般面具的亞絲娜，輕抱了一下琪歐然後分開。我當然沒辦法做出同樣的舉動，於是僅止於點點頭，也看了一眼後方的亞魯戈與基滋梅爾，然後這次真的離開了房間。

在門兩側站崗的法索與魯婕已經聽琪歐說明過計畫的概要，於是輕輕向他們點頭致意後就離開來到飯店入口。通過服務檯後邊橫越大廳邊偷瞄著亞絲娜的側臉，透過面具可以發現她似乎有一些不高興。我又做錯什麼了嗎……思考後了解大概是因為什麼都沒做。

「那個……亞絲娜小姐，那件禮服很適合妳喔……」

我說出生疏的發言後，亞絲娜就默默看了這邊一眼，突然間伸出左手。並非平常的側腹攻擊——而是一把抓住我的右手手腕。然後緩緩彎曲我的手肘，調整成手掌向上的形狀，接著來到身邊把自己的左手放到我的右手上。

然後直接開始走下螺旋階梯，於是我急忙配合她的步伐並且問道：

「請問……這是什麼？」

「吵死了，就是這樣啦。」

雖然覺得她的回答有點不講理，不過如果就是這樣就沒辦法了。祈禱著不要遇見其他玩家，接著邁開腳步。再怎麼努力都無法習慣連在現實世界都沒什麼穿過的光亮皮鞋，但亞絲娜若無其事地穿著鞋跟高到像開玩笑般的高跟鞋，所以我也沒辦法抱怨什麼。

幸好沒從樓梯上摔下去也沒遇到熟人就抵達一樓大廳。縮回攙扶著亞絲娜的右手，悄悄呼出一口氣後，首先朝娛樂室的兌換櫃檯走去。

對戴著蝴蝶結領帶的姊姊說「兩千枚籌碼」時，聲音不由得有些沙啞，姊姊笑著回答「遵命」，同時出現了支付視窗。甩開猶豫按下ＯＫ鍵之後，道具欄內的賭金二十萬珂爾就瞬間消失，櫃檯上並排著兩枚大型籌碼。以指尖捏起表面刻著「１０００ＶＣ」的籌碼，把它放進燕尾服的內口袋中。

它是能增加到目標的十萬枚，還是稍縱即逝呢——再兩個小時就會決定一切。思考到這裡的瞬間，封測時期的惡夢再次在腦袋裡甦醒，讓我開始慢慢滲出冷汗。

當時在面臨賭上所有財產的最後一場重大勝負時也因為心跳太快而覺得快要昏倒了，現在這場賭局更事關妮露妮爾的性命與基滋梅爾的榮譽。

我已經無法冷漠地切割她們不過是遊戲裡的ＮＰＣ了。浮遊城艾恩葛朗特累積了超過數百年，說不定是數千年的歷史，基滋梅爾、妮露妮爾、琪歐，在哈林樹宮相遇的劍士拉維克與約費爾城的約費利斯子爵都是活在這個世界的真正居民……

「好了，快點走吧。」

右臂再次遭到拉扯，我便抬起低下的頭。結果站在眼前的亞絲娜正以跟平常完全沒有兩樣的表情看著我。

雖然背負著比封測時期更重大的責任，但現在已經不是由自己一個人來承擔了——到了這個時候才被提醒這一點，我便緩緩深呼吸並且點了點頭。

「嗯……走吧。」

輕敲了一下內口袋裡的兩枚籌碼，接著邁步向前。結果並排在身邊的亞絲娜就以自然的動作把手靠在我的右臂上。

「請問……這也是這樣嗎？」

「就是這樣。」

暫定搭檔立刻這麼回答，側眼往上看著她因為高跟鞋而比我高出幾公分的臉，發覺蝴蝶面具底下的嘴角似乎帶著促狹的微笑，忍不住就在內心呢喃著「真的假的……」。

窩魯布達大賭場地下一樓的怪物鬥技場，也就是所謂的戰鬥競技場，目前正籠罩在更甚於昨晚的熱氣之中。

寬敞的大廳擠滿精心打扮過的ＮＰＣ，在上層演奏的輕快弦樂甚至被帶著興奮的說話聲掩蓋過去。從入口處環視周圍，看見跟昨天一樣，公會ＤＫＢ的眾人聚集在大廳左側，而公會ＡＬＳ的眾人則聚集在右側的餐酒吧前，他們全都圍著桌子熱烈地進行討論。

所有公會成員都是解除防具的休閒打扮，不過ＮＰＣ們幾乎都是正裝且戴著面具，所以只瞄一眼的話應該無法辨別出我們吧。距離第一場比賽還有十五分鐘，我必須先到與餐酒吧並設的購票用櫃檯領取夜間梯次的賠率表。

心中呢喃著「該去哪邊呢……」，最後前往ALS占據的右側餐酒吧。帶領亞絲娜來到吧檯角落空著的桌子，呢喃了一句「在這裡等一下」後就獨自前往購票櫃檯。拿到一張免費發布的魔法賠率表，正準備趕快回去時——下一個瞬間。

「哦，終於來了嗎？」

肩膀隨著聲音被拍了一下，嚇了一跳的我整個人僵住後生硬地回過頭去。

站在那裡的是茶色短髮像某種鈍器般尖銳，下巴也蓄著倒三角形鬍鬚，臉型一看就相當頑固的男人——攻略公會「艾恩葛朗特解放隊」（ALS）的隊長牙王。他抬起一邊的眉毛，眼睛把我從頭到尾掃了一遍——

「搞什麼啊，黑漆漆的。你這是什麼奇怪的打扮。」

既然對方都這麼說了，也沒辦法用認錯人就把事情帶過，說起來我的頭上應該清楚地顯示著「Kirito」的名字才對。我放棄脫離現場，輕輕點頭致意。

「你好啊，牙王先生。」

「……嗯，沒什麼時間了，打扮什麼的不重要啦。你的搭檔在哪？」

「那個……在那邊。」

一指向角落的桌子，牙王就對著那邊揮了揮右手。

「喂～過來這邊啊！」

他毫無顧忌的叫聲，讓周圍的紳士淑女們投射過來責備的視線。要是因為這個男人而吸引了應該混在會場內的柯爾羅伊家手下，變裝就沒有意義了——亞絲娜應該也這麼想吧，她快步鑽過人縫靠過來並且小聲打著招呼。

「晚安，牙王先生。」

「嗯，晚安……哦，比這個小子適合多了嘛。」

——你這傢伙到底要做什麼！

我吞下這樣的吐嘈，開口說道：

「牙王先生，我們也沒什麼時間……」

「我知道，立刻會進入主題。」

牙王把我們帶到附近的空桌前，瞄了一眼聚集在稍遠處桌子前的公會成員後表示：

「從莉庭那裡聽說必勝祕笈是賭場設下的陷阱這件事了。還是先跟你們道謝。」

看見刺蝟頭往下兩公分左右的模樣，我一瞬間說不出話來。莉庭把必勝祕笈的預測告訴我們後，亞絲娜就警告她那本冊子百分之九十九是陷阱作為交換，不過沒想到竟然會讓牙王像這樣對我們道謝。

人真的是會改變的生物耶……當我浮現這種自以為了不起的想法時。

「不過呢，這種事情我們昨晚就懷疑過了。按照密報者的預測下注就能全勝這種事實在太過可疑了吧。」

「……但是你們昨天所有比賽都按照預測下注了吧？」

我指出的重點讓牙王露出吃了熊膽般的苦澀表情。

「那是因為，十場比賽裡有九場猜中了啊。今天白天五場比賽的勝負結果也跟必勝祕笈一模一樣，夜間梯次的前四場比賽應該也是一樣吧，我只是想告訴你們，最後一場比賽我們會下注在跟預測相反的怪物上，你們不用擔心。」

一口氣說出一大串話來，接著牙王舉手說了句「那我走了！」，然後就回到同伴的身邊去了。

「喂，等一下等一下！」

我急忙拉著灰綠色上衣讓對方回過頭來。

「怎麼了？」

「沒有啦……賭另外一邊是沒關係，但這件事你跟凜德先生他們提過了嗎？」

「為什麼要提？」

「還問為什麼……總而言之，最後一場比賽ＡＬＳ與ＤＫＢ要下注在不同怪物身上才有某一邊會贏……」

「我說黑漆漆的……」

很傻眼般抬起一邊的眉毛後，牙王就用食指用力戳著我的胸口中央。

「我當然也認為不能一直跟那些傢伙爭吵下去。正如你所說的，分別下注在不同怪物身上的話，一定有一邊會獲勝。但這次不行。你自己也看到那把十萬籌碼的劍有什麼樣的性能了吧，那是比之前的公會旗更加破壞遊戲平衡的武器。我跟凜德都不是會乖乖把那種武器讓給對方的爛好人！」

堅決地這麼說完，接著以離開我胸口的右手重重拍了一下自己的胸脯，這次牙王就真的回到同伴身邊了。

整整過了三秒鐘後，我才跟亞絲娜面面相覷。

「……說自己不是爛好人，第一次聽到有人如此光明正大地說這種話。」

「……嗯，是比自稱是好人的傢伙更能信任啦……」

小聲交換完意見，確認過時間後，發現距離比賽開始只剩七分鐘。於是趕緊在桌上攤開賠率表，跟亞絲娜一起窺看起來。驚人的是，傍晚出場怪物確定要更換的第一場比賽也確實變更了。看來代替赭色野犬的是名為「四鉗蟹」的怪物。

而且根據跟亞絲娜聯絡的莉庭所表示，夜間梯次即將開始前發送必勝祕笈的大叔就不知道從哪裡出現，親手把經過變更的第一場比賽的新預測交給他們。不知道內情的話，還會對如此無微不至的服務覺得感動吧。我在出場怪物名字的旁邊，以配備在桌上的黃銅筆寫上最新的預測。

第一場比賽是「恐怖獾○」對「四鉗蟹×」。
第二場比賽是「鉚釘鍬形蟲×」對「烏賊蔓藤○」
第三場比賽是「閃電松鼠△」對「火箭地鼠○」
第四場比賽是「野蠻之手○」對「殘忍之手×」
第五場比賽是「袖珍雕齒獸△」對「維魯提亞大角羊○」

「……這個世界明明沒有火箭這種東西，卻出現在怪物的名字裡。」

檢查結束的我，一邊旋轉著沉重的黃銅筆一邊這麼呢喃，結果亞絲娜又發揮出令人驚愕的知識量。

「我記得火箭的語源好像是來自捲線桿。那個的話，艾恩葛朗特應該也有才對。」

「原……原來如此。」

「順帶一提，生存在現實世界美國的地鼠，英文是叫做『Pocket Gopher』，這裡的火箭地鼠（Rocket Gopher）應該是諧仿後的結果吧。」

「原……原來如此。」

再次點完頭後，覺得自己這樣根本比聊天機器人還差勁，於是就加了一句：

「也就是像把日本巨木海蛞蝓（Yamato Melibe）變成吸血海參（Hemato Melibe）那樣嗎……」

「別提那種東西。」

透過面具瞪了我一眼後，亞絲娜的手指就滑過賠率表。

「仔細一看之下，所有那庫特伊家的怪物都在左側，柯爾羅伊家的怪物都在右側。」

「咦……啊，真的耶。」

昨天沒有注意到，不過琪歐告訴我們的那庫特伊家出場怪物的名字確實都標記在左側。也就是根據必勝祕笈，第一場比賽與第四場比賽是那庫特伊方獲勝，第二、第三，以及最後一場比賽是由柯爾羅伊方獲勝。

但是，如果跟昨天一樣只有最後一場比賽的預測失準，那麼獲勝的就是那庫特伊方的袖珍雕齒獸。牙王說會下注那一邊了，凜德他們應該也一樣吧。

那個時候袖珍雕齒獸的賠率應該會下降。根據到第四場比賽為止贏得的籌碼數量，即使最後一場比賽獲勝也可能出現籌碼不到十萬枚的狀況……嗯，不過那不是我需要擔心的事。

「嗳，所以我們最後一場比賽要下注哪一邊？」

亞絲娜的問題讓我輕輕聳肩。

「也得看凜牙的動向，如果那兩個傢伙都下注那庫特伊那邊的話，我們就會下注柯爾羅伊方了吧。」

「嗯……如果柯爾羅伊家能自由操縱勝負的話，那個時候為了能沒收鉅額的賭金，也就會讓柯爾羅伊家的怪物獲勝吧？」

「這是合理的判斷。」

「…………感覺繼公會旗之後，凜德先生跟牙王先生對桐人的好感度又要降低了……」

「反正我本來就很黑了，再黑一點也無所謂……」

當我說到這裡時，「咚鏘！」的銅鑼聲就響徹整座大廳。從後方放射出聚光燈的光芒，照耀著樓層中央的空間。

「Ladies and gentlemen——！歡迎來到窩魯布達大賭場引以為傲的戰鬥競技場——！」

在炫目光芒照耀下威風凜凜大叫著的，是跟昨天晚上同樣做白襯衫紅色領帶打扮的紳士實況NPC。開場白也完全一模一樣。

「夜間的第一場比賽馬上就要開始！購票將在五分鐘後截止，請各位踴躍參加！」

下一刻，會場吵雜的聲音變得更為巨大，十幾個NPC客人朝著櫃檯移動。我也差不多該下定決心，把相當於二十萬珂爾的籌碼換成一張票券才行了。

「……那麼，第一場比賽就下注在恐怖獾上了。」

如此宣言的瞬間，就感覺手掌慢慢滲出汗來，但亞絲娜卻從容地點頭說：

「嗯。我去買飲料，然後占兩個前面的位子。」

「……拜託了。」

——這個人明明很怕鬼，但這種時候倒是處變不驚耶。

我一邊這麼想著，一邊快步朝著購票櫃檯前進。

第一場比賽的恐怖獾是長得像獾，全身被堅硬鱗片覆蓋的動物型怪物，四鉗蟹是有四隻巨鉗的螃蟹型怪物。螃蟹雖然靈巧地使用巨鉗數次夾中獾，但是無法破壞鋼鐵般的鱗片，反而各被咬碎一隻手腳而落敗。如同必勝祕笈的預測贏得勝利，我們的籌碼增加到四千三百二十枚。

第二場比賽的鉚釘鍬形蟲是黑色甲殼上長滿鉚釘般銀色突起的鍬形蟲般怪物。對手魷魚蔓藤是十根又粗又長的藤蔓像烏賊的觸手般蠕動著的植物型怪物。鍬型蟲試著以大顎剪斷藤蔓，但藤蔓卻像橡膠一樣變形而無法順利切斷，在努力期間反而全身被捲起來而落敗。我們的籌碼增加到八千四百二十四枚。

第三場比賽的閃電松鼠是包含尾巴在內全長約四十公分的松鼠。外表上的特徵是全藍色的毛皮與銳利的長門牙。另一方面，火箭地鼠正如亞絲娜的預測是矮壯的老鼠，顏色也是樸素的灰色。松鼠不負閃電的名號，以驚人的跳躍力在籠子裡高速彈跳，然後靠門牙與爪子撕裂老鼠。雖然著急地想著這下預測是不是失準了，但地鼠在HP條變成紅色後就真的像火箭一樣從屁股噴出火焰來突進，然後在空中粉碎了松鼠。我們的籌碼增加為兩萬一千八百十八枚。

第四場比賽的野蠻之手與殘忍之手都是外型與人類的手一模一樣的——話雖如此，尺寸有三倍左右——噁心甲殼生物，野蠻之手是基本種，殘忍之手是顏色不同的變異種。相對於以抓擊為主的野蠻之手，殘忍之手擁有讓抓住的對象暈眩的特殊攻擊，原本也認為照這樣下去的話會出現跟預測相反的結果，但不知道是不是同種不會發生暈眩，握力較強的野蠻之手捏扁了殘忍之手。

結果到目前為止的四場比賽都完全按照必勝祕笈的預測。只要有一場比賽失準我們當然就會身無分文，不過無法得知操作勝負的方法還是讓人感到很不舒服。是像赭色野犬那樣有偽裝體色的怪物嗎，還是餵食了興奮劑或者鎮靜劑呢——如果是後者，昨天已經思考過應該會顯示出支援效果或者異常狀態的圖標，但是並非我自己在戰鬥，而且說起來也不是事件戰鬥，所以也做不得準。

不過事已至此，除了把增加到六萬兩千十三枚的籌碼全部下注到最後一場比賽也沒有其他選擇了。

亞絲娜望著我從櫃檯換來的六枚一萬VC籌碼與兩枚一千VC籌碼、一枚十VC籌碼、三枚一ＶＣ籌碼，同時以某種沉穩的表情說道：

「原來如此。」

「什麼原來如此？」

「即使知道勝負的結果依然是如此緊張不已，感覺稍微可以理解你破產時的心情了。」

「那真是太好了……不對，也有不是很好的感覺……」

我喝了一口免費提供給下大注賭客的香檳——正式名稱是氣泡酒——然後繼續說道：

「總之這樣就贏得超過六萬枚籌碼了，萬一之後所有錢都被捲走，應該也能拿到兩人份的海灘通行證才對。」

結果亞絲娜眨了眨在蝴蝶面具底下的雙眼，然後發出「啊！」的聲音。

「對喔，說起來這才是一開始的目的。我完全忘記了。」

「嗯，就算能獲得通行證，實際上能到海灘去也是很久之後的事情了。而且，如果……」

說到這裡就閉上嘴巴，不過亞絲娜應該能理解我的意思了吧。如果無法解救妮露妮爾與基滋梅爾的話，也沒有到海灘去玩的心情了。為了打從心底享受純白的沙灘與蔚藍的大海，絕對要入手龍之血與四把祕鑰才行。

成功與否就得看最後一場比賽我們或者凜德、牙王之中誰能順利達到十萬枚籌碼——然後巴達恩是否正如預測出現在鬥技場內。

「Ladies and gentlemen——！」

敲打銅鑼的同時，實況NPC的聲音也清晰地響起。

「那麼，今晚的大結局就要開始！絕對是場激戰的最後一場比賽馬上就要展開！五分鐘後將結束購票！請在場的各位踴躍參加——！」

會場的熱氣往上提升了一個層次，許多客人擠向購票櫃檯。凜德與牙王應該也在裡面才對。雖然我也很想趕快自斷退路，但是沒有確認凜德與牙王下注哪一邊前都無法行動。

當感覺極緩慢的時間過了十秒左右，亞絲娜迅速從大腿上打開視窗。瞥了一眼訊息後就把臉靠近我並且呢喃：

「ALS與DKB都下注袖珍雕齒獸。」

情報的來源是ALS的莉庭以及她的男友DKB的席娃達。兩個人都了解必勝祕笈的可疑之處而偷偷地幫助我們。這全是靠亞絲娜的人望，只不過……

「是嗎……兩者都下注跟必勝祕笈相反的那一邊啊。」

我一邊呢喃，一邊確認賠率表。必勝祕笈裡面，由那庫特伊家派出的袖珍雕齒獸是打上了△符號，相對地柯爾羅伊家派出的維魯提亞大角羊是○符號。如果像到第四場比賽為止的預測一樣，獲勝的應該是大角羊，但凜德與牙王都判斷必勝祕笈是賭場的陷阱，所以打算反其道而行來贏得勝利。

這應該是正確的選擇。實際上必勝祕笈已經確定是陷阱，單純要選一邊的話，連我都會選擇下注與標誌相反的怪物。琪歐雖然說不認為巴達恩・柯爾維伊會沒有預想到必勝祕笈遭到識破的情形，但施加在最後一場比賽的作弊手法不論是更換顏色還是使用藥物，實在不認為下注結束到比賽開始這不到十秒鐘的時間有什麼能夠翻轉戰局的方法。

不論如何——

「凜牙下注那庫特伊方的話，雖然不太願意，我們也只能下注柯爾羅伊這一邊了。這樣的話，就算還有另一個機關也沒問題才對。」

我邊用指尖敲打賠率表上維魯提亞大角羊的名字邊這麼說道，亞絲娜也點頭同意。

「應該吧……但總覺得……」

由於她說到這裡就停了下來，於是我便透過面具朝她看去。但亞絲娜只是迅速搖了搖頭並且說：

「沒有啦，沒什麼事。麻煩你買票了……還有，再幫我拿一杯香檳。」

「了解。」

一站起來，我就握緊籌碼並且趕往購票櫃檯。

以六萬兩千十三枚，也就是等於六百二十萬一千三百珂爾交換一張票券。這樣最後一場比賽光是我跟凜德、牙王就下注了超過十五萬枚以上的籌碼，加上其他賭客的話應該超過二十萬枚籌碼才對。

從旁邊的飲料吧檯拿了兩杯香檳後回到位子上。亞絲娜立刻傳送事先寫好的訊息給待在三樓的亞魯戈。再來就得看巴達恩・柯爾羅伊會不會來視察了——

「距離購票結束時間還有三分鐘！今宵最大的一場賭局，請各位務必參加——！」

聚光燈之中。實況NPC正在煽動賭客。看了一下賠率表，最後一場比賽的賠率不停地在變化。目前那庫特伊家的袖珍雕齒獸大概是一・七倍。至於柯爾羅伊家的維魯提亞大角羊則是二・三倍。ALS與DKB下了大注的雕齒獸，賠率果然低於兩倍了。

「那些人這樣能贏到十萬枚籌碼嗎？」

亞絲娜的聲音讓我在腦袋裡迅速計算了起來。

「嗯……只要跟我們一樣到第四場比賽為止贏得六萬枚以上的話，應該可以低空飛過。我們贏的話可以超過十四萬枚嗎……」

「嗳，為什麼能夠那麼快算出獲勝的金額呢？」

「啥？這沒什麼啊，不過是簡單的乘法……」

當我這麼回答，亞絲娜就迅速操作依然開在桌子底下的視窗。然後立刻抬起臉來呢喃：

「巴達恩行動了。」

「哦，來了嗎？」

是潛伏在飯店走廊上監視著櫃檯的老鼠傳來的通知。這樣算克服一個難關了。

不過接下來才是困難的地方。我們只能把運氣交由老天，不對，是交由兩隻怪物來決定了，但亞魯戈與基滋梅爾必須入侵七號房，在巴達恩與護衛回房前找到與墮落精靈聯絡用的道具才行。而且還完全不知道那個道具是什麼模樣。

「沒問題，一定能成功的。」

亞絲娜突然這麼呢喃，然後從上方緊握我放在膝蓋上的右手。

我們現在能做的確實只有相信伙伴並且把事情交給她們處理。我們也有當巴達恩萬一要回房時，必須盡量拖延時間的重要工作得進行。

「距離購票結束時間只剩下一分鐘了！」

實況ＮＰＣ剛這麼大叫完，就感覺能聽見細微的弦樂器音色，於是我便靜靜看向後方。

結果看到被四名黑衣人守護著的老紳士正從敞開的大門入內。包裹瘦削高挑身軀的三件式西裝、修剪得相當整齊的唇髭與鬍鬚——那絕對是柯爾羅伊家的當家巴達恩。他的身後也能看見管家門迪恩矮小的身軀。

「來了呢。」

亞絲娜再次傳送訊息給亞魯戈，然後乾脆地關起視窗。

巴達恩一行人筆直走過擠滿ＮＰＣ客人的大廳中央，來到設置於實況攤位後方的ＶＩＰ專

用包廂。由於我跟亞絲娜待在能清楚看見籠子的前排，所以不回頭就看不見巴達恩的臉。但在這個數十秒後比賽就要開始的時間點，實在不想站起來吸引他的注意，所以就放棄移動位子的念頭。

在我轉向前方的同時，響起敲打得更為激烈的銅鑼聲。

不知道是什麼樣的構造，並排在牆壁高處的無數燈光自動關上，四道聚光燈光芒撕裂變暗的大廳。光芒照耀下的戰鬥用黃金籠子發出更加炫目的光芒。

中央用柵欄隔開來的長方體籠子，短邊是四公尺，長邊則達十公尺。但接下來要登場的兩隻怪物應該都是足以讓人感到籠子狹窄的尺寸。根據琪歐所表示，列在等級表上的怪物都是「能在鬥技場的籠子內戰鬥的尺寸，且不會使出危及觀眾與建築物的特殊攻擊」，接下來的兩隻怪物可能都快要超越這兩個條件了。

「轟轟轟轟……」的振動讓香檳杯產生細小的波紋。籠子深處的石牆有兩個地方先是後退然後才從下方往上升起。

「戰鬥競技場夜間梯次，最後的比賽正式開始！」

戴著蝴蝶結領帶的ＮＰＣ如此大叫的同時，兩道聚光燈就集中在右側——通往柯爾羅伊家地下廄舍的通道。

「首先登場的是……在窩魯布達東邊的一大片維魯提亞草原上衝散旅人，粉碎馬車的兩角魔獸！維魯提亞～～大角羊～～～～！」

從通道深處響著「喀滋、喀滋」蹄聲進入籠子的，是有著黑褐色毛皮與漩渦狀弧形，也就是所謂亞蒙角的四腳獸。外型像牛也像羊，體長將近兩公尺，嘴角能夠看見銳利的牙齒。

新的聚光燈照耀著延伸到那庫特伊家地下廄舍的左側通道。

「緊接著是！窩魯布達遙遠的西方，君臨白骨平原，以鋼鐵般的頭部擊潰來犯冒險者的異形凶獸！袖珍～～雕齒獸～～～～！」

發出「滋西、滋西」聲音走出來的是，擁有小山般厚厚甲殼，模樣讓人聯想到現實世界犰狳的四腳獸。但是頭部比犰狳大上許多，額頭像是榔頭一樣突出。尺寸就跟待在右側的巨大山羊差不多。

「大角羊還能理解，雕齒獸究竟是什麼啊……？」

亞絲娜所說的疑問，我在封測時期就搜尋過答案，於是立刻呢喃道：

「現實世界的話是幾萬年前就滅絕的犰狳祖先喔。在艾恩葛朗特裡好像存活下來了耶。」

「噢，聽你這麼一說確實是跟犰狳一模一樣。」

亞絲娜完全無視後半段的玩笑話後如此回應，接著又歪著頭說：

「但袖珍是『非常小』的意思吧。那樣算很小嗎……？」

「也就是說，某個地方有並非袖珍的雕齒獸吧。封測時期沒有遭遇過就是了。」

「希望永遠不要遇見……」

亞絲娜綳起臉這麼說的同時，實況ＮＰＣ就以最大的音量吼叫著：

「魔獸與凶獸，究竟是哪邊的頭會碎裂呢——！最後的比賽……開始——！」

被敲打的銅鑼傳出「咚鏘——！」一聲，籠子中央的柵欄逐漸下降。

大角羊垂下受到大角保護的頭部，以前腳的蹄反覆地踢著地面。雕齒獸也伸出具備宛如榔頭甲殼的額頭，四肢用力地踏著地面。

當柵欄完全消失的瞬間，兩種不同的吼叫聲形成不協和音響徹整座大廳。

兩隻大型怪物從戰鬥用籠子的左右兩端開始猛然突進。雖說是大型，雙方大概都是寬一公尺左右，而籠子的寬足有四公尺，所以是可以擦身而過，但是看來兩者都完全沒那種意思。即使是我都不願意從正面格擋的巨獸們，在筆直的同一直線上突進，頭部與頭部以猛烈的速度撞在一起。

明明雙方都是普通攻擊，卻迸發出白中帶紅的特效光，接著又有強烈的衝擊波隨著光芒迫近。大理石地板猛烈震動，喝剩的香檳稍微濺了出來。

大角羊與雕齒獸都只是稍微一個踉蹌就立刻重整態勢，再次拉開彼此的距離。兩者的ＨＰ條都減少了兩成左右。

「鬥……鬥技場震動了——！竟然有如此猛烈的撞擊——！」

蝴蝶結領帶的實況讓整座會場響起歡呼與拍手聲。但我實在沒有那種心情。雖然應該沒有資格覺得遭捕獲並且被迫戰鬥的怪物很可憐，不過如果擁有那麼簡單就能看開的性格，說起來就不會從廄舍把赭色野犬帶出來了。

至少現在必須保持心情平靜好不錯過任何作弊的預兆才行。至今為止的推測正確的話，柯爾羅伊家為了將利益最大化，應該會再次將勝負翻轉來按照必勝祕笈的預測讓維魯提亞大角羊獲勝才對，但我們完全不清楚他們的方法。

至少從外表感覺不出兩隻怪物狀態不佳的氣息，這層裡應該沒有不同顏色的同種才對，也不可能以染色進行偽裝。從籠子外投擲某樣物品應該是唯一的手段，但或許是猛烈撞擊的餘波太過強烈吧，沒有任何站著看比賽的觀眾貼在籠子旁邊。實際上，要是完全承受那種衝擊波，就算受到輕微的波及傷害也不是什麼不可思議的事。

一點一點退到籠子邊緣的大角羊與雕齒獸再次低下頭。

在強烈的聚光燈照射下，同時進入突進的預備動作——大角羊以前腳抓著地板，雕齒獸伸長四肢用力踩踏——下一刻，第二次突進開始了。

兩者明明在種類上應該都是常態湧出的怪物，但是足以媲美魔王怪物強大攻擊的衝擊卻震撼著整座會場。甚至擔心起一樓娛樂室裡的籌碼山是否已崩塌，輪盤的球會不會飛到外面來，於是稍微瞄了一眼後面的ＶＩＰ席。

觀眾席基本上是一片黑暗，但實況攤位的亮光也會稍微照到ＶＩＰ席，所以能朦朧地確認裡面的模樣。巴達恩．柯爾羅伊在沙發正中央疊著腳，喝著香檳。他沉著的表情完全看不出來正在擔心賭場受到損害或者必勝祕笈遭到識破。

「一直盯著看會被發覺喔。」

亞絲娜的呢喃聲讓我急忙把身體轉回來。

大角羊與雕齒獸因為第二次的撞頭大戰而繼續減少兩成左右的ＨＰ，不過仔細一看之下，大角羊的傷害似乎較大一些。封測時期也有那兩隻怪物差不多棘手的記憶，不過考慮到大角羊的棲息地是樓層前半部，而雕齒獸則是後半部，就覺得嚴密的能力數值有些差距也不是什麼奇怪的事。

「這樣發展下去的話，雕齒獸似乎會獲勝……」

稍微把頭轉向右邊如此呢喃後，亞絲娜也把臉靠過來回答：

「我也這麼認為……這就表示，柯爾羅伊家無法消除事前準備的機關嘍？」

「大概吧。那些傢伙可能打從一開始就不認為作弊能百分之百成功吧。」

「嗯……」

亞絲娜輕輕點頭，但是回答再次顯得有些欲言又止。

其實我也覺得不對勁。銀蛇的陷阱非常之巧妙。實在不認為能夠想出那個方案並且加以實行的傢伙，會沒有準備必勝祕笈遭到識破時的對應方法。實際上，牙王與凜德都只輸過一次就發現必勝祕笈的可疑之處，今晚便確實地反其道而行。

雕齒獸就這樣獲勝的話，凜德與牙王雙方都將獲得十萬枚籌碼，不只會給賭場與柯爾羅伊家帶來龐大的損失，也會被奪走先祖流傳下來的祕寶兼作為最大賣點的商品——窩魯布達之劍。面對那種情況，那個巴達恩‧柯爾羅伊能夠說一句「也沒辦法」就算了嗎？

果然還有內情。如此確信的我，凝眼持續盯著籠子看。

但是柵欄、地板與天花板都找不到可疑的東西。沒有什麼投擲毒箭的紳士或者揮灑毒藥的婦人。

「還要繼續嗎——！真的要繼續撞嗎——！」

實況ＮＰＣ如此大叫，炫目的聚光燈照耀著兩隻怪物。

「嗯……」

由於亞絲娜發出細微的叫聲，我便往旁邊瞄了一眼，結果發現她正反覆眨著眼睛。

「怎麼了？」

「不……沒什麼。好像盯著看太久了，眼睛有點累。」

「這樣啊……」

虛擬世界也會有那種事嗎，就在我這麼想的時候，怪物們第三次踢向地面。

「咚咚咚咚……」的持續震動傳遞過來。瞬間我也浮現「咦？」的感覺。原本應該占優勢的雕齒獸，似乎比前兩次要遲鈍了一些。

那並非錯覺，兩隻怪物猛烈撞擊的地點從籠子中央往左側偏移了一公尺左右。但是衝擊依然相當強烈，一路撐到現在的香檳杯整個傾斜，我急忙用雙手把它接住。

籠子內的光線特效與煙霧效果消失。出現的是大角羊高高舉起的亞蒙角，以及把低著的頭左右甩動的雕齒獸。遲鈍的助跑似乎讓牠的撞擊力道輸給對方，ＨＰ條的殘量也遭到大角羊逆轉。

「為什麼速度突然變慢了……？」

我一這麼呢喃，亞絲娜就輕輕搖頭。

「不知道……沒有任何來自外面的妨礙啊……」

「我想也是……」

一邊點頭一邊拚命凝眼，但雕齒獸巨大身軀上果然沒有刺著任何異物，也不像是被灑了什麼液體。

大角羊剩餘的ＨＰ還有四成左右，雕齒獸則大約是三成八。大概再兩次猛烈碰撞就會分出勝負。雕齒獸的虛弱狀況持續下去的話，贏的就會是大角羊。

這樣的異變也是因為柯爾羅伊家的「操作」嗎？如果是的話，又是如何辦到的……？

「啊，又來了……」

亞絲娜如此呢喃，然後反覆眨眼。

「從剛才開始究竟是怎麼了？」

「總覺得……眼睛很奇怪。感覺怪物的顏色好像有點改變了……」

「咦……雕齒獸的嗎？」

「剛才是。現在是大角羊的顏色。」

聽見她這麼說，我就趕緊把視線移回籠子。但我卻感覺不到顏色的變化。雕齒獸的灰色甲殼與大角羊的黑褐色毛皮都跟比賽開始時完全相同——

不對。

不是兩隻怪物，而是牠們踏的地板石頭，感覺左右兩邊的顏色有點……真的只有一點點不同。雕齒獸的腳邊是淺灰色，至於大角羊的腳邊則感覺帶著微妙的綠色……

「啊……！」

猛烈地喘息的我，先把身體往下沉，然後迅速回過頭去。

我看的不是VIP席，而是鬥技場大廳最後方，設置在石牆上方的四個聚光燈。由後方的凹面鏡反射大型油燈放射的光芒，然後以前方的鏡頭來聚光的燈，其延伸至籠子的光線，從我看過去是右邊的兩道屬於自然的火焰顏色，但左邊的兩道則帶著些許的綠色。亞絲娜靠著天生的敏銳度連怪物體色的變化都察覺到了，我則只能感覺到地板顏色的變化。

這種程度的顏色差異，應該不是為了演出的效果。

那些綠光恐怕帶著某種異常狀態的效果。

藉由那些燈光使得原本預定讓雕齒獸獲勝的比賽逆轉成由大角羊獲勝……不對，不是這樣。因為根據亞絲娜所說，到剛才為止都照射在雕齒獸身上的綠色聚光燈，現在已經朝向大角羊了。

如果操作那些聚光燈的是柯爾羅伊家的手下，那麼那些傢伙正試圖讓雙方的傷害量一致。

「…………！」

我突然想到一個可能性，於是恢復原來的姿勢並準備打開視窗。但在最後一刻停手。現在亞魯戈應該正入侵巴達恩的房間，沒辦法經由她來聯絡琪歐。

我從燕尾服右邊的口袋拉出賠率表。下方以沙粒般的小字列舉了鬥技場的規約。

干涉籠內的怪物將課以罰金。

票券的遺失或者損毀將視同無效。

中獎票券的兌換時間到當天的凌晨十二點。

在這樣詳細的規約當中——有了。

「出場怪物雙方同時陷入無法戰鬥狀態經過三分鐘，或者雙方同時死亡時，將視為無人獲勝，票券也無法兌換回籌碼。」

「…………就是這個嗎……！」

「到底怎麼了？」

亞絲娜以焦急的表情把臉湊過來，我則用手指指著接近規約集末端我注意到的一段文字給她看。兩秒後，亞絲娜包裹在黑色禮服下的身體就整個繃緊。

「平手是……全額沒收……？」

「這就是那些傢伙的目的。那個綠色光芒會讓被照到的怪物動作變遲鈍。藉此來調整傷害量，打算在最後的猛烈撞擊讓牠們同歸於盡。」

「但是……同歸於盡不是那麼容易出現的吧……」

亞絲娜說得沒錯。現實世界中的生物在瀕死狀態下持續失血的話最後將會死亡，但SAO裡只要HP剩下1就不會死亡。另外即使看起來同時命中的攻擊，幾乎所有時候系統上都會有〇．一秒以下的差距，先擊中的攻擊將獲得優先處理。在PvP想造成同歸於盡，先受到攻擊而HP歸零的那方必須用某種技能或者道具來引發例外處理，又或者是發生真正的奇蹟來持續活動自己的虛擬角色才能辦到。

就算是怪物之間的戰鬥應該也一樣才對，不過只有這最後一場比賽有很高的機率能夠同歸於盡。因為大角羊與雕齒獸都只會用頭撞，攻擊與受傷都是同時發生。如果巴達恩．柯爾羅伊就是看出這一點才會派大角羊來對上那庫特伊家的雕齒獸，那麼那個傢伙的狡猾與奸詐就真的不容小覷。雖然沒有根據，但我認為這個機關一開始沒有被放進任務裡，是身為高等ＡＩ的巴達恩親自發想並且準備周到的陷阱。

籠子裡的兩隻巨獸準備開始第四次的突進攻擊。大角羊的右前腳抓著地板，雕齒獸的四肢重重踩踏著地面。

下一刻，兩隻怪物高舉頭部，用足以讓人看見空氣產生震動般的聲量咆哮著。

糟糕。是特殊攻擊——必殺技。雖說依然是突進頭槌但威力是兩倍。跟之前一樣再次從正面猛烈撞上的話，ＨＰ殘量多了一些的大角羊或許能夠活下來，但目前牠正受到異常狀態光線照射。傷害量經過微調的結果，這次非常有可能同歸於盡，滿足規約的同時死亡條目。

互瞪的兩隻怪物邊發出低吼邊窺探著突擊的時機。十秒內不想辦法解決異常狀態光線的話，我們跟ＡＬＳ與ＤＫＢ都會失去所有的籌碼。

用布或者什麼東西遮蔽光線……不對，這樣不行。聚光燈是從後方牆壁的上方照射，就算挺直身軀也完全搆不到。那麼揚起煙幕……這也不可能。沒有任何一瞬間就能產生大量煙霧的手段。無法遮蔽的話就只能想辦法處理聚光燈了，但我們的座位距離它們有三十公尺以上。就算立刻衝刺也來不及。

花了零點五秒把三個點子一一駁回的我，到了這個時候才浮現「如果有魔法就好了！」的想法。但就算有魔法，在這裡施放火球之類的東西也會在整座會場引起大騷動。然後被視為妨礙比賽而遭到罰款，最慘的情況是被關進監牢。

沒有魔法也沒有弓箭，投擲小刀或者錐子應該能擊中，但沒有時間從道具欄拿出來了。有沒有什麼能夠投擲，最好是又重又硬而且細長的東西……

我望著兩手拿著的香檳杯，接著往下看腳底的地板，然後又瞪著設置在前面椅背上的迷你桌子。

桌子角落有杯子狀的盒子，裡面裝了一些小東西。有麻布紙巾、小小的湯匙與叉子，以及餐酒吧桌上也有的黃銅筆。

我放下香檳杯，抓起了筆。它不像現實世界的鋼筆那麼精巧，只是填充於內部的墨水從前端的小洞穴滲出的簡單構造，不過相當堅固且沉重。

我從亞絲娜面前的桌子上抓下同樣的黃銅筆。一邊遞給她一邊以視線指著後方的聚光燈。光是這樣搭檔似乎就察覺我的意思，迅速對我回點了一下頭。

籠子內的雕齒獸與大角羊停止吼叫，開始把頭擺到低處。

我跟亞絲娜在椅背的隱藏下改變身體的方向。

觀眾席除了一片漆黑之外，周圍觀眾的視線也都緊盯著籠子。使用劍技的話特效光就會引人注意，不過我跟亞絲娜都沒有習得飛劍技能。但這就表示我們必須在沒有系統輔助的情況下命中三十公尺之外的聚光燈。

目標是直徑二十公分左右的聚光鏡頭。就算筆擊中了應該也無法消除作為光源的火焰吧，但鏡頭破碎的話光就會擴散，異常狀態效果實際上就無效化了。

「其他桌子上也有筆，別害怕盡量扔就是了！」

我把嘴貼在亞絲娜耳朵上，然後這麼呢喃。

實際上初擊失手的話就沒有再試一次的時間了。背部感覺到籠子內的怪物們開始最後突進的氣息，我依然蹲在椅背後面，同時全力揮動右手。身邊的亞絲娜也在同樣的時間點做出同樣的動作。

就算沒有系統輔助，我跟亞絲娜還是有超過等級20的能力值，以及多次克服生死關頭所鍛鍊出來的集中力，再加上可能有的聖大樹巫女大人的加持。

——中吧！

把這唯一的念頭灌注在筆上，兩人同時投擲出去。

撕裂黑暗飛去的兩支筆，唯一反射了一次光線稍微閃爍了一下。

背後兩隻怪物開始突進。

下一刻，兩盞聚光燈在遙遠彼方發出閃耀光芒的鏡頭與反射鏡粉碎了。但破碎聲混雜在周圍觀眾盛大的歡呼聲裡根本就聽不見。

帶有異常狀態效果的光線朝四處擴散。急忙回過頭後，剛好帶著藍光的大角羊與纏繞著紅光的雕齒獸正朝著對手猛衝過去。

大角羊的突進似乎稍微變慢了一些，但立刻重整態勢再次加速。兩根捲角與突出的甲殼在幾乎是籠子中央的位置猛烈撞擊。

比之前強烈一倍的衝擊波襲來，我不禁咬緊牙關。觀眾們發出悲鳴，到處是香檳杯掉落然後變成藍色碎片消失。因為兩隻怪物產生華麗的特效光，沒有人注意到有一半的聚光燈已經消失了。

不對，恐怕只有巴達恩．柯爾羅伊注意到了……不過現在有更重要的事。

光線與煙霧特效依然在籠子中央猛烈地捲動。雖然看不清楚怪物們的身影，但浮在空中的兩條ＨＰ條正以完全相同的速度減少當中。

三成、兩成……不到一成了。

使出渾身力量投擲出去的筆沒有用嗎？大角羊與雕齒獸同歸於盡，下注在最後一場比賽上的大量籌碼將被全額沒收了嗎？

亞絲娜伸出左手來緊握住我的右手。下意識回握後，亞絲娜也灌注了渾身的力量。

特效終於開始變淡，巨獸們露出身形。大角羊與雕齒獸在籠子中央頭抵著頭一動也不動。

ＨＰ條依然持續減少。剩下零點七、零點五、零點三……

但這個時候大角羊的HP停止減少了。

雕齒獸的HP仍繼續消逝，最後歸零。

緊踏地面的四肢失去力量，宛如小山般的巨軀發出巨大聲響倒到籠內的地面上。接著全身被藍光包圍，一瞬間收縮——變成無數碎片爆散開來。

在一片寂靜當中，大角羊緩緩抬起頭來。

「真……真……真是太猛烈的撞擊啦——！」

實況NPC的嘶吼與觀眾們的歡呼以及悲鳴重疊在一起。

「絕對會在戰鬥競技場的歷史留名的熱戰，漂亮贏得勝利的是……維魯提亞大角羊——！」

聽見宣告獲勝者名稱的聲音後，大角羊就高高舉起羊角發出勝利的吼叫。

我又細又長地呼出屏住的呼吸，同時看向旁邊。

亞絲娜也同時轉向這邊。不知是否注意到仍然緊握著我的手，只是用細微的聲音呢喃著：

「……我們是下注在哪一邊啊？」

「應該是大角羊。」

「那我們賭贏嘍？可以贏多少籌碼？」

「嗯……」

當我準備在腦袋裡把到第四場比賽贏得的約六萬兩千枚籌碼乘上大角羊的倍率時，髮旋突然附近有一陣刺痛感襲來。

我中斷計算，從椅背的縫隙悄悄窺看後方。結果看到從ＶＩＰ席站起來的巴達恩・柯爾羅伊正以怒髮衝冠的表情不停指著我們這邊。看來他沒有錯失我們在黑暗中投擲黃銅筆的舉動。四名黑衣人離開ＶＩＰ席筆直地往我們這裡走過來。

「糟糕……」

我縮起脖子，拉著亞絲娜依然被我握住的左手。在保持蹲姿的情況下從其他觀眾的腳以及前席椅背的間隙移動，從大廳左側脫離現場。小跑步爬上階梯狀通道混進餐酒吧後，直接往出口前進。

「你……你要去哪裡？」

「先回三樓去換衣服。何況也很在意亞魯戈她們的狀況。」

「說得也是……」

亞絲娜緊閉起蝴蝶面具下的嘴唇。

我們低著頭，在餐酒吧的人群縫隙中移動，這時從左邊的某處響起充滿激憤與悲嘆的破鑼嗓子。

「為什麼啦——！」

## 22

「這是………」

看見我遞出去的綠色小碎片，琪歐就銳利地瞇起雙眼。

以指尖從我的手掌上捏起碎片，稍微聞了一下味道後舉起它讓油燈照著。長方形小碎片有三分之一左右呈焦黑狀，其餘部分則保持著微弱亮光。

在快要離開鬥技場前，看見聚光燈的鏡頭與鏡子碎片一起掉落在地上，我立刻把它撿拾起來。一邊爬上階梯一邊擊點碎片，就出現「凱爾米拉之香」的道具名以及「將凱爾米拉花乾燥後磨成粉，然後揉成固體的練香」的簡單說明文，但完全不清楚究竟是什麼東西。

琪歐花了五秒鐘檢驗後，放下右手表示：

「這是名為『凱爾米拉之香』的東西，用火燃燒的話會微微飄盪聞起來像不屬於這個世界的香氣，同時會從火焰綻放出帶有毒性的光芒。是能讓目標對象逐漸變虛弱的暗殺道具。」

「嗚呃，太危險了吧……」

在繃起臉來的我旁邊，雖然取下蝴蝶面具，但是依然穿著黑色禮服的亞絲娜發出冷靜的聲音：

「不過，這樣就解開柯爾羅伊家最後的機關了。以聚光燈……照明裝置的油燈來焚燒那種香，接著拿產生的毒光來照射目標的怪物對吧？」

「哎呀，那個老爺爺也想出很多點子呢。」

忍不住說出佩服對方般的評論後，琪歐就以羞愧的模樣伏下視線。

「定期檢查鬥技場的我，竟然沒能識破如此大費周章的機關……這樣有什麼資格擔任妮露妮爾小姐的近侍呢……」

「不……不會啦，沒注意到是應該的。並非在照明裝置本身設下任何機關，只有想讓怪物虛弱時才會用油燈焚燒『凱爾米拉之香』。」

我急忙打起圓場，但琪歐還是不抬起臉。

「……銀蛇襲擊妮露妮爾小姐時也是一樣，不使用劍技而是用普通的突刺來幹掉牠的話，就不會把蛇扯斷了。不對，在開始檢查之前就應該先仔細確認過所有的籠牢才對。基滋梅爾小姐明明已經警告過，巴達恩要妮露妮爾小姐前去見證可能是陷阱了……」

原本以為她的年紀比我大許多，但是看見垂頭喪氣的琪歐，就有種說不定她很年輕的感覺。不對，現在不是想這些多餘的事情的時候。得想辦法讓琪歐振作起來，討論今後的計畫才行──

「喂，小琪啊，兩邊的作戰都很順利，應該先為此感到高興吧。」

我聽見這樣的聲音而移動頭部，就看到亞魯戈整個人陷在沙發裡舉著酒杯的模樣。

我跟亞絲娜盡量以最快的速度走回到賭場三樓的十七號房時，亞魯戈跟基滋梅爾也已經從巴達恩的房間回來了。闖空門任務似乎順利成功，不過矮桌上只攤開一張老舊的地圖，還沒看到作為任務目標的遠距聯絡用道具。

聽見亞魯戈帶有不可思議放鬆力量的聲音後，琪歐就輕輕點頭並抬起臉來。她以右手指尖靜靜拂去眼角的淚水，然後微笑著表示：

「是啊，說得沒錯。亞絲娜與桐人漂亮地贏得賭局，亞魯戈與基滋梅爾小姐也入手聶烏西民……不對，是墮落精靈的魔法道具。這樣妮露妮爾小姐的命就有救了。我沒有時間繼續嘆氣。」

她用力挺直背桿，走向桌子後用手拿起開瓶的葡萄酒與新的杯子。在杯子裡倒了半杯酒後一口氣喝盡，然後大大呼出一口氣。

看她應該振作起來了之後我才鬆了口氣，同時檢查著顯示在視界邊緣的時間。晚上十點五十五分——距離鬥技場最後一場比賽由維魯提亞大角羊獲勝已經過了十分鐘。繼昨晚之後再度噴了五萬枚以上籌碼的凜德與牙王，應該仍待在地下的餐酒吧，不然就是在附近的酒場跟伙伴們一起喝悶酒吧，不過一陣子後應該就會回旅館了。必須在那之前先跟他們接觸，說明最後一場比賽變成按照必勝祕笈預測的理由，然後請求他們幫忙一起攻略樓層魔王火龍阿基耶拉。

目前主要的問題是巴達恩．柯爾羅伊什麼時候會注意到聯絡用道具從自己房間消失了。除了在鬥技場裡視為王牌的異常狀態光線照射裝置遭到破壞，被贏走十萬枚——正確來說是十四萬兩千六百二十九枚籌碼之外，要是發覺跟幫忙延長壽命的墮落精靈聯絡的手段都被偷走的話，實在無法想像他會做出什麼樣的行動。當然沒有任何證據顯示破壞聚光燈、在最後一場比賽大勝以及闖空門的是我們四個人，或者是那庫特伊家的手下，但如果他是會就此放棄的傢伙，就不會大費周章準備稀有的毒蛇來試圖殺害妮露妮爾了吧。

巴達恩從鬥技場回到房間的話，在外面走廊監視的法索他們應該會通知我們才對。在那之前，必須在這個房間裡討論出接下來該做的事情才行。

從琪歐那裡拿到交還給我的「凱爾米拉之香」灰燼後，為了慎重起見把它收進道具欄，然後走向亞魯戈。

「那麼……聯絡墮落精靈的道具是什麼樣子呢？」

「就在你眼前呀。」

「啥？」

眨了眨眼睛後，我就低頭看向矮桌。但是桌上只有喝剩的酒瓶、四個酒杯，以及攤開的羊皮紙地圖。地圖是第七層的整體圖，雖然對於作戰會議應該有幫助，但還是看不見最重要的道具——不對，難道說……

「咦，這就是？這張地圖？」

「答對了。」

亞魯戈咧嘴笑了起來，我忍不住認真地凝視著她的臉。

「等等，但是……在巴達恩的房間裡看見這個，妳怎麼知道是聯絡道具？我的話百分之百會錯過喔。」

「那當然是因為有基滋梅爾在啊。」

亞魯戈朝坐在對面的黑暗精靈騎士輕舉起酒杯。

我跟亞絲娜移動視線後，基滋梅爾就露出有些得意的微笑，然後指著地圖的左下角。

「來，你們看看這裡。」

「呃……」

我跟亞絲娜按照吩咐，頭靠著頭窺看著地圖。結果羊皮紙的角落用暗紅色的墨水畫著一個奇妙的符號。那是兩條交叉的鋸齒線——這好像在哪裡看過。

「啊，這是『冰與雷』吧！墮落精靈的紋章！」

亞絲娜的聲音讓我也發出「噢……」的呢喃。在第六層遇見ＰＫ集團的短劍使時，從他身上掉落的墮落精靈的短劍「苦痛之短刀」，劍身確實刻著這樣的紋章。

「這放在房間的什麼地方？」

再次詢問亞魯戈後，就得到「大桌子從上數來第三個抽屜裡」的回答。如果不是放在立刻就能看見的地方，那有可能不會立刻發現不見了，但也不能太過樂觀。

「基滋梅爾，這要如何使用？」

騎士對站著不斷提問的我露出淡淡的苦笑並且說道：

「我知道你很著急，不過至少先坐下來吧。」

「啊……呃，嗯。」

我坐到基滋梅爾隔壁，亞絲娜則坐到亞魯戈身邊，琪歐再坐到亞絲娜身邊。騎士輕咳了一聲後，用指尖輕觸著地圖說：

「這看起來像羊皮紙，實際上不是。是以特殊方法打倒偶爾會出現在廢棄宅邸或者古城內的『史基亞』這種怪物，將其屍骸曬乾後做成紙一般的物品。」

「史基亞……」

那是封測時期沒有遭遇過的怪物，也不清楚這個單字的意思。亞絲娜與亞魯戈也露出狐疑的表情，但這時候追究下去似乎會浪費許多時間，於是我便默默地繼續聽說明。

「史基亞必定會兩隻同時出現。打倒雙方並且做成兩張紙後，據說就會因為不可思議的力量產生連結。具體來說就是在其中一張紙上滴血，另一張紙也會在同一個位置出現染血的圖案。」

聽到這裡我還是有點搞不懂，不過亞絲娜倒是發出「這樣啊！」的聲音。

「也就是說在兩張紙上畫上完全相同的地圖，其中一張的持有者在自己的地圖上滴血，就能告訴另一張的持有者任何一個座標了！」

「哦哦……」

「原來如此呀～」

我跟亞魯戈同時發出聲音，遲了一會兒後，琪歐也點頭表示：

「那麼，在這張地圖的某處滴血的話，另一張地圖也會出現血跡，然後墮落精靈就會出現在該處……？」

「應該是這樣……只不過……」

先點了點頭的基滋梅爾，接著又皺起柳眉。

「這樣無法傳達見面的時間。是不論如何先到那個地方，然後等到對方現身為止嗎……」

聽她這麼一說，才覺得這樣確實很沒效率。因為幹盡各種壞事而忙碌不已的墮落精靈真的會願意等好幾個小時嗎？

「基滋梅爾，用血在這上面寫字的話，另一張上面也會出現嗎？」

騎士迅速搖頭並且回答我的問題。

「不行，聽說能傳遞出去的只有直接從手指滴下去的血跡。當然，連續滴許多血的話或許可以寫成較大的字……不過，我記得傳遞過去的血跡好像不久之後就會消失了……」

「原來如此呀～」

下意識中模仿了亞魯戈的口氣，結果坐在對面的本人就用鼻子哼了一聲。

「喂，桐仔。不對姊姊表達敬意的話，我就不告訴你怎麼用這個東西傳達時間了喲。」

「咦，亞魯戈小姐知道方法嗎？」

瞪大眼睛的亞絲娜啪一聲合起雙手。

「拜託，我會叫桐人站到走廊，請告訴我們吧！」

「我……我說啊……」

當我發出丟臉聲音的瞬間，基滋梅爾與琪歐就同時發出輕笑。

只要能讓超級沮喪的女僕恢復笑容，我去走廊罰站又算得了什麼——雖然很想這麼說，但我也很想知道方法。

「抱歉，下次請妳吃烤番薯，請告訴我吧。」

「為什麼這時候要提番薯啊。」

亞魯戈很不滿般噘起嘴唇，但立刻就改變表情，朝地圖伸出右手。

她所指的並非地圖裡面而是外側——艾恩葛朗特外圍部。仔細一看之下，有許多極小的點點呈等間隔圍繞著畫出完美正圓形的樓層地圖。

「這些點點共有二十四個吧。我想就是靠這個來傳達時間喲。」

「「啊……」」

我跟亞絲娜同時發出叫聲。雖然很想大叫「時鐘嗎！」，但不清楚基滋梅爾與琪歐是否知道時鐘所以就先忍了下來。並不是說艾恩葛朗特裡面沒有任何機械式的時鐘存在，至少第一層起始的城鎮中央廣場上就聳立著一座巨大的時鐘塔，但我不記得曾經在精靈城裡看過傳統的時鐘。

但琪歐與基滋梅爾似乎立刻就了解亞魯戈的言外之意，兩人依序發言道：

「原來如此，一個點是一個小時嗎？」

「右側是白天，左側則是晚上嗎？」

聽她們這麼一說，我才注意到這個「時鐘」不是常見的十二小時表記，而是二十四小時表記。也就是說正上方的點是深夜十二點，正下方的點是中午十二點。

「這樣啊，在地點與時間兩個地方滴血嗎？」

亞絲娜露出了解怎麼回事的表情，接著從地圖上抬起臉來環視了一圈。

「那麼……要在何時何地把墮落精靈找出來呢？」

「別這麼急呀，小亞。」

苦笑著的亞魯戈迅速把視線移往右下，開口繼續說：

「就算指定一個小時以後，墮落精靈那群傢伙也來不及吧。而且我們也還有事情要辦對吧？」

「嗯……說得也是。必須跟DKB還有ALS交涉明天一早出發攻略樓層魔王才行……桐人，你說得好像很有勝算一樣，那你打算如何說服那些人呢？」

四個人的視線集中在我身上，我輕聳了一下肩膀說道：

「很簡單啊。後天傍晚……的話有點不安，提議在後天中午前打倒樓層魔王的話，就以二十萬珂爾的價格把窩魯布達之劍賣給出力較多的那一邊。」

「啥？」

率先有反應的是亞魯戈。她靈巧地甩著還剩下一點酒的杯子並且大叫：

「喂，你是認真的嗎？那把破壞平衡的劍有十萬枚籌碼，也就是一千萬珂爾的價值喲！你打算只用二十萬就把它賣掉嗎？」

「不提出如此優渥的條件，凜牙不會行動的。說起來，原本的賭金就是二十萬珂爾，能夠回本就可以了吧。」

「但是……至少也賣個三四十萬珂爾……」

當亞魯戈久違地發揮符合她個性的一面，遲遲不肯罷休時。

琪歐就輕舉起右手讓我們安靜下來。一看之下，似乎暫時戰勝自責念頭的琪歐，眉間再次出現深邃的峽谷。

「亞絲娜、桐人、亞魯戈還有基滋梅爾小姐。其實……那把劍還有一件非得說明不可的事情……」

不過她的話也再次被打斷。

響起連續的敲門聲後，不等待琪歐的回應，門就被從外面拉開了一些。門縫外傳來法索經過壓抑的聲音。

「姊姊，巴達恩回房間了！」

「終於嗎……！」

等待已久的通知讓我忍不住開口如此表示。從沙發站起來後對琪歐這麼說道：

「詳情之後再說吧。我先去拿這傢伙去交換。」

仍穿著燕尾服的我輕拍了一下胸前的口袋，接著亞絲娜也迅速起身。

「我也去吧。順便去買些吃的回來。」

五分鐘後。

從胸前口袋取出閃著金光的十萬ＶＣ籌碼，啪嘰一聲將其放置在櫃檯上後，感覺——周圍的ＮＰＣ客人們就發出低沉的吵雜聲。

櫃檯內的大姊看起來也一瞬間僵住了，不過立刻就恢復華麗的笑容。

「要交換獎品嗎？您要交換哪一個道具呢？」

「那個！」

當我指著陳列板最上方這麼大叫時，亞絲娜就從身後用力拉著我的衣領。透過蝴蝶面具，以宛如姊姊斥責笨蛋弟弟時的眼神瞪著我，接著代替我站到櫃檯前面。她攤開拿到籌碼旁邊的獎品手冊，以纖細的手指指著劍的插畫。

「我要換這把『窩魯布達之劍』。」

「遵命。」

維持完美的笑容行了一個禮後，大姊就輕巧地轉身。排列著閃亮獎品群的陳列板是裝設在聳立於四方櫃檯中央的巨大柱子側面，準備兌換的十萬枚寶劍在其最上方發出燦爛的光芒，沒有梯子的話應該拿不到——原本是這麼想。

大姊按下陳列板下方的隱藏按鍵之類的東西，整座巨大陳列板就發出沉重的聲音開始下降。不到五秒下端就碰到地板並且停住。

即使如此，到達寶劍仍有將近兩公尺的距離，大姊挺直背桿伸長雙手，首先拿下展示在劍下方的黑色皮革劍鞘。把它交給在旁邊待機的同僚ＮＰＣ後，大姊終於把手朝著窩魯布達之劍伸去。

在我的想像中它應該相當重才對，幸好完全沒有掉落就從支架上解下來，接著大姊就把白銀與黃金的長劍收進同僚捧著的劍鞘內。劍鍔接觸劍鞘口發出喀嘰一聲，然後大姊再次連同劍鞘舉起整把劍。

大姊再次轉身，一路走向櫃檯——

「這把就是窩魯布達之劍。請您收下吧。」

亞絲娜沒有接劍，反而是迅速對我使了個眼神。看來她是要我拿花，不對，是拿劍。我急忙往前，雙手貼在劍鞘下緣，然後慎重地灌注力量。大姊的手輕輕離開寶劍。

一點……都不重。

等等，當然它絕對不算輕。但是跟現在的愛劍日暮之劍＋3相差不多。對於那把將點數全加在銳利度的劍，第三層黑暗精靈野營地裡的極度冷漠鐵匠——藍迪連先生做出的評價是「在留斯拉的武器當中算是特別鋒利而且纖細的一把」，跟同等級的劍比較的話應該算輕的了。說起來較寬且較厚的窩魯布達之劍，其重量與日暮之劍差不多，這就表示——

我在此時中斷不祥的想像，退後一步後說道：

「謝謝，確實收到劍了。」

結果蝴蝶結領帶的大姊就以靈巧的手指動作從櫃檯上拎起十萬ＶＣ的籌碼，跟旁邊的同僚一起深深低下頭來。才剛想著「這樣任務就結束了……」，大姊就從櫃檯內側取出幾張漆黑卡片，以雙手遞了過來。

「這是本賭場管理的私人沙灘的通行證。請您收下吧。」

剛想開心地喊聲「太棒啦！」時，又再次被亞絲娜抓住脖子根部，於是忍耐了下來，保持紳士的笑容收下了卡片。材質當然不是塑膠，但摸起來光滑的觸感也不像是木頭、紙張或者金屬。漆黑的表面畫著應該是大賭場紋章的由花朵與龍組合起來的符號。迅速數了一下共有四張，不過我們贏得了十四萬枚籌碼，所以計算起來數量確實沒錯。

把卡片滑進胸口的口袋，再次說了聲「謝謝」後，大姊姊們也再次行禮，接著傳出她們完全一致的聲音。

「由衷地期盼您再次光臨窩魯布達大賭場。」

下一個瞬間，周圍就響起盛大的拍手聲。愣了一下的我環視周圍，不知道什麼時候賭客已經在交換櫃檯旁邊圍起重重的人牆，然後帶著笑容用力對著我們拍打雙手。

平常的話應該會得意忘形地揮一下手，但大賭場開業以來，數百年間持續在陳列板最上方發出光芒的窩魯布達之劍終於被兌換走了一事，應該立刻就會被柯爾羅伊家的手下呈報上去吧。雖然不清楚巴達恩會不會再次從三樓的房間下來，但能不遇見的話當然最好。

「謝謝、謝謝。」

以左臂抱著劍，右手低調地舉起，同時穿越人牆來到娛樂室外面。然後直接移動到樓梯大廳，在柱子後面打開視窗，把窩魯布達之劍收進道具欄。

這樣今晚的連續任務中「贏得十萬枚籌碼入手寶劍」這個最難的關卡就算過關了。其實很想立刻打開劍的屬性視窗，確認它究竟有沒有宣傳的那種破壞平衡的性能，但在那之前還有另一件工作。

「亞絲娜，那些傢伙在哪裡？」

抬起頭這麼問完，搭檔就輕輕聳了聳外露的雪白肩膀。

「聽說ＡＬＳ跟ＤＫＢ都在從賭場廣場稍微往東一些的餐廳裡舉行慰問會。正如我們所請託的，莉庭小姐與席娃達先生把他們誘導到同一家店了。」

「這樣啊。這次他們兩個人真的幫了很多忙……得找個時間請他們吃飯才行。」

「那就到門諾先生的店去吧。」

如此回答的亞絲娜嘴角之所以浮現微笑，應該是想像著席娃達被店長要求端大量盤子時的模樣吧。當然我也想看。為了達成這個目的，一定得先完成難易度更高的任務——打倒樓層魔王與奪回祕鑰才行。

「好……我們走吧。」

重新打起精神準備往前走時，亞絲娜就用力拉住我的燕尾服。

「我想換衣服耶。」

「啊……對喔。」

就數值上以及視覺上來說，穿著防禦力低下的禮服直接到外面去確實讓人感到猶豫，老實說我也不想讓攻略集團那些大老粗看見搭檔的這種模樣。但現在回到三樓，換好衣服再下來實在太浪費時間了。

「嗯……那我像這樣幫妳擋住……」

讓亞絲娜站到牆邊後用自己的身體擋住她，為了保險起見還左右大大地拉開燕尾服的前面部分。

結果亞絲娜眨了兩三次蝴蝶面具底下的眼睛，接著優雅地抬起右手握緊拳頭。

「這樣就被你看光了吧！」

右側腹感覺到貫穿系統障壁的衝擊，我同時想著「說得也對喔」。

23

在大賭場的豪賭結束後經過大約九個小時的一月七日，上午八點。

我、亞絲娜、亞魯戈、基滋梅爾以及琪歐與妮露妮爾組成的六人小隊快步在艾恩葛朗特第七層西側的一大片「白骨平原」上移動。

說是六人小隊，能夠正常作戰的其實只有四個人。這是因為妮露妮爾依然處於假死狀態，而且被厚厚外套與具遮光性的斗篷裹住，琪歐則是用皮繩把主人牢牢地綁在背後。

加上白骨平原是極度乾枯的荒野上零星能看見骨頭般枯木的區域，可以說幾乎沒有綠色植物生長。身為精靈的基滋梅爾原本不到一分鐘就會因為衰弱異常狀態而無法行走，幸好從第六層嘎雷城的寶物庫裡借到的「碧葉斗篷」仍在行李裡面，把它裝備上去後才得以迴避衰弱狀態。

據基滋梅爾表示，為了前往哈林樹宮而從嘎雷城出發時，管理寶物庫的布乎魯姆老人直接就把應該是黑暗精靈祕寶的碧葉斗篷交給她。雖說他應該不可能預測到基滋梅爾會逃獄挑戰奪回祕鑰的任務，不過那個漢堡排老爺爺仍充滿謎團。我哪一天也想要再度前往嘎雷城，向他質問冥想技能的詳細內容——順便也想吃到上次結果沒能品嚐到的漢堡排，不對，是Fricadelle，不過在取回被奪走的祕鑰之前，根本無法靠近黑暗精靈的支配地。

老實說，本來關於奪回祕鑰這件事，實在有種虛無飄渺的感覺，不過現在終於抓住能夠目視的線索了。而那就是在褪色荒野的遠方晃動著的兩道小小人影。

七個小時前，結束跟兩大公會的交涉後回到飯店的我跟亞絲娜，把結果向亞魯戈她們報告完畢之後，終於要開始使用聯絡墮落精靈用的道具——「史基亞的地圖」了。

指定地點是從窩魯布達前往「晃岩之森」的道路途中兩棵並排生長的白楊樹。指定時間是凌晨三點。

我接下滴血的任務。雖然基滋梅爾強硬地表示自己要做，但巴達恩是人類，萬一滴下精靈的血跟滴下人類的血會讓地圖產生不同反應的話，就會被識破是陷阱了。

好不容易才說服基滋梅爾，準備用琪歐借給我的小刀刺卜左手的指尖時，我跟亞絲娜、亞魯戈到了這個時候才發現到一個很大的問題。妮露妮爾的房間，應該說整個窩魯布達都是「禁止犯罪指令圈內」，所以玩家無法傷害其他玩家。當然也包含了自己傷害自己的情形。即使用小刀刺手指，也會被紫色系統障壁阻止。

對於「人族魔法」的過度保護感到傻眼的基滋梅爾原本要從我這裡搶走小刀，幸好亞魯戈想到一個解決的辦法。在圈內唯一有一個能暫時消除「指令」的方法。也就是利用單挑。

我對亞絲娜申請初擊決勝模式的單挑，對方以有點微妙的表情接受之後，桌子上空就出現巨大的倒數計時視窗。經過依然令人焦急的六十秒漫長倒數，在單挑一開始的時候，就真的用小刀刺了一下食指的指尖。

雖說是血，其實不是真正的液體而是發出紅光的粒子，我先把它滴到地圖上的白楊樹上。接著又於畫在外圍部的時鐘顯示凌晨三點的標示上再滴一滴血。結果從該處延伸出五公分左右像針一般的銳利鮮紅光芒，準確地在間隔一秒的情況下開始脈動。光芒一分鐘後就消失了，我們就相信已經傳遞出去而等待著反應。

三分鐘後，這次換成藍色光柱出現在地圖上。但顯示的並非同一地點與時間。

地點是在窩魯布達遙遠西北方一大片「白骨平原」裡，聳立在幾乎是中央處的一棵特大枯樹，然後時間是早上七點。

墮落精靈明顯是要表示「誰要聽你指示」，然後直接指定了新的時間與地點。由於也沒辦法駁回，原本打算回覆ＯＫ，但手瞬間停了下來。到底要把血滴在哪裡，才能表示了解的意思呢？

所有人開始一陣手忙腳亂地討論，最後琪歐在地圖角落發現用奇妙字體所寫的Y與N文字。那個時候距離墮落精靈傳送訊息來已經又過了兩分鐘的時間，於是便急忙在Y字上滴了新的血。為了保險起見待機了五分鐘左右，不過之後就沒有光柱出現，就讓單挑在平手的情況下結束。

我們還是先把地圖攤開在桌上，然後用亞絲娜從街上買來的營養三明治般食物作為遲了許久的晚餐，捨不得浪費回Amber moon Inn的時間就所有人直接短暫休息。凌晨四點起床花了三十分鐘打理，再次利用之前的隱藏通道離開賭場，從北門來到練功區後專心地趕往西北方。當然路途中湧出許多怪物，不過我們隊伍裡有菁英NPC基滋梅爾在。

雖然她在城裡還是配戴著折斷的軍刀，但來到練功區後就不得不換上我送給她的「精靈厚實劍」了。以完全感覺不到武器生疏感的壓倒性攻擊力在怪物一湧出時就加以擊潰。一想到如此強大的基滋梅爾對上「剝伐之凱伊薩拉」卻是束手無策，就對將來還是會發生的第二次對決感到恐懼，不過凱伊薩拉的等級應該不會再提升了才對。在那之前，我們只能盡量變強了。

想著這些事情時，我跟亞絲娜都在路途中各自提升了一等，我是等級23，亞絲娜則是22。雖然亞魯戈也確實地提升了等級，但還是不告訴我能力值與技能構成。不過她以速度甚至超越基滋梅爾使出的爪子，給予怪物的傷害值雖然不高，但能夠擾亂並且削弱其移動力，讓我們的大技可以輕鬆地擊中。

琪歐背負假死狀態的妮露妮爾，雖然無法積極地行動，但來到眼前的敵人全被穿甲劍精密且高威力的一擊粉碎。小隊幾乎沒有停下腳步就橫越包圍窩瞀布達的草原，望著右手邊遠方的晃岩之森同時往西北前進。當天空出現魚肚白時，我們成功進入白骨平原。

這裡不愧是第七層高難易度的練功區，出現的怪物多少都提升了等級，但還不足以讓我們感到棘手。只遭遇過一次的赭色野犬群——當然是真貨——稍微比較難應付，不過琪歐灑下帶著不可思議氣味的液體後野犬的動作就變遲鈍，再來就很簡單便幹掉牠們了。

現在想起來，作為事件開端的「盧布拉碧烏姆花的染料」、讓妮露妮爾瀕死的「銀之毒」以及讓她沉睡的「半邊蓮之毒」、把聚光燈變成異常狀態光線的「凱爾米拉之香」，以及琪歐對赭色野犬群使用的謎樣液體，感覺毒藥好像經常登場。雖然這也表示柯爾羅伊家與那庫特伊家就是如此精通藥石之道，但這跟妮露妮爾是吸血鬼，不對，是「夜之主」這個事實之間有什麼樣的關聯存在嗎？

我帶著這樣的思緒跟同伴們一起橫越白骨平原，比墮落精靈所指定的七點早了三十分鐘就抵達能夠遠望作為目的地的巨大枯木——專有名稱「龍骨」的山丘上。

由於山丘上正如我的們希望並排著幾個岩石，所以我們就躲在後面，輪流監視巨樹並且為了補給而歇息片刻。由於朝陽已經從浮遊城的外圍部照射進來，我還擔心妮露妮爾即使包裹在外套與斗篷之下是不是仍然會受到傷害，不過琪歐表示假死狀態期間只要不直接照到太陽就沒關係。現在回想起來，在廄舍前的夕陽底下行走時，她看起來雖然虛弱，但HP應該沒有減少才對。

只不過，妮露妮爾還是因為「銀之毒」而逐漸步入死亡。明天傍晚是最後的底線，在這之前必須找到墮落精靈的基地以及打倒樓層魔王，所以時間連一秒都不能浪費。壓抑焦急的心情並且持續監視著枯樹，過了六點五十五分左右，亞魯戈發現有兩道人影從平原的相反方向走過來了。

由於跟躲藏地點「龍骨」距離三百公尺以上，人影看起來只像是小黑點。但是一看見的瞬間，基滋梅爾就斷言「是墮落精靈」。

雖說墮落了也還是精靈，本來的話不使用碧葉斗篷或者類似的物品就無法度過白骨平原。但是他們肯定跟在第六層襲擊嘎雷城的士兵們一樣攜帶著精靈的禁忌，也就是剛砍下來的樹枝。說不定之所以指定白骨平原，正是因為那是哈林樹宮的黑暗精靈們絕對無法靠近的地點。

思考著各種事情的我，注視著兩名墮落精靈抵達「龍骨」。我們當然無法從隱藏的地點現身。從樹木的另一邊悄悄接近並發動奇襲的話，只要那兩個人不是凱伊薩拉與諾爾札將軍應該就能獲勝，但就算拷問他們應該也不會透露基地的地點，何況亞絲娜根本不會答應做這種事。

因此我們就一直蹲在岩石後面，持續等待墮落精靈們有所行動——原本是這麼打算，但那兩個傢伙才剛等到七點五分，就開始朝原來的方向走回去。雖然一瞬間忍不住想著「把人找來這種荒野的正中央碰面，再稍等一下好嗎」，不過找他們出來的不是巴達恩·柯爾羅伊而是我們，能夠迅速有所行動對我們來說是再好也不過了。

因此在上午八點的現在，我們就拚命追蹤著應該要回到基地的墮落精靈。雖說能夠隱藏身形的物體很少多少覺得有點不安，但太陽在我們背後，從褪色荒野反射的朝陽多少隱蔽了我們的身影。

或許因為是事件狀態，或者是數百公尺前方的墮落精靈們使用了某種魔法，離開「龍骨」後已經走了將近一個小時，很不可思議的是完全沒有怪物發動襲擊。不知不覺間，橫跨荒野彼方的銳利山稜以及聳立在其深處的迷宮塔的輪廓逐漸變得清晰。

我調整步行的速度，跟身後的琪歐並肩而行。

「妳一直揹著妮爾小姐，沒問題嗎？累的話我來代替妳吧。」

壓低聲音這麼問完的瞬間，對主人忠心耿耿的武裝女僕就狠狠瞪了我一眼。

「沒問題。經過精實鍛鍊的我沒有虛弱到光是揹妮露妮爾大人一個人就撐不住。」

「這……這樣啊，抱歉。」

急忙謝罪之後，琪歐的表情才稍微緩和。

「……很感謝你的心意。而且現在想起來，委託你的工作在檢查廄舍後就結束了。還願意像這樣為了救妮露妮爾大人而竭盡所能，真的不知道該如何感謝你才好。」

「哎呀……」

我以指尖搔了搔耳後跟，接著看向琪歐揹著的妮露妮爾。

雖然臉被外套的兜帽以及疊在上面的斗篷遮住而完全看不見，不過頭上的「！」符號仍緩緩旋轉著。這個顯示妮露妮爾是我的委託人的符號，只有任務成功或者失敗，又或者我主動從選單裡放棄任務時才會消失。而我沒有選擇第三個選項的打算。

「……我跟亞絲娜其實不是為了到賭場賭博，而是為了到城裡南邊的沙灘去玩才會來到窩魯布達。」

我一邊把視線移回來一邊如此呢喃，結果前面跟基滋梅爾並肩走在一起的亞絲娜就一瞬間回過頭來。不過看她沒有責怪的意思，我便繼續說道：

「為了進入沙灘，必須一個人在賭場贏得三萬枚籌碼才能獲得通行證對吧？以普通的方法下注撲克或者輪盤……還有鬥技場，根本不可能贏到那麼多籌碼。但是，能在昨天最後一場比賽贏得十四萬枚，獲得我、亞絲娜、亞魯戈還有基滋梅爾的通行證，全都是託妮爾大人委託我們工作的福……」

雖然途中就連自己都搞不懂究竟想說些什麼……但琪歐臉上露出微微的苦笑並且回答：

「沙灘的通行證這種小事，只要說一聲不論幾張都能幫你準備。」

「咦，是……是這樣嗎？」

「規則上跟借給亞魯戈的階梯通行證是一樣的東西。只要是當家直接僱用的人，就能毫無限制地借出。」

「原……原來如此……」

如果是這樣的話，理論上我們可以被帶去跟妮露妮爾碰面後就借通行證，直接前往沙灘玩到心滿意足為止然後放棄任務，接著前往下一個城鎮。

但是那個時候亞魯戈應該會自己一個人繼續任務，還是會發生妮露妮爾被銀蛇咬的事件。一想到這裡，就覺得沒有做出那種忘恩負義的行為真是太好了。

當我煩惱著不知道該如何把這樣的想法用言辭表達出來時，琪歐就說了一句：

「……我跟弟弟法索就算一輩子免費幫妮露妮爾小姐工作，也沒辦法報答她天大的恩情……你記得我之前曾經這麼說過嗎？」

「當……當然記得。」

由於那是一直令我相當在意的一段話，我立刻就點了點頭。走在前面的亞絲娜與基滋梅爾，還有後面的亞魯戈都一直保持著沉默。

「我跟法索的爸爸，原本是任職於柯爾羅伊家的劍士。」

我差點叫出「咦！」一聲，好不容易才忍下來。默默輕輕點頭後，琪歐就繼續開口：

「爸爸他作為怪物捕獲部隊的一員，每天都進行著危險的任務。但是我六歲，法索四歲的時候，他被命令去抓捕在北部山岳地帶出沒的『古犬熊』這種怪物……部隊完成了任務，不過出現了一名犧牲者，也就是家父。」

「…………」

古犬熊在現實世界是兩千萬年前就絕種的大型肉食獸。在第七層湧出的怪物裡算是最強等級的強敵。光是要打倒就很辛苦了，想捕獲的話危險度當然會提升許多。雖然很想閉目表示哀悼之意，但不能錯失了在地平線上晃動的人影。於是我用再次緩緩點頭來代替。

「當時母親已經因為瘟疫而去世，只有我、爸爸和弟弟一起過生活。但爸爸過世，我們住的又是柯爾羅伊所有的建築物，結果我跟法索就在身無長物的情況下被從家裡趕出來。」

琪歐說到這裡的瞬間，前方的亞絲娜就用力握緊雙拳。我雖然也感覺腹部底端有一股熱氣竄起，但還是忍耐下來持續瞪著前方。

溫柔地重新揹好背上的妮露妮爾後，再次傳出琪歐壓低的聲音。

「我們無處可去也沒有東西可以吃，那樣下去只能在路邊追隨父母的腳步離開人世。但是知道情況的妮露妮爾小姐從窩魯布達的陋巷把我們找出來，然後以那庫特伊家的力量保護我們。不知不覺間，身高就追過初次見面時比我高出許多的妮露妮爾小姐……從那天後過了十三年，一直在我心裡的感謝之意完全沒有變淡。所以我無論如何都得解救妮露妮爾小姐。」

琪歐把話說完後，左手輕輕觸碰了一下穿甲劍的劍柄，然後再次回到揹帶上。

即使我持續辛苦地壓抑下盤據在胃部附近的對於巴達恩．柯爾羅伊的怒氣，還是忍不住浮現至今為止反覆感覺到的疑問。

琪歐所說的這些事情，到底是不是真的遠在這個世界的──三年前──也就是ＳＡＯ正式營運開始前發生的呢？還是這一切都不過是加諸於琪歐他們記憶區的「設定」呢？

不對，這是毫無意義的問題。我、亞絲娜與亞魯戈知道自己是在現實世界出生成長的真正人類，現在因為被捲進茅場晶彥低級的犯罪而遭困艾恩葛朗特當中，但其實沒有任何能證明這就是真實的證據。說不定我其實跟琪歐、基滋梅爾、妮露妮爾一樣是ＡＩ，只是讓我相信自己是桐人，不對，是名叫桐谷和人的玩家罷了。

「謝謝妳告訴我們這些。」

打破這陣沉默的不是我而是亞絲娜。她依然面向前方，以最小音量但十分清晰的聲音對著琪歐訴說：

「我也很喜歡妮露妮爾小姐。絕對不願意就這樣跟她道別。所以也要讓我幫忙擊敗火龍喲。」

這句話是對琪歐剛才「還願意像這樣為了救妮露妮爾大人而竭盡所能，真的不知道該如何感謝你才好」的獨白所做出的回答吧。

假如我是ＡＩ的話，那麼亞絲娜也會變成ＡＩ，就算是這樣好了，她對於這個世界的居民們所抱持的宏大愛情絕對是真貨。想著這些事情的我，這時終於開口表示：

「我也會幫忙。」

「我也一樣喲。」

「當然我也是。」

亞魯戈與基滋梅爾追隨我如此回答後，琪歐再次沉默了下來，然後才傳出細微的聲音。

「……謝謝。」

還是初次從琪歐嘴裡聽見這句話——不對，亞絲娜準備使用回復水晶時也聽過，所以是第二次嗎？但這次的「謝謝」一路傳遞到我內心深處並且產生共鳴，留下漫長的餘韻。

無論如何都得打倒火龍阿基耶拉，獲得龍血才行……我雖然這麼告訴自己，但只有這件事是光靠我們努力仍無法達成的。要挑戰首次的龍型樓層魔王，絕對需要兩大公會共同出力。

而ＤＫＢ與ＡＬＳ這兩個公會，現在應該正從南邊繞過白骨平原，朝著第七層最後的城鎮布拉米歐前進才對。大集團的移動無論如何都比較花時間，即使如此傍晚時應該也到了吧。在那裡睡一晚，從明天早上開始以迷宮塔為目標，盡可能在中午前抵達魔王房間的話，就能在妮露妮爾的ＨＰ歸零前打倒魔王。

跟通常的攻略速度比起來算是誇張的急行軍，但現在想起來，第五層與第六層也幹過類似的事情，兩個公會的士氣應該也不低才對。因為昨晚在交涉時，除了牙王與凜德拚了老命想將其收入自身陣營的窩魯布達之劍以外，我還加碼了同等級的破壞平衡道具——公會旗，正式名稱是武勇之旗作為給他們的報酬。

從第五層的樓層魔王那裡入手公會旗後，我對ＡＬＳ的成員們提出讓渡旗子所需的兩個條件。

首先是今後攻略的樓層魔王身上掉下同樣的道具時。那個時候就要由ＡＬＳ與ＤＫＢ各自保有一根旗子。

或者是ＡＬＳ與ＤＫＢ合併時。我立刻就把旗子交給他們。

這是為了避免公會間的力量平衡崩壞，攻略組集團陷入大混亂所必要的條件。老實說，我自己也覺得兩個條件都相當嚴苛。不過到了現在，雖然不是跟公會旗一樣的道具，但擁有同等級性能與衝擊的武器登場了。

擁有強力支援性能但作為武器沒有攻擊力的武勇之旗，以及沒有支援伙伴的能力但能賦予裝備者壓倒性戰鬥力的窩魯布達之劍。真要我選一種的話，我也會猶豫一個小時，不對，是半天吧。

我對凜德以及牙王宣告，我會給予在第七層樓層魔王攻略戰裡較為活躍的一方以十萬珂爾購入旗子或寶劍的權利。當然，另一支公會可以用同樣的價格購買沒有被選上的武器。兩個人之所以同時露出啞然的模樣，是因為價格實在便宜到太不可思議的緣故吧。

旗子與寶劍都以十萬珂爾賣出的話，我、亞絲娜、亞魯歌以及琪歐所籌出的合計二十萬珂爾就能完全回收了。但是想到凜德曾經在第六層對我提出要以三十萬珂爾的天價購買公會旗，就知道即使開價三十萬那兩個人也會接受才對。但考慮到入手的經過我就不想藉此來賺錢，而且感覺琪歐對於窩魯布達之劍似乎還有什麼得先說明清楚的事情。

我準備對走在身邊的琪歐詢問那番話的真意。但基滋梅爾卻快了一步以緊繃的聲音表示：

「墮落精靈進入山谷裡了。」

急忙看向前方，發現兩道人影已經走過白骨平原，開始踏入其深處的一大片峽谷地帶了。那個被稱為「蟻穴峽谷」的區域，是狹窄的峽谷與隧道複雜且立體地交雜在一起，即使有地圖也會迷路的地方。

而且正如其名字所顯示，裡頭有螞蟻型怪物棲息，雖然每一隻都不是太強，但是會頻繁地呼喚同伴，所以很容易出現回過神來時已經被大群包圍而無處可逃的情形。

「看來是基地在那座峽谷某處的模式呀……」

亞魯戈感到厭惡的聲音也讓我皺起眉頭點了點頭。

「因為那裡面有一大堆盡頭是死路的隧道。真的很適合作為祕密據點。雖然不像這裡那麼誇張，但是也很乾燥，黑暗精靈與森林精靈也不會主動靠近那邊……」

「大賭場的怪物捕獲部隊也幾乎不會對那座山谷裡的螞蟻出手。」

由於連琪歐都說出這樣的話，感覺快要陷入星期一早晨上學途中一般的心情，但這時除了有妖怪出現的地點之外就不知畏縮為何物的亞絲娜以凜然的聲音說道：

「終於接近尾聲了，打起精神來吧。」

確實不是垂頭喪氣的時候。雖然不確定墮落精靈的基地裡是不是保管著四把祕鑰，但就算不在那裡應該也會有線索才對。為了基滋梅爾以及妮露妮爾，必須盡現在的我所能發揮的所有力量來處理這件事才行。

「好，在不被發覺的情況下縮短距離。那座山谷的地面很軟，所以應該能靠足跡追蹤，但要是跟丟就麻煩了。」

亞絲娜、基滋梅爾、琪歐、亞魯戈同時點頭。

當走在遙遠前方的兩道人影準備進入峽谷入口的瞬間，我們就壓低腳步聲開始跑了起來。

24

「嗯咕……」

淺眠被自己的鼾聲打破，我稍微抬起右眼的眼瞼。看了一下現在的時間，確認距離起床鬧鐘響起還有三十分鐘後再次閉上眼睛。

鼾聲是喉嚨附近的氣管因為進出肺部的空氣產生震動而發出的聲音，所以覺得應該只是在模仿呼吸的虛擬角色會發出鼾聲是不合理的事情，不過應該跟噴嚏以及呵欠一樣都是茅場晶彥的堅持吧。我想那個男人應該也檢討過用劍砍中虛擬角色會產生劇痛、噴出鮮血、掉出內臟的可能性。之所以沒有那麼做，是因為將沒有玩家會挑戰死亡遊戲的攻略……或者，單純是超出現有完全潛行技術界限的緣故。

或許是因為想著這樣的事情吧，睡意逐漸遠離，我放棄睡回籠覺直接撐起身體。

這裡是被茶紅色石牆包圍的小房間。地板長與寬約四公尺左右，現實世界的話是超過八張榻榻米的寬敞空間，但在直徑五十公尺、高一百公尺的巨塔裡面，果然還是很想形容是小房間。

「……起床了嗎，桐人？」

聽見呢喃聲的呼喚，往左側一看之下，背部靠在牆上的黑暗精靈騎士臉上露出些許笑容。縮起脖子想著「鼾聲被聽見了嗎」之後，我就趴著爬到騎士身邊坐下來。

「基滋梅爾才是，有沒有好好睡覺？」

同樣以最小的音量這麼問完，騎士就眨眼做出肯定的回答。

「嗯，我也是稍早之前剛起床。只不過，因為是首次在『天柱之塔』裡睡覺，所以沒辦法熟睡就是了……」

「這樣啊。我雖然不是第一次，但在迷宮裡總是會緊張。」

嘴裡雖然如此回答，但是這個房間是不會湧出怪物，而且怪物也無法進入的所謂「安全地帶」，所以只能淺眠是有其他理由。

追蹤兩人組的墮落精靈闖入「蟻穴峽谷」的我們，結果沒能在那座山谷裡發現墮落精靈的基地。不是跟丟或者被發現。那些傢伙直接通過峽谷區域以及之後的台地區域，進入聳立在樓層西端的塔——也就是迷宮塔裡面。

雖然是出乎意料的發展，但我們除了追上去之外也沒有其他選擇。不等待ALS與DKB就踏進塔內，拚命探查墮落精靈的氣息持續地追蹤，但在迷宮裡實在無法無視襲擊過來的怪物。數次戰鬥之後終於跟丟，即使如此還是深信基地就在某處而持續探索，結果回過神來時已經來到塔的最上層附近。

這時已經是深夜時分，於是決定在碰巧發現的安地房間裡用餐兼假寐，然後就到現在了。目前是一月八日的凌晨四點。開始攻略第七層的第四天早上——距離妮露妮爾失去生命還有大約十二小時。

沒辦法在昨天奪回祕鑰雖然讓人感到遺憾，但至少知道墮落精靈的據點絕對是在這座塔裡面，只要依序踏遍這座迷宮的每一個地方總有一天會找到。先打倒樓層魔王，解救妮露妮爾再耐著性子尋找即可。

由於距離魔王房間還有一兩層，所以只要重新開始移動馬上就能發現了吧。但是攻略集團的主力DKB與ALS是預定今天中午左右才會追上我們。在那之前不是先在這個房間待機，就是在附近賺取經驗值……兩者都得等待長達八個小時，所以很痛苦。

雖然很想加快速度，但要是因此而誘發事故就偷雞不著蝕把米了，何況在迷宮裡無法接收即時訊息。結果還是只能等待了嗎……我把嘆息吞回去，看向房間的另外一邊。

亞絲娜、亞魯戈以及抱著妮露妮爾的琪歐，共同蓋著一件大毛毯熟睡當中。昨天傍晚主人的HP剩下不到兩成時，琪歐那種焦躁的模樣真的讓人很不忍心，因此可以的話希望能讓她睡到自然醒，但亞絲娜她們聽見鬧鐘起床的時候，琪歐也會跟著起來了吧。

為了至少讓她在睡醒時有熱茶可以喝，當我準備從道具欄裡拿出野營用調理組時。

基滋梅爾靠在牆壁上的背部迅速離開，接著我也注意到了。有複數的腳步聲靠近這個安地房間。

喀滋喀滋的沉重腳步聲並非來自於怪物。但來自ＤＫＢ或者ＡＬＳ的話又太早了。墮落精靈幾乎不會發出腳步聲，ＰＫ集團只強化對人戰鬥，應該沒有能在迷宮區最深處活動的裝備與技能構成才對。

「基滋梅爾，把亞絲娜她們叫起來吧。」

對騎士這麼呢喃完我就站了起來。這個安地房間只有一個入口而且也有門，如果接近的是對我方抱持敵意的集團，被擋住出口會相當不妙。必須做出被發現的覺悟，在集團入內之前先到外面去才行。

左手抓起從背上解下來靠在牆上的劍，然後跑向門口。一瞬間探查了一下氣息，接著靜靜把門打開，從縫隙中滑到通道。

通道往左右兩邊延伸，腳步聲是從左側傳過來。一看之下，微暗的前方已經有複數油燈般的亮光晃動著。

即使是友好的對象，在迷宮內的接觸也必須慎重行事。也曾聽說過一遭遇就反射性拔出武器，趁勢砍殺過去後才發現是熟人的情況。

為了迴避這種事故，首先必須確認對方的顏色浮標，之後再從遠距離確實地表明我方的存在。我貼在牆上發動隱蔽技能之後，一直凝眼瞪著通道的深處。

視線專注在晃動油燈深處的朦朧人影上來拖出浮標。顏色是——綠色。稍微呼出一口氣來確認名稱的瞬間。

「咦？」

忍不住發出這樣的聲音，同時離開牆壁站到通道中央。這下子集團似乎也注意到我，於是倏然停下腳步。下一刻，渾厚的男中音嘹亮地響起。

「哦，真的很快耶，桐人。」

三分鐘後。

回到安地房間的我，在深處的牆邊喝著紅茶，嘴裡同時不出聲地呢喃著「好窄」。

新加入的玩家明明只有四個人，卻能感覺到濃密的壓力。理由是因為四個人全都是高大且肌肉發達的雙手武器使用者。

隊長是光頭的雙手斧使艾基爾，像狼一樣的長髮與鬍鬚是註冊商標的雙手劍使渥爾夫岡、爽朗的肌肉男雙手鎚使奈伊嘉、毛髮濃密的雙手斧使羅巴卡。ＳＡＯ玩家的虛擬角色原則上是重現肉身的容貌與體格，我每次見到他們就會想竟然能聚集這麼多的壯漢。我擅自稱呼這四個人為「大叔軍團」，等哪一天他們成立公會的話，希望能正式採用這個名稱。

而大叔軍團目前占據了房間的前半部，以攜帶用火爐生火，把烤好的香腸夾在麵包裡大口吃著。我們也跟好不容易起床的亞絲娜她們圍坐一圈吃著早餐，不過食物是紅茶與餅乾。我雖然有比普通人還要貪吃的自覺，但這個時間吃熱狗對胃部的負擔實在有點太大。

不對，之所以沒有食慾，是因為非勝不可的魔王戰帶來的壓力嗎？

喝完泡得較濃的紅茶後，我回過頭對艾基爾搭話：

「話說回來，怎麼都沒在窩魯布達看到你，你是什麼時候到迷宮區來的？」

結果巨漢靈活地同時抬起一邊的眉毛與雙肩。

「那是當然嘍。因為我們是走北迴路線過來的。」

「咦，你說『逆風之路』？為什麼要走那裡？」

「哪有為什麼，聽見有輕鬆跟困難路線的話，身為遊戲玩家當然會選擇困難的路線吧。」

「我說要選輕鬆的啊。」

渥爾夫岡插嘴如此表示後，奈伊嘉與羅巴卡也說著「對啊對啊」表示同意。

以遊戲常見的情形來說，選擇難易度較高的路線確實能夠獲得一定的回報。雖然準備詢問是不是撿到什麼強力武器，但艾基爾卻快了一步提出問題。

「那麼，桐人……那個女孩是怎麼了？從剛才就都沒有醒過來，ＨＰ也所剩不多了啊。」

心想「也難怪他會在意」的我瞄了深處的牆邊一眼。

第七層的迷宮塔沒有任何窗戶，所以被琪歐抱著的妮露妮爾脫下遮光斗篷，外套的兜帽也褪了下來。閉著眼睛的臉即使在火把照耀下也蒼白到令人心驚，完全感覺不到任何生氣。

我小跑步移動到琪歐身邊，向她保證艾基爾等人是值得信賴的傢伙後，取得能夠告訴他們詳情的許可。

我再次回到艾基爾身邊，說明妮露妮爾是窩魯布達望族的當家、被敵對的家族下毒，今天傍晚生命將走到盡頭，以及能夠淨化毒性的只有龍之血等事情。唯一沒有透露的是妮露妮爾是「夜之主」——吸血鬼一事，不過我並非警戒艾基爾等人，只是認為這件事沒有獲得妮露妮爾的許可就不應該說出來。

了解狀況的大叔軍團同時露出擔心的表情，各自對著待在房間另一邊的琪歐表示：

「那真是不得了，當然我們也會幫忙擊敗火龍喲。」

「也隨時可以幫忙揍飛對這孩子下毒的傢伙。」

「其他還有什麼能幫忙的地方盡量說沒關係。」

「要吃熱狗嗎？」

原本對巨漢們保持幾分警戒的琪歐，露出啞然的模樣好一陣子後才深深低下頭來。

「謝謝。不過食物的好意就心領了。」

用完餐的我們迅速收拾火爐與餐盤，然後聚集在安地房間中央。

並排在眼前的話，大叔軍團就魁梧到令人目瞪口呆。而他們所有人的能力值也符合這樣的外表全部加在筋力上，再加上雙手武器的威力，就單支小隊的瞬間火力來說，在攻略集團內也是數一數二。

如果樓層魔王是沒有弱點的純物理型的話，就會想只靠這裡的成員前去挑戰，很遺憾的是火龍阿基耶拉的攻略需要拿盾的坦克。牠不負其火龍的名稱會噴射火焰吐息，所以光靠武器無法抵擋。

「……魔王房間可能就在這個安全地帶的上方，雖然很想立刻闖進去，但很可惜的是人數不足。」

說完這樣的前言後，我確認了現在的時刻才繼續表示：

「現在是上午五點，DKB與ALS抵達的預定時間是十二點左右。也就是必須在這邊附近等七個小時……誰有能夠有效利用時間的點子嗎……」

當我說到這裡的瞬間，艾基爾就舉起粗壯的右手，我就模仿教師用手指著他。

「好的，艾基爾先生。」

「不需要等這麼久喔。」

「……啥？」

我搞不懂他究竟想說什麼，於是往上望著乍看之下很凶狠其實很英俊的斧使臉龐。

「那是什麼意思……」

「因為我們在下面五層左右的地方超越那群傢伙了。他們合體後以三十人的規模往上爬所以速度比較慢，不過也差不多該到了吧。」

「咦！」

這時不只是我，連亞絲娜都發出聲音。但亞魯戈卻以若無其事的表情保持著沉默，於是我就窺看著兜帽的深處並且開口詢問：

「難道說……是妳指使的嗎？」

「桐仔，別用那種讓人容易誤會的說法啦。」

咧嘴笑了一下後，「老鼠」就雙手扠腰並且說：

「只是在塔的入口休息時，稍微傳了一下訊息給小莉而已。告訴她我們已經抵達迷宮塔，要是先打倒魔王怪物就抱歉了。」

當她的話才剛剛說完，門外再次傳來聲響。

這次就不用懷疑是不是怪物或者ＰＫ集團了。因為那很明顯是來自於不只十幾二十人的大量腳步聲。

25

Dragon。

這個名字是來自古代希臘語，意思是大蛇的「Drakon」，繼續往上回溯的話似乎會回到印度、歐洲古語中的「看」、「明亮」、「光」等意思的詞語。

至於「看」這個詞為什麼會變成龍，據說是因為包含了「具備致命視線者」的意思。小學生的時候從網路上查到這些資訊時還沒有什麼感覺，過了幾年後，我終於有機會切身感覺到古代人在害怕些什麼了。

「威壓要過來了！未滿等級20的傢伙往下看！」

我才剛這麼叫完，巨大空間深處開始閃爍著兩道像血一般的紅光。

那是不冷也不熱的普通光芒。但是卻有一股令人渾身發抖般的惡寒竄上背肌，全身的肌膚因此而起雞皮疙瘩。周圍有幾名無視我的警告看見光芒的玩家，結果全都陷入暈眩狀態。

光芒的來源是有著直向長瞳孔與鮮紅虹膜的兩顆眼睛。艾恩葛朗特第七層樓層魔王

「Agnyeller the Igneous Wyrm」——火龍阿基耶拉的眼睛。

雖然早有所覺悟，但阿基耶拉跟封測時相比經過大幅度的強化。其中之一就是從雙眼放射出來的「威壓視線」。雙眼從只需張開翅膀的預備動作之後開始閃爍，但只要看見發出的光芒，等級未滿20的玩家就會強制陷入暈眩狀態。我跟亞絲娜雖然已經克服這個條件，但在第七層安全範圍內所推薦的等級是17，攻略集團大多數是在這個等級上下。其他達到20級的大概就只有凜德、牙王、艾基爾、亞魯戈以及基滋梅爾與琪歐而已吧。說起來ＳＡＯ沒有死亡遊戲化的話，第七層是等級10左右也只要努力一下就能攻略的難易度——當然會死個五次十次——20級這個條件太嚴苛了。

話雖如此，魔王怪物當然不可能會手下留情。

在寬敞空間深處疊起翅膀的巨龍，把長脖子彎成Ｓ型。閉著的嘴巴邊緣開始落下零碎的火星。

「吐息要來了！坦克優先保護陷入暈眩的傢伙！」

再度這麼叫完，作為樓層魔王攻略聯合部隊主力的六支小隊——Ａ隊Ｂ隊Ｃ隊是ＤＫＢ，Ｄ隊Ｅ隊Ｆ隊是ＡＬＳ——各自集結，由拿著盾牌的玩家守住前面。由我擔任隊長的Ｇ隊與艾基爾率領的Ｈ隊因為沒有人持盾所以迅速後退，盡可能遁入拿著大盾牌的小隊後方。

阿基耶拉以揮打鞭子般的動作伸長脖子，同時大大張開嘴巴。

「轟啊！」一聲，空氣產生震動。吐出的橘色火焰呈扇形擴散出去，逐漸掃過細長空間的每一寸土地。

每當吐息的前端碰撞到坦克的盾牌，就會有火焰隨著爆炸般巨響高高揚起，身經百戰的領頭跑者們發出悲鳴。阿基耶拉絕非第一個使出吐息攻擊的魔王，但是「龍的火焰」果然會引起原始的恐懼。

而且火焰與直線攻擊不同，即使用盾抵擋也會繞到側面。六人小隊緊貼到極限的話，一面大盾才好不容易能夠保護所有人，在後面的我們雖然能夠避開直擊，但會遭受餘波的襲擊。

「要上嘍……就是現在！」

像要包圍琪歐與妮露妮爾般並排的我和亞絲娜、亞魯戈，在基滋梅爾的指示下往右前與左前空揮出一記單發劍技。四道劍風撕裂火焰令其擴散。即使如此，還是有大量的火星降下，我反射性咒罵了一句「好燙！」。

之所以能咒罵一句就沒事了，全是靠HP條下方亮起的盾牌與火焰重疊的圖標。SAO裡貴重的火焰抗性支援效果——攻略開始前，亞魯戈把道具欄內所有的「雪樹的花蕾」實體化，然後請聯合部隊所有人喝冰水。沒有這個支援效果的話，即使用盾牌或是劍風防禦火焰，每次都還是會被削減一成左右吧。右側的大叔軍團雖然也使用同樣的方法，但他們那邊是其中一人以雙手武器發動範圍系劍技，其他三個人只是蹲下來防禦火焰。

我也取得雙手劍技能看看好了，正當我這麼想的時候，火浪往後方離開並且消失。前方立刻響起尖銳的聲音。

「Ａ隊Ｃ隊，前進後攻擊左臂！Ｄ隊Ｆ隊右臂！Ｂ隊Ｅ隊，退後回復！Ｇ隊與Ｈ隊從側面進行游擊戰！」

在舉起彎刀的ＤＫＢ隊長凜德的指示下，數十名玩家發出吼叫聲往前突進。他們是用丟銅板的方式來決定聯合部隊的總隊長，不過或許是了解這場戰鬥的重要性吧，ＡＬＳ的隊長牙王沒有插嘴只是遵從著指示。

我跟亞絲娜在魔王戰總是被當成「其他小隊」，但這次是提供報酬的立場，所以可以作為監察人從旁對全體做出指示。之所以用「比較活躍」這種曖昧的表現來決定能選擇公會旗或者窩魯布達之劍的公會，就是為了避免以變成給予傷害量的競爭，結果有了預想不到的好處。

不過目前我出場的機會只有應對魔王的特殊攻擊，攻擊面交給凜德應該沒問題。應該說，以頻繁掌握各小隊的ＨＰ狀況下達前進後退命令的指揮能力來說，他確實比我優秀。凜德與牙王即使互相競爭，也還是確實地累積了經驗嗎？

按照那個凜德的指示前進的攻擊手們，在阿基耶拉剛結束吐息攻擊仍行動遲緩時包圍牠的前肢，然後不斷使出斬擊。阿基耶拉的全長有十公尺以上，平常的頭頂高度也有四公尺左右，首先給予前肢傷害讓牠低下頭是面對這種大型怪物的正攻法。實際上，封測時也是靠這樣打倒當時的阿基耶拉。

我們也不是只茫然在旁邊觀看，按照隊長的指示，除了背負妮露妮爾的琪歐，其餘四個人全速往前衝刺。繞到從正面看見的阿基耶拉左側，以劍技攻擊空門大開的側腹部。

遲了兩三秒後，來到右側面的大叔軍團也盡情揮舞著巨大斧頭、槌頭。第二次的總攻擊讓原本有六條ＨＰ條的阿基耶拉失去第一條ＨＰ。

第六層的樓層魔王「荒謬方塊」的ＨＰ僅僅只有一條，所以這時的六條給人永無止盡的感覺，但不像那個立方體有極度複雜的解謎機關，防禦力也不像擔心的強化那麼多。聯合部隊的兩次總攻擊就能刪掉一條ＨＰ的話，要削除剩下來的五條還需要十次總攻擊。事情當然不會如此簡單……才剛這麼想，從遲緩狀態回復過來的阿基耶拉就發出金屬質的咆哮聲。

「手臂攻擊要來嘍！……左邊！」

聽見我的警告後，包圍左側前肢——以阿基耶拉來看是右前肢——的ＤＫＢ攻擊手們就迅速退後。高高舉起的前肢就像解體用重工機械般痛擊地板，造成了巨大的裂痕。雖然沒有人受到直擊，但無法避開的衝擊波吞沒三四個人，將他們的ＨＰ減少了兩成左右。

「右邊也要來嘍！」

接著這麼大叫完，ＡＬＳ的攻擊手們也往後衝刺。轟然巨響震動著整個魔王房間。雖說遭到直擊的話甚至可能立刻死亡，但是如果連前兆行動如此明顯的攻擊都無法避開的話，可就沒辦法擔任攻略集團的攻擊手。

手臂攻擊期間G隊與H隊依然攻擊著側腹，把第二條HP削除了三成以上。亞絲娜、亞魯戈以及大叔軍團的每秒間傷害量當然是攻略集團數一數二的等級，但基滋梅爾的攻擊力實在太過強大。明明是代用的劍，單發劍技卻能發揮出等同雙手武器二連擊劍技的傷害。

但所謂窮寇莫追——剛這麼想的瞬間，凜德大叫著：

「所有人後退！」

應該是確實捕捉到從我這個位置看不見的頭頂部出現前兆行動了吧。我趕緊跟亞絲娜他們一起退避到房間的後部。背後傳出無數鱗片尖銳的摩擦聲。邊跑邊回頭看去，發現阿基耶拉的身體扭曲成C字型。

下一刻，如同圓木般的尾巴甩動，粉碎了左右的岩石牆壁。揚起一大片土塵來遮蔽住火龍巨大的身軀。那條尾巴使出的全方位攻擊也是封測時期沒有的模式。初次使用時有三個人被捲入，一擊就帶走了七成的HP。

所有人退避之後，在凜德的指示下由以藥水回復的小隊來替代受到傷害的小隊。接下來又是眼光的威壓以及吐息攻擊吧。只要能確實迴避威壓，就能夠應付吐息。

「這樣下去的話，不用那把劍應該也沒關係了。」

亞絲娜的呢喃聲讓我瞄了一眼右手握著的日暮之劍。

她所說的那把劍，也就是窩魯布達之劍是為了讓DKB與ALS行動，同時也是為了當成阿基耶拉戰的最後王牌才會費盡心血去獲得，不過目前仍收在道具欄裡。我是有把它登錄到快速切換上，不過可以的話不想裝備上去。因為琪歐在迷宮區裡跟我說明後，發現使用破壞平衡的能力所需付出的代價比想像中大出許多。

而那個琪歐還是一樣以皮繩揹著妮露妮爾。我們雖然試著說服她跟主人一起在魔王房間外面等待，但是她無論如何都不願意接受，所以也只能讓她參加了。但是需要比想像中更大動作的前進與後退，讓無法全力奔馳的琪歐一直沒有機會加入攻擊。

她本人似乎也有這樣的自覺，只見她右手握著穿甲劍，很懊悔般說著：

「很抱歉……原本以為應該有我能夠幫上忙的地方……」

「不要緊，琪歐的工作就是好好保護妮爾小姐。」

我立刻這麼回答，同時輕拍了一下武裝女僕的左臂。

「即使在房間外面等待，也可能一次湧出許多超強力怪物。待在門附近的話，吐息之外的攻擊都無法抵達，吐息的時候我們會確實地幫忙格擋。我們的目的不是打倒火龍而是用那傢伙的血來救妮露妮爾的命，我沒說錯吧？」

以極限的速度這麼說完後，琪歐就筆直看著我的眼睛用力點了點頭。

下一刻，前方傳來凜德的聲音。

「威壓要來嘍！」

一看之下，在仍殘留著一些的土塵深處，阿基耶拉大大地張開翅膀。

看來那個傢伙的攻擊模式是不斷重複威壓的視線→火焰吐息→前肢攻擊→尾巴攻擊。只要確實應對威壓與尾巴，就能這樣直接削除到第五條ＨＰ。可能跟過去的樓層魔王一樣，剩下最後一條ＨＰ時模式會有所改變，但所有人能夠保存ＨＰ到那個時候的話，應該就能撐過狂暴攻擊模式才對。

用力握住愛劍劍柄，心裡想著「臭傢伙！」並且回瞪阿基耶拉發出鮮紅光芒的眼睛。

之後的戰鬥，發展大致上如同我的預測。

ＨＰ條進入第四條——也就是整體減少一半時，出現了連續三次吐息的不規則攻擊讓一大半前衛受到三成以上的傷害，但在凜德與牙王確切的回復輪值指揮下，好不容易重整態勢。

之後的攻擊就再次按照之前的模式，部隊削除了第四條、第五條——然後戰鬥開始四十分鐘後，火龍阿基耶拉總共六條的ＨＰ條終於剩下最後一條了。

「所有人，提防模式變更！在做出指示前專心防禦！」

在凜德的指示下，所有人都確實地集結在坦克後方。我們跟艾基爾等人也把武器擺在身前來預防未知的攻擊。

「吼哦嚕嚕嚕………」

房間的最深處，阿基耶拉發出漫長的低吼。比之前更加低沉的聲音，就像是即將炸鍋的油一樣包含著大量的怒氣。

周圍的地板與牆壁在不知道經過幾十次前肢與尾巴的反覆攻擊後受到嚴重破壞，大量的瓦礫散落在地面。從稍早之前就因為那些瓦礫的阻礙而難以靠近側腹，不過再過不久應該就能破壞火龍的前肢。當牠的頭降到地板的高度時，應該就能發動總攻擊來削除最後一條ＨＰ。

阿基耶拉的低吼突然間中斷。巨大翅膀往左右兩邊打開。

「是威壓！可能經過強化了！等級20以上的人也低下頭！」

由於凜德這麼大叫，認為言之有理的我也放棄互瞪比賽，直接看向腳底。左邊的亞絲娜與右邊的基滋梅爾也迅速低下頭。威壓的視線在張開翅膀的大約三秒鐘後發動。我在心中開始讀秒。

一、二……

「喂，不太對喲！」

最先這麼大叫的是亞魯戈。她的聲音跟「啪沙、啪聲」的聲響重疊在一起。

「……！」

迅速抬起頭的我看到的是……

阿基耶拉猛烈拍打翅膀浮到房間天花板的身影。

包含封測時期在內，至今為止阿基耶拉……不對，應該說魔王怪物從來沒有飛到空中過。第五層的魔王「空虛魔像‧福斯古斯」是把顏面貼在魔王房間的天花板，第六層的魔王「荒謬方塊」是飄浮在距離地板三公尺左右的空中，兩者都不算飛行。

這完全出乎意料的行動，讓包含我在內的所有聯合部隊成員都不知道該怎麼辦才好，只能夠僵在現場。

「喂……喂，飛起來了耶！該怎麼辦啊，凜德！」

牙王終於這麼大叫，但凜德依然呆立在現場。其實就連我也無法立刻判斷該如何行動才是正確的答案。

阿基耶拉一口氣上升到高十五公尺左右的天花板附近，然後雙眼突然發出紅光。

威壓的視線——！

「嗚啊啊！」

「咿咿咿！」

房間內到處都傳出悲鳴。聯合部隊所有成員都看見火龍的眼睛了。等級未滿20——也就是九成的玩家都陷入暈眩狀態倒地。

暈眩與麻痺不同。效果大概只有三秒鐘左右，但現在的三秒鐘卻漫長到讓人感到絕望。因為阿基耶拉恐怕——

「要吐火了！」

基滋梅爾這麼大叫的瞬間，火龍大大地張開下顎，從該處發射出燃燒的一團火焰。

跟至今為止呈扇形的火焰吐息不同，是直徑足有一公尺的火球。火球撒下大量火星，朝著房間的中央落下。那不可能只是球狀的火焰。

「保護妮露妮爾！」

剛大叫完，我就從呆立現場的琪歐後面覆蓋住她。基滋梅爾、亞絲娜、亞魯戈也不斷地抱住琪歐。

——大家要撐住啊！

對著聯合部隊如此祈求，同時準備接受衝擊。

半秒鐘後，火球接觸地板——引發了前所未見的大爆炸。

首先是衝擊波，然後遲了一會兒後是鮮紅的火焰襲來。聚在一起的我們雖然拚命想停留在現場，卻終究無法站穩腳步。就像是被巨人的手掌打飛一樣，一直線飛出去後猛烈撞上牆壁。

「咕……」

即使因為快讓身體四分五裂的衝擊發出呻吟，我還是硬睜開雙眼，持續凝視著妮露妮爾而非自己的ＨＰ條。

原本剩下不到一成的ＨＰ，因為猛烈撞擊而瞬間減少，變成低於五％。雖然得以免於立刻死亡，不過那是因為快要撞上牆壁時，琪歐改變身體的方向來獨自承受大部分的衝擊。一看之下，琪歐的ＨＰ條一口氣減少了三成左右，同時還亮起了昏厥狀態的圖標。

亞絲娜的ＨＰ剩下六成。亞魯戈是五成。基滋梅爾和我是七成。

「滋滋嗯」的震動搖晃著地板。

在天空盤旋的阿基耶拉降落到地板中央。爆炸的衝擊波幾乎把所有暈眩狀態的聯合部隊成員吹飛到四方的牆壁邊，層層疊在一起後倒地不起。迅速檢查了一下並排在左側的簡易ＨＰ條，雖然沒有立即死亡的成員，但是全都受傷了。而且有許多ＨＰ只剩下兩三成的人。

「吼啊啊啊啊啊啊！」

房間的正中央，阿基耶拉像是在誇示勝利般發出吼叫。牠轉動脖子，瞪著Ａ隊——凜德他們倒地的地方。包含凜德在內的所有人都受到重傷，只要火龍揮動一下手臂就能將他們全滅了吧。

「咕嗚……」

邊呻吟邊試著站起來的我，耳朵裡——

「桐人，讓我站起來。」

聽見這樣的細微聲音。

我被呼吸不過來的感覺襲擊，同時迅速看向右邊。

在昏厥過去靠在牆上的琪歐背後，妮露妮爾抬起薄薄的眼瞼看著我。擁有深紅虹膜的眼瞳從至近距離貫穿了我的眼睛。

「快一點。」

再次傳來呢喃聲。明明是幾乎快聽不見的音量，卻內含著讓人無法拒絕的威嚴。

我點了點頭，以拿在右手的愛劍切斷揹帶，然後把左臂繞過妮露妮爾嬌小的身體跟她一起站起來。從震驚狀態回復過來的亞絲娜等人，以驚愕的表情往上看著我們。

妮露妮爾離開我的手臂之後一瞬間踉蹌了一下，隨即用自己的腳站穩。她的右手解開外套的釦子，任其掉落到地面。長長金髮受到在房裡捲動的爆炸餘威而激烈飄動。

她凝視著的前方，火龍正朝著凜德他們一步一步前進。距離已經不到十公尺。

「桐人，給我法魯哈利的劍。」

妮露妮爾朝我這邊伸出右手並且這麼說。

我內心的某處已經預測到她會這麼說。因為除此之外就沒有打破這種困境的方法了。

但是妮露妮爾的ＨＰ只剩下五％……然後因為從「半邊蓮之毒」造成的假死狀態醒過來的緣故，「銀之毒」帶來的漸減傷害也重新開始了。距離剩餘的ＨＰ歸零只剩下不到一分鐘的時間。

我承受著身體遭到撕裂般的感覺，同時打開視窗，按下快速切換的按鍵。右手的日暮之劍被白色特效光包圍並且消失，跟白銀與黃金的長劍——窩魯布達之劍互換。

我拿著那把劍的劍鍔底部，讓妮露妮爾的右手觸碰劍柄。

嬌小的手握住裹著紅色皮革劍柄的瞬間。

埋在柄頭的白色寶石綻放出鮮紅光輝。透明的能量彈開我的手，讓我不由得往後退了幾步。妮露妮爾的金髮與黑色夏季洋裝都因為從腳底湧出的風而呈螺旋狀飄動。

鮮紅光芒傳遞到埋在劍身的黃金稜線，讓該處也發出炫目光芒。

原本看起來是白銀製成的劍身，像是蒸發了鍍層般，逐漸變成半透明的黑色。

沒錯——這把劍不可能是由銀所打造。因為只有「夜之主」才能引出它真正力量，也就是所謂的吸血鬼專用裝備。

當連劍尖都恢復成本來顏色的瞬間，柄頭與稜線就迸發出更加強烈的鮮紅光芒。像是查覺到什麼般，阿基耶拉停止前進，轉過脖子來看向這邊。

瞬間，妮露妮爾用雙手舉起發出紅色光輝的長劍——

「喝啊啊啊啊啊啊！」

隨著撕裂空氣的喊叫聲一直線往下揮落。

閃爍著緋色能源的劍刃一邊撕裂石頭地板一邊以驚人速度飛翔，朝著前方的阿基耶拉襲去。但是在命中鼻尖之前，火龍就以不符合巨大身軀的反應速度往旁邊跳去。響起「唰！」的沉重切斷音，阿基耶拉的左臂與左翼從根部被切斷。

第六條ＨＰ逐漸減少。低於七成、六成、五成——停住了。

「……失手了嗎？」

窩魯布達之劍從如此呢喃的妮露妮爾手上滑落，掉落在地板上發出不可思議的聲音。

我反射性伸出雙手來接住斷了線般傾倒的嬌小身體。

ＨＰ剩下三％。

「妮露妮爾！」

我單膝跪在地上，抱住她的頭拚命呼喚。結果暫時閉上的眼睛輕輕震動，然後抬起——

「拜託你，桐人。帶著琪歐逃走吧。」

「妮露妮爾……」

「不用管我了，但是一定要救琪歐……」

以細微聲音呢喃的少女，深紅眼睛晃動著透明光芒，搖動後變成小水滴聚集在眼角。

ＨＰ剩下二%。

遠方傳來阿基耶拉憤怒的咆哮。但我連看都不看向那邊，只是拚命思考著。

能夠拯救妮露妮爾、琪歐、亞絲娜她們以及在場所有玩家的方法。絕對有什麼辦法才對。

絕對、絕對、絕對有才對——

「拜託……」

以幾乎不成聲的細微聲響呢喃的妮露妮爾，其單薄嘴唇底下的雪白牙齒……不對，是尖牙微微發亮。

這個剎那，我領悟到目前的自己能夠選擇的唯一一個辦法。

「妮露妮爾，快點喝我的血！」

「…………」

瀕死的少女稍微瞪大雙眼。ＨＰ僅剩下一%。

「……不行，這麼做的話你會……」

「沒關係！只能這樣了！我不會後悔，拜託……吸我的血吧！」

從數公分的距離下凝視妮露妮爾的眼睛並且如此大叫，接著我便把自己脖子的左側貼在少女的嘴角。

觸碰肌膚的嘴唇，反應出濃厚的猶豫與憂慮而輕輕顫抖著。

但下一個瞬間。嘴唇整個張開，兩根利牙深深貫穿我的皮膚。

ＳＡＯ不存在痛覺。就算手腳被劍砍飛，也只會感覺到不舒服的麻痺感。但很不可思議的是，只有現在這個時候，我清清楚楚地感覺到經過研磨般純粹，而且比冰還要寒冷，甚至帶著些甜美的疼痛感。

妮露妮爾的嘴與喉嚨不停地動著。把從我脖子溢出的血全部喝了下去。從指尖滴到「史基亞的地圖」上的血明明是沒有實體的特效光，現在肌膚卻能感覺到又熱又濃的液體。

剩下一％的ＨＰ條開始不停地震動。「銀之毒」造成的漸減傷害與吸血的回復效果正在互相抗拮。因為不是龍之血，所以無法淨化毒性，但只要回復量超越傷害，妮露妮爾的生命就能延續數分鐘甚至更長的時間。

——拜託了，一定要成功……！

我如此祈禱著，同時只有一瞬間看向自己的ＨＰ條，目前已經快速降到五成以下。雖然不至於因此而死亡，但要是減少到剩下一成時還是無法抵消妮露妮爾的毒性傷害的話，就只能跟亞絲娜或者亞魯戈交換了。但是，可以的話不想這麼做。

地板開始不規則地震動。阿基耶拉往這邊靠近了。由於失去左臂與翅膀，所以無法筆直地奔跑，但是不到三十……不對，二十秒就會襲擊過來了吧。

當我咬緊牙關想著「來不及了嗎」的時候。

「轉移敵人的目標！停住牠的腳步！」

凜德嘹亮的聲音響徹整個魔王房間。抬起視線後，看見艾基爾與伙伴們正從右側朝著阿基耶拉衝去。所有人ＨＰ都減少了三成以上，但是都沒有害怕的樣子，舉起雙手武器猛攻火龍的腳。

一定是相信我們有什麼起死回生的計策，才會扛起拖延時間的責任吧。不能讓他們就此犧牲——但是，妮露妮爾的ＨＰ條卻還是沒有回復的樣子。

我的ＨＰ剩下不到三成，已經接近兩成。減少量與增加量完全相同嗎？就算是這樣，也不能就此放棄……

突然間。

某個人的手抓住我的右肩，同時高聲詠唱起聲音指令。

「回復！」

粉紅色光芒包裹住我的全身。剩下將近一成的ＨＰ條瞬時完全回復到最右邊。

經過剎那的驚愕後，我了解發生了什麼事。亞絲娜對我使用了維魯提亞槍甲蟲掉落的唯一一個回復水晶。

回復水晶對「夜之主」沒有效果。但就算是這樣，融解在我血液裡的治癒之力，像是成為某種契機一般——

妮露妮爾不停微微震動的ＨＰ條開始一點一點地增加了。

她的嘴巴從我的脖子離開，接著耳邊響起沙啞的聲音。

「謝謝，我不要緊了。」

一看之下，臉上稍微恢復一些血氣的妮露妮爾，臉上露出忍受著疼痛一般的笑容。

「桐人，現在的你應該可以解決那隻龍。」

點頭回應聲音後，我在側抱著妮露妮爾的情況下站了起來。

自己幾乎完全回復的ＨＰ條下方亮起了未曾見過的圖標。

黑色背景上有深紅尖牙的符號。至於那代表什麼，即使不打開能力視窗來確認也能清楚知道。

突然間，異樣感覺朝我襲來。

從全身的肌膚，不對，應該說從身體內側失去熱量。並非感到寒冷，而是體溫本身下降了般的涼爽。自己雖然看不見，但臉色應該變得很蒼白才對。

嘴巴裡面浮現發癢的感覺，犬齒突然銳利地伸長。視界莫名變得清晰，連房間籠罩在黑暗當中的最深處也能清楚地看透。

幸好沒有「好想吸血～！」的念頭。不過這也是理所當然，因為NERveGEAR就算可以操作我的身體感覺，也無法操作我的思考。

即使如此，我還是稍微放下心來，接著迅速轉身把雙手抱著的妮露妮爾交給亞絲娜。

暫定搭檔眼睛持續往上看來瞪著我，同時接過妮露妮爾並且退後一步。以視線傳達「抱歉」之意後，我撿起掉落在地板上的窩魯布達之劍。

握住劍柄後有種像是吸附在手掌上的感觸，灌注力量後，劍身再次發出紅色光芒。HP條下面亮起三個新的圖標。從左到右應該是毒無效、HP自動回復以及會心一擊率強化吧。

根據琪歐所說，這把擁有宛如黑曜石般半透明劍身的長劍，真正的名字好像是「Doleful Nocturne」。亞絲娜說直接把單字翻譯過來就是「憂鬱的夜曲」。正如賭場的手冊所記載的，裝備上去的人可以獲得三種極為強力的支援效果。代價是得付出靈魂力，也就是儲蓄的經驗值將會持續遭到吸取。原本的名字與外表之所以會受到偽裝，可能是因為要隱藏它是恐怖魔劍的事實。

但是唯一只有「夜之主」——Dominus Nocte能夠在沒有任何負面條件下裝備這把劍。為了慎重起見我還是開了一下視窗，不過經驗值沒有減少的跡象。這也就是說，被妮露妮爾吸血的我也變成「夜之主」，然後在遙遠過去揮舞這把劍打倒水龍薩利耶加的英雄法魯哈利也跟我一樣。

究竟有沒有讓我變回人類的方法，還是永遠只能這樣——等等，現在不是想這些事情的時候了。正如我對妮露妮爾所說的，因為這是唯一能救所有人的辦法，所以我沒有絲毫後悔做出這個選擇。

我輕揮了一下劍。或許是變回真正模樣的緣故吧，剛入手時那種輕到讓人擔心的感覺消失了，跟過去的愛劍韌煉之劍一樣傳回可靠的手感。

我雙手握住較長的劍柄將其高高舉起。在這種狀態下無法發動單手直劍用的劍技，於是我便——

「艾基爾，快退下！」

一這麼大叫，停下阿基耶拉腳步的大叔軍團就迅速回頭，嚇了一大跳般瞪大眼睛並且快速後退。

以渾身的力量將劍垂直揮落，立即再翻轉手腕往側面揮盡。發出鮮紅光芒的斬擊變成十字衝擊波飛翔而去。

——能躲得開就躲啊！

就像聽見我內心的聲音一般，阿基耶拉攤開右翅，再次橫移來試圖迴避攻擊。

但十字斬擊快了一步捕捉到牠脖子底部，輕鬆把牠的頭從身體上砍飛。長長的脖子在空中宛如大蛇般蠕動，胴體與右翼高高舉起並且後仰——

下一刻，藍色爆炸火焰直接噴上天花板，火龍阿基耶拉的巨大身體四處飛散。

26

忽遠忽近的海浪聲。

帶著花香的海風。

赤腳接觸到的細緻白沙。

雖然終於實現「在沙灘上的悠閒度假時光」，但是還少了一樣重要的東西。就是從藍天持續照耀，逐步烤著肌膚的強烈日照。

這是因為，被那種東西照到的話我就會變成灰然後消失。

一月八日，晚上九點。

我在窩魯布達大賭場所擁有的私人沙灘上的簡易廚房裡，單手拿刀子削著水果的皮。

放在作業台上的巨大籃子內，裝著一大堆各式各樣的水果。我拿起一顆，刀子以適切的角度靠在水果上並且以適切的速度旋轉水果，就能以極為流暢的速度削下果皮。

把削好的水果交給旁邊的琪歐，她就迅速用菜刀將其切成骰子狀，然後放進同樣相當巨大的水晶缽裡。水晶缽裡已經倒進滿滿氣泡酒與紅酒呈一比一比例混在一起的飲料，每當切塊的水果跳進去，就會飄盪華麗的香氣。

照耀手邊的光源只有吊在天花板的油燈與沒有門的出口所照射進來的月光，但是只要凝眼，注視的地點就會自動調整亮度，所以完全不覺得困擾。原本就因為搜敵技能的效果，眼睛在黑暗中也有一定的視力，但是跟吸血鬼的夜視能力比起來根本是小兒科。但相對地，只是從室內窺看到正午的光芒，就會變成大喊「我的眼睛！我的眼睛～～！」的狀態。

經過強化的不只是夜視能力，也能確實感受到沒有習得的各種技能，其熟練度也整個向上提升。拿削果皮來說好了，原本應該要鍛鍊出一定程度的料理技能或短劍技能，才能夠如此輕鬆做到。

雖然在意其他還有哪些技能得到加成，但可不能得意忘形。雖然獲得強大的力量，但是相對地至今為止沒有注意過的事情——具體來說是日光與銀——就變成了致命的弱點。最切身的問題是，連平時最常使用的百圓珂爾銀幣，只要空手觸碰到就會被燙傷。

個性一板一眼的亞絲娜詳細地確認兩個人所有的物品，表示要把所有銀製品都丟掉，但我覺得實在不用那麼……不對，應該要如此神經質才對嗎？因為我要是被銀製武器或者日光變成灰，真正的腦部也會遭到NERveGEAR的高輸出電磁波燒焦。

當我在嘴裡呢喃著「唉，真不知道是福是禍……」，然後繼續不停地削著果皮時。

琪歐突然停下操縱菜刀的手，低聲對我說道：

「不重新考慮一下嗎？」

「咦？呃，噢……那件事嗎？」

我停止削皮，迅速把朝向隔壁的臉移回前方。之所以難以直視琪歐，是因為她身上穿的不是平常那套裝甲女僕服，而是漆黑的洋裝型泳衣加上白色圍裙。而且還是確實裝備著穿甲劍。

視線固定在左手拿著的芒果般水果上，乾咳了一聲後才回答：

「哎呀……我跟亞絲娜是冒險者。得到艾恩葛朗特的最上層去……」

「那裡有什麼東西呢？」

「這……這個……我也不太清楚……」

忍不住含糊其辭，不過我當然知道真相。

SAO正式開始營運那一天，扮成紅衣遊戲管理員的茅場晶彥這麼說了。

「能夠將各位從這個遊戲裡解放出來的條件就只有一個。就是我剛剛提過，到達艾恩葛朗特的最高層，也就是第一百層，然後打倒在那邊等待著的最終魔王就可以了。我保證在那個瞬間，存活下來的全部玩家都可以安全地登出遊戲。」

雖然無法想像是什麼名字與模樣，但至少可以確定最上層有最後魔王什麼的在等待我們。

打倒那個傢伙的話，那個時候仍生存的所有玩家就能從死亡遊戲解放並且在現實世界醒過來

——然後浮遊城艾恩葛朗特將會跟在裡面生活的所有NPC一起消滅。

就像是察覺到貫穿我胸口的銳利疼痛一般。

「為什麼要去追求不知道存不存在的東西呢。」

琪歐凝視著砧板上準備要切的水果並且表示：

「……除了主人之外，你也對我有花一輩子都無法償還的恩情了。在窩魯布達的話，即使不用照射日光也能開心且安全地生活。而且也準備了許多給夜之一族使用的藥物與道具，另外也補充了大量的龍之血，不用吸人血也能活下去了。接受妮露妮爾小姐的提議，跟亞絲娜一起留在這個城鎮吧，桐人。」

如果說連一點點——

連一點點都沒有「這樣也不錯」的想法，那就是在說謊。

但是我無法選擇這條道路。我要是在這裡放棄攻略死亡遊戲，就沒有臉見至今為止死去的玩家、在第一層等待完全攻略的玩家、攻略集團的伙伴還有亞魯戈與亞絲娜了。

「……無論如何都得過去。」

好不容易才擠出這麼一句話，然後我就繼續削水果皮了。

隔了一會兒，旁邊也再次傳出菜刀的聲音。可以聽見一聲微弱的「這樣啊」與菜刀的聲音重疊在一起。

接著我們兩人便專心在作業上，三分鐘左右所有的水果就移動到水晶缽裡了。以兩手穩穩拿著裝有水果潘趣酒的水晶缽，離開設置在沙灘角落的，只有水槽與作業臺的簡易廚房。

下一個瞬間，只能用絕景形容的景色就充滿整個視界。

明亮的月光傾注在直徑輕鬆超過五百公尺的純白沙灘與橫越其深處的深藍海洋上。沙灘上在相同的距離下設置了許多火把，以藍色為基調的夜景與橘色火焰創造出絕妙的對比。

在海浪與海岸的交界處，四名女性正發出嬉鬧的聲音玩著水。

「喂～做好了喔～」

如此呼喚著的我跟琪歐一起靠過去後，四個人就看向這邊用力揮手。

亞絲娜、亞魯戈、基滋梅爾以及妮露妮爾全都穿著亞絲娜以縫製技能製作的泳裝。雖然這對國中男生來說是難以直視的光景，但找了個「我已經是吸血鬼了！」的莫名其妙理由後，好不容易才能不移開視線持續地往前走。

在海浪邊緣的前方，放了一張雪白的桌子以及並排著同樣塗了白漆的十張沙灘椅。我靠近桌子，放下水晶缽後，琪歐就從掛在左手的籃子裡取出大玻璃杯排在旁邊。

在濕濡沙地上邊留下腳印邊跑過來的亞絲娜與亞魯戈，一看見豪華的水果潘趣酒就發出「哇啊」「哦哦」的歡呼聲。跟在兩人後面現身的基滋梅爾也瞪大眼睛發出「哦……」一聲，她身邊的妮露妮爾也做出「很有一套嘛」的評論。

四個人的泳裝打扮因為夜視能力而變得極為清晰，當我想稍微把視線移開的時候——

「哦哦，這真是太棒了。」

傳出了這樣的男中音。

一看之下，四名渾身肌肉的男人不斷從並排在桌子左側的沙灘椅上站起身子。艾基爾、渥爾夫岡、奈伊嘉、羅巴卡等大叔軍團沒有藉由魔王房間的往返階梯上到第八層，而是擔任護衛保護從迷宮塔回到窩魯布達的我們，於是妮露妮爾就招待他們到沙灘來當謝禮。

這倒是無所謂，但不知道為什麼，他們四個人穿的並非跟我一樣的短褲型泳褲，而是小面積的競泳型泳褲。就因為這樣，全武裝狀態時都無法完全壓抑的肌肉能源，變成了物理性壓力朝四面八方放射。

幸好妮露妮爾、琪歐與基滋梅爾似乎都不在意，但感覺不只是亞絲娜，連亞魯戈都稍微移開視線，從這裡可以知道那個「老鼠」裡面的人確實是個淑女嗎……我想著這樣的事情，同時準備以跟缽一樣由水晶製成的勺子來撈水果潘趣酒。

「先等一下喲。」

結果那個亞魯戈就迅速打開視窗，實體化五個淡藍色球體——「雪樹的花蕾」。我想著「在魔王戰前明明已經請了聯合部隊將近五十名的成員」同時詢問「妳到底有多少啊」，結果亞魯戈就笑著把五個花蕾全丟進缽裡。

「這樣就沒啦，得再去採才行嘍。」

當她這麼說的期間，花蕾也發出啪嘰啪嘰的聲音，同時跟冰晶一模一樣的花瓣也逐漸張開。魔王戰時正陷入沉睡的妮露妮爾「哇啊……」一聲，露出符合其外表的無邪笑容。

早晨開始實行的樓層魔王攻略戰的最後，我以憂鬱的夜曲施放出的十字斬擊打倒火龍阿基耶拉，看見巨軀跟至今為止的魔王同樣變成無數碎片四散的瞬間，我沒有痛快地大叫而是鐵青著臉想著：「那傢伙爆炸了，『龍之血』怎麼辦？」。

難道不能把牠殺掉，必須綑綁起來以某種道具來抽血才行嗎，這麼想的我一時慌了手腳，不過就連SAO的系統也沒有壞心眼到這種地步。大量掉落的道具當中，確實包含了十七壺「火龍的血」。

亞絲娜與亞魯戈也掉了將近十壺，而艾基爾他們則表示沒有掉落這種道具，看來應該是接受妮露妮爾相關任務的玩家才能入手。我把劍收進道具欄，隨即將一壺血實體化，然後跑到妮露妮爾身邊。

喝下我的血後HP回復到將近三十％，但是「銀之毒」並未消失。從昏厥狀態醒過來的琪歐把指尖浸到血裡才滴給妮露妮爾喝，到了第五次「銀之毒」的異常狀態圖標才終於消失。那個瞬間的安心感，足以匹敵跟在第五層地下墓穴跌落陷阱的亞絲娜順利重逢的時候。

把妮露妮爾交給琪歐與亞絲娜後，我再次準備進行戰後處理。這次不能只是在旁邊觀看ＡＬＳ與ＤＫＢ的爭執。因為我必須決定「較為活躍的一邊」，然後給予那一邊公會旗與窩魯布達之劍，也就是憂鬱的夜曲的選擇權。

原本是這麼想的。

但是在我離開期間，似乎已經跟凜德談好了的牙王就繃著臉這麼說道。

——下一次的魔王戰再決定旗與劍要賣給哪一邊就可以了。

凜德又對啞然的我聳聳肩然後表示：

——這次這種模樣硬要說「活躍」的話實在太厚臉皮了。

接著兩支公會就使用出現在房間深處的往返階梯上到第八層去了。

老實說，ＡＬＳ與ＤＫＢ奮鬥的模樣實在難以分出高下，所以這算是幫了我一個大忙，不過也有種只是把問題往後延的感覺。因為尚未跟他們說明憂鬱的夜曲恐怖的代價，也就是關於「經驗值流失」的問題。

如果流失會在吸收完累積經驗值時便停止的話就還能派上用場，但會一直吸到降級為止的話就沒有人會去碰它了吧。唯一的解決手段就是像我一樣成為吸血鬼，但這時候又會出現新的問題。

根據妮露妮爾所說，被「夜之主」也就是被Dominus Nocte吸血成為眷屬者，沒有辦法具備跟主人同樣的力量。他們的名稱是Civis Nocte，亦即「夜之民」，整體戰鬥力較低——雖然會覺得這樣還算低那主人到底多強——然後最大的差異是無法製作眷屬。因為有尖牙所以能吸血，吸了人血的話HP雖然會回復，但遭吸血的玩家或者NPC都不會成為「夜之民」。

也就是說DKB與ALS的成員想要在不付出代價的情況下使用憂鬱的夜曲，就得去讓身為「夜之主」的妮露妮爾吸血來吸血鬼化，但是她絕對不會答應。十年之間，甚至是遙遠到令人快要昏倒的漫長歲月裡，她一次都沒有喝人血就活到現在——然後在自己的生命幾乎快走到盡頭的狀況下，她還是猶豫許久才吸我的血。

總而言之。

選擇的地點換到第八層了，所以在兩種破壞平衡的道具都收納在我道具欄內的情況下回到亞絲娜他們身邊。搭檔似乎對我的行動有許多話想說，結果只是輕拍了一下我的肩膀就算了。

我雖然很想立刻回到窩魯布達，但也不能走到朝陽照射下的練功區裡。到日落還有整整十個小時以上，正想著該做些什麼才好的時候，妮露妮爾就說出讓人出乎意料的提案，也就是探索塔的未抵達區域，尋找墮落精靈們的巢穴。

我們當然不會拒絕，而且連大叔軍團都願意幫忙，所以總共十個人的龐大小隊就不斷收拾迷宮區怪物同時收集地圖資訊。結果經過三個小時左右，妮露妮發揮「夜之主」的超感覺，在狹窄通道的盡頭發現了連亞魯戈都沒有注意到的隱藏門。

確信「絕對是這裡！」後，等做好總力戰的準備並且打開隱藏門，但門後的小房間空無一人，只有地板上設置了古老的祭壇般物體。不論是我、亞絲娜還是亞魯戈，甚至連基滋梅爾都不清楚祭壇究竟是什麼，結果妮露妮爾在仔細調查後才如此斷言。

這是古代的轉移裝置喲，她如此表示。

我躺在沙灘椅上，邊喝著雪樹花蕾幫忙凍得十分冰涼的水果潘趣酒邊看向西邊的夜空。視力補正發揮作用，在黑暗當中的迷宮塔微微浮現剪影。

只要知道讓那個轉移裝置運作的方法，這次就真的能抵達墮落精靈的基地。不過基地應該的位置應該是在第八層而非第七層。除此之外就沒有特別把轉移裝置設置在迷宮塔上層的理由了。

妮露妮爾表示回到飯店房間後會查古老的書籍是不是記載了運作裝置的方法。聽完她調查的結果後，我們大概就要離開這一層了。

上到第八層時，我將被迫只能在夜間活動。亞絲娜基本上是晚上會好好休息的類型，所以攻略時間將無法配合。如果她以此為理由提出解除搭檔的要求，我也沒有立場可以拒絕。

能夠從「夜之民」變回人類的話當然最好，很可惜的是就連妮露妮爾都不清楚方法。森林精靈的國王或者黑暗精靈的女王或許知道……她雖然這麼說，但只要踏入第八層的森林精靈首都一步，應該就會有成群的強大衛兵襲擊過來吧。

腦袋裡想著各種事情，同時把視線從遠方的塔那裡拉回來。

結果暫定搭檔躺在右側沙灘椅上的身影就映入眼簾。

左手拿著水果潘趣酒，以朦朧的眼神望著夜晚的大海。身上雖然穿著樣式簡單的白色洋裝型泳衣，但月光照在同樣雪白的肌膚與栗色頭髮上，讓她看起來像是全身發出淡淡光芒一樣。之所以看起來會是這樣——應該不只是因為我的夜視能力得到強化。

艾基爾他們以猛烈的速度喝光水果潘趣酒後就回旅館去了，亞魯戈好像在沙灘椅上睡著了，現在這個時候沒有人會調侃我。我便趁著這個機會，花了十秒以上茫然望著搭檔的身影。

「……你要看到什麼時候啊？」

由於亞絲娜突然說出這樣的發言，出乎意料的我差點嚇得跌到沙灘上。好不容易恢復平衡，以沙啞的聲音說著藉口。

「沒……沒有啦，只是覺得很漂亮……」

糟糕，這樣根本是火上加油、杯水車薪……不對。

但是我的失言似乎發揮出預料之外的效果，亞絲娜一瞬間露出啞然的表情，然後才開口……

「你……你是笨蛋嗎！」

她迅速這麼呢喃。然後就這樣輕輕別開頭去。

亞絲娜的右側是妮露妮爾，再後面則躺著琪歐、基滋梅爾、亞魯戈，不過她們似乎全都沒有聽見剛才的對話。不對，仔細一看之下除了睡著的亞魯戈之外，感覺其他三個人好像都臉帶微笑，不過我決定當成沒看見。

亞絲娜沉默了一陣子後，突然間開口呼喚妮露妮爾。

「那個……妮爾小姐。如果我也想成為『夜之主』……不對，是『夜之民』的話，妳願意喝我的血嗎？」

「…………！」

我輕輕屏住呼吸，想說些什麼而張開嘴巴。

但妮露妮爾卻快我一步微微搖了搖頭。

「我勸妳不要。亞絲娜是跟桐人兩個人一起旅行吧？兩個人都變成夜之居民的話，誰白天要保護你們？」

「但是…………」

妮露妮爾像是要制止不放棄的亞絲娜般動著右手，從沙灘椅上站了起來。

纖細的身體包裹在亞絲娜謹製的緊身女胸衣式泳裝底下。華麗的金髮在藍色月光照耀下發出宛如白金的光芒。

舉著右手的妮露妮爾，將手腕的部分暴露在月光之下。

雖然極輕微，但是該處留下兩道傷痕。是銀蛇所咬的痕跡。

「想要捕捉或者殺害夜之居民的人不在少數。對於大部分的人類來說，我們是比較接近怪物的存在。」

如此呢喃完後，妮露妮爾就放下右手從旁邊的桌子上拿起水果潘趣酒的杯子來含了一小口。將紅寶石色液體舉在月光下，一邊輕輕搖晃一邊繼續表示：

「我的祖父法魯哈利也是夜之主。他之所以打倒水龍薩利耶加，並非為了拯救被當成祭品的女性，而是為了獲得能讓自己變得更強的龍之血。你們既然是從下層來的，不覺得完全沒有遇見龍是件很不可思議的事嗎？」

這個問題讓我跟亞絲娜不停地點頭。妮露妮爾也點了點頭，接著稍微瞄了我們一眼。

「那是因為被法魯哈利狩獵殆盡了。他原本住在第一層的一個大城市裡，結果發生了某件我也不知道的事情遭到追放，於是一邊狩獵龍一邊爬上第二、三層。然後在這個第七層打倒水龍薩利耶加，原本準備再次出發去旅行，但當時的村民即使知道法魯哈利是夜之主，還是因為他打倒了為禍村莊的龍而視他為英雄。那應該讓他覺得很開心吧……法魯哈利就留在村子裡，娶了原本應該成為祭品的女性，生下了一對雙胞胎男嬰。」

到這裡為止都跟以前從琪歐那裡聽說的故事一樣。我吞了一大口口水，側耳傾聽著少女訴說往事。

「……但是，夜之主與人類所生的孩子成為夜之主的機率相當低。身為孫子的我雖然繼承了法魯哈利的血脈，但我的父親以及他的雙胞胎哥哥都是人類。經過幾十年後，即使兩人的母親老死了，身為父親的法魯哈利卻完全不會變老。開始邁入老年的兒子們，就害怕、憎恨起這樣的父親。他們不能接受在無法繼承戶主身分的情況下比父親還早死亡。年輕的時候明明是詼諧、開朗的人……所以他們在某個晴天偷偷潛入父親的寢室，哥哥打破用釘子封住的窗戶，弟弟則拿銀劍貫穿睡在床上的法魯哈利的胸膛，同時以日光與銀殺害了他。」

「咦！」

我因為過於驚愕而發出叫聲。亞絲娜以及琪歐也瞪大雙眼。看來這是連長年在那庫特伊家服務的琪歐都不知道的事情。

「但……但是，那麼那個……年老的法魯哈利對感情不好的兒子們表示在怪物代理戰爭中贏得五場者可以成為後繼者的故事……」

「是他們兩個編造的喔。」

「什麼…………」

我們再次說不出話來。

結果原本以為早已熟睡的亞魯戈，卻從最深處的沙灘椅上發出聲音。

「原來如此呀，英雄法魯哈利所領悟的『讓怪物聽話的祕術』，原來是夜之主的特殊能力啊。兩個兒子雖然是人類，但只有繼承了父親的這個能力嗎？」

「正是如此，亞魯戈。柯爾羅伊家與那庫特伊家直系的子孫，就算是人類也天生能使用『使役之術』。所以兒子們就用這個力量馴服怪物，讓牠們代替自己戰鬥，藉此來決定誰是繼承人。但不知道法魯哈利被殺的村民們，卻很喜歡觀看怪物的戰鬥……接下來的發展你們就都知道了。」

「…………」

握住憂鬱的夜曲時，我就直覺法魯哈利是「夜之主」了，只不過沒想到大賭場如此輝煌的歷史，竟然隱藏著這麼陰慘的事件。

我猶豫了一會兒後才小聲對妮露妮爾問道：

「……巴達恩．柯爾羅伊想要殺妳，也是因為同樣的理由嗎？因為不允許妳活得比他還要久……？」

結果少女稍微歪起頭，再喝了一口水果潘趣酒後才回答：

「可以說是，但也不只是這個原因。賭場長期由那庫特伊家與柯爾羅伊家共同營運，某種意義上來說，那是因為我希望能夠這樣。」

「妳的意思是？」

「其實很簡單喲。那庫特伊家當家的我不會死，但柯爾羅伊家的當家每隔幾十年就會改朝換代。巴達恩很晚才有子嗣，繼承家業的獨生子才十歲。因為仍無法順利使用使役之術，現在巴達恩死亡的話，柯爾羅伊家的怪物有一陣子得由我來照顧吧。只要利用這個狀況，很容易就能獨占賭場的實權。巴達恩應該是害怕變成這樣吧。」

「但……但是……」

撐起上半身的亞絲娜，以無法接受的表情對妮露妮爾問道：

「這樣的話，如果妮露妮爾小姐過世，鬥技場本身就無法繼續經營下去了吧？巴達恩應該也了解這一點才對。」

「與其自己死後讓那庫特伊家執牛耳，乾脆就讓它毀滅……巴達恩應該是這麼想的吧。」

妮露妮爾靜靜搖了搖頭時的側臉，明明已經完全取回受到銀毒侵蝕前的美貌，看起來卻還是相當疲憊，這時候我輕輕屏住呼吸。

巴達恩．柯爾羅伊今後也會對妮露妮爾不利吧。在自己的生命到達盡頭之前，應該會用盡各種手段進行暗殺。比銀蛇更加巧妙的陷阱，將來再次捕捉到妮露妮爾的可能性絕對不是零。

「……那個，妮露妮爾……」

成為眷屬的我從沙灘椅上探出身子，開口對「夜之主」——真正成為我主人的少女說道：

「妳跟琪歐要不要跟我們一起走？跟大賭場的生活比起來當然辛苦許多，為了躲避日光也會費盡千辛萬苦，但是沒有一直想危害妳生命的傢伙。上面的樓層或許有更容易生活的地方，說不定能遇見其他的Dominus Nocte……而且，旅行很快樂喔。這個世界還有許多妳從未見過的美麗與不可思議的事物。」

我一閉上嘴巴，妮露妮爾有好一陣子沒有打算開口。她後面的基滋梅爾與亞魯戈露出難以置信的微笑，琪歐則瞪大了眼睛。亞絲娜雖然因為背對這邊而看不見表情，但我確信她絕對會贊成我的提議。

最後——

「呵……呵……呵呵呵。」

妮露妮爾晃動纖細的肩膀笑了起來。最後更轉變成比我用空手捏碎那索斯樹果實時更加高興、開懷的笑聲。

「啊哈哈、啊哈哈哈哈……」

不停晃出水果潘趣酒持續笑了一陣子的妮露妮爾，終於閉上嘴巴呼出長長的一口氣。

她抬起臉看著我跟亞絲娜——

「謝謝，這大概是我有生以來聽過最具魅力的邀約了——但是，我無法跟你們一起離開。」

雖然沒有說理由，但我覺得事到如今也不應該問了。

「……這樣啊。」

我點點頭，把背靠到沙灘椅上。

將還殘留在杯子裡的少許水果潘趣酒喝光，然後大口嚼著進入口中的不知名水果。

有些冰冷的夜風溫柔地吹過，火把依照順序晃動了起來。來來去去的海浪聲裡，混雜著些許窩魯布達街上的喧囂。

就在這個時候。

從西邊傳來「啊哦哦哦————嗯……」的野獸嚎叫聲。

往該處看去後，發現坐鎮在沙灘邊緣的巨大岩石頂端有一道小小的剪影。從瘦削的身軀與圓耳朵來看應該是犬系的怪物，但距離實在太遠所以無法顯示顏色浮標。不過仔細一看就發現牠的脖子上戴著垂下短短鍊子的項圈。

怪物將鼻尖朝向上層底部，再次發出有些驕傲的嚎叫聲。

結果旁邊出現另一隻同種但比較嬌小的怪物，靠在牠身上坐了下來。從外圍射進來的月光照耀著兩隻怪物，讓牠們的毛皮發出銀色光輝。

我們閉上嘴巴，持續凝視著待在岩山上的兩隻怪物直到牠們離開。

（完）

# 後記

感謝您閱讀這本Sword Art Online刀劍神域 Progressive 8〈赤色焦熱的狂想曲（下）〉。

（以下會透露許多本篇的內容，尚未閱讀的讀者請注意！）

首先要談談第七層篇的副標題，「Rhapsody」的日文是翻譯成「狂想曲」，指的好像是……不拘形式且自由奔放的器樂曲。第七層原本預定要發生許多獨立的事件，所以訂下這樣的標題，但與賭場相關的分量卻出乎意料地龐大。「焦熱」指的是賭場迷住桐人、凜德與牙王的熱氣。至於「赤色」，表面上是常夏樓層的太陽……其實指的是血。嗯，桐人沒有像我擔心的那樣完全沉迷於賭博當中真是太好了（笑）。

但是在賭場裡格外冷靜的桐人，在妮露妮爾遇見危險的場面，腦袋裡的限制器果然又短路，結果引發了大麻煩……受到僅限夜晚活動的限制，真的能好好攻略第八層嗎，白天時要如何確保安全呢，能夠吃加了大量蒜頭的料理嗎，雖然有許多像這樣令人感到不安的因素，不過這個部分只能請大家期待下集了！

然後在下一集裡，精靈戰爭活動任務預定將會進入佳境。從第三層開始的任務，終於來到森林精靈城堡所在的第八層，一想到這裡就有感慨良多的感覺。不過關於第七層的窩魯布達大賭場還殘留著幾個謎題（封鎖住的四樓有些什麼東西、始祖法魯哈利的審判到底是什麼、柯爾羅伊家是在哪裡馴服暴風野犬、為什麼馴服需要花錢、賭場的隱藏通道裡有送火茸的理由，等等……），所以我想桐人他們會再次來到第七層。而且巴達恩老爺爺也不可能那樣就收手吧。這個部分也敬請大家期待！

好了。後記每次都寫新冠肺炎造成的影響好像也不太好，這次就寫點別的事情吧。

SAOP的電影終於預定在今年（二〇二一年）秋天上映了！副標題雖然跟原作第一層篇同樣是〈無星夜的詠嘆調〉，但是內容包含新角色在內有了大幅度的增加，如果大家能親自到電影院的大螢幕觀賞，我會感到很開心。大家最喜歡的迪亞貝爾先生也會出場喲！

繼第六層篇之後再度是上下集的構成，給負責插畫的abec老師、責任編輯三木、安達、平井添了許多麻煩。託各位的福，本書成為我自己也很喜歡的故事。真是太謝謝你們了！那麼各位，我們在下一本書再見！

二〇二一年四月某日　川原 礫

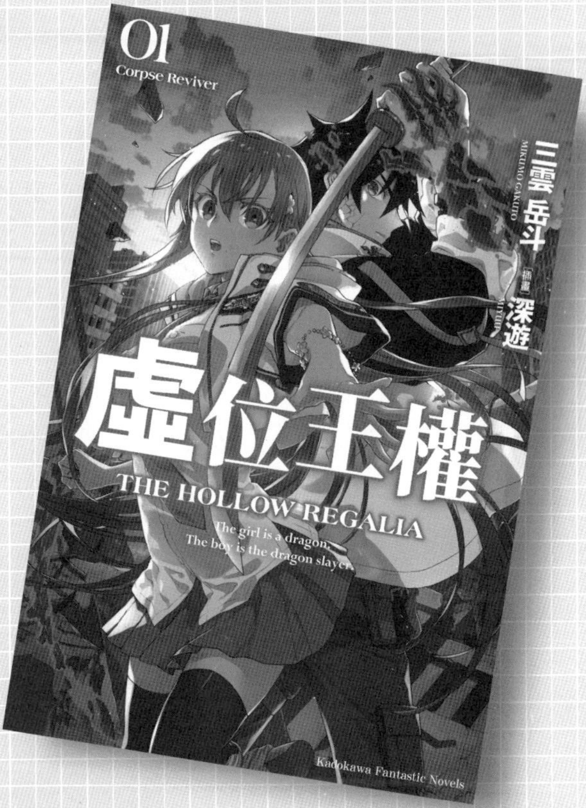


# 虛位王權 1 待續

Kadokawa Fantastic Novels

作者：三雲岳斗　插畫：深遊

**龍與弒龍者；少女與少年——**
**日本的倖存者在廢墟都市「二十三區」相遇。**

那天，巨龍現身在東京上空，被稱作魍獸的怪物大舉出現，加上「大殺戮」導致日本人滅絕。八尋是倖存的日本人。淋到龍血的他獲得了不死之軀，在化作廢墟的東京以搬運藝品為業。自稱藝品商的雙胞胎少女委託他回收有能力統領魍獸的櫛名田——

各 **NT$240/HK$80**

國家圖書館出版品預行編目資料

Sword Art Online刀劍神域 Progressive/川原礫作；
周庭旭譯. -- 初版. -- 臺北市：臺灣角川股份有限
公司, 2022.11-
　冊；　公分

譯自：ソードアート・オンライン プログレッシブ
ISBN 978-626-321-959-5(第8冊：平裝)

861.57　　　　　　　　　　　　111014877

Kadokawa
Fantastic
Novels

# Sword Art Online刀劍神域 Progressive 8
（原著名：ソードアート・オンライン　プログレッシブ8）

2022年11月23日　初版第1刷發行

作　　者：川原　礫
插　　畫：abec
日版設計：BEE-PEE
譯　　者：周庭旭

發 行 人：岩崎剛人
總 編 輯：蔡佩芬
副總編輯：朱哲成
美術設計：吳佳昀
印　　務：李明修（主任）、張加恩（主任）、張凱棋

發 行 所：台灣角川股份有限公司
地　　址：104台北市中山區松江路223號3樓
電　　話：（02）2515-3000
傳　　真：（02）2515-0033
網　　址：www.kadokawa.com.tw
劃撥帳戶：台灣角川股份有限公司
劃撥帳號：19487412
法律顧問：有澤法律事務所
製　　版：尚騰印刷事業有限公司
ISBN：978-626-321-959-5